Innocentia Park

Ingvar Ambjörnsen

INNOCENTIA PARK

Roman

Aus dem Norwegischen
von Gabriele Haefs

Scherz

Wir danken NORLA für die Unterstützung
der Übersetzung aus dem Norwegischen.

www.fischerverlage.de

Erschienen bei Scherz, ein Verlag
der S. Fischer Verlag GmbH, Frankfurt am Main
Die Originalausgabe erschien 2004
unter dem Titel »Innocentia Park«
im Verlag Cappelen, Oslo

Satz: H & G Herstellung, Hamburg
Druck und Bindung: Ebner & Spiegel, Ulm
Printed in Germany

ISBN-13: 978-3-502-10055-3
ISBN-10: 3-502-10055-1

ES IST SO HEISS, DASS SOGAR DIE HUNDE AUFGEHÖRT HABEN, ZU PISSEN

Ich bekomme entsetzliche Rückenschmerzen von diesem Sessel. Tag um Tag sitze ich darin, und mein Rücken verschlimmert sich mehr und mehr. Da sitzt du gut, sagt sie, und ja, sage ich, hier sitze ich gut. Das ist ein guter Sessel, sagt sie. Denk doch nur: fast zehntausend Euro!

Ja, denk doch nur, denke ich. Fast zehntausend Euro. Das bedeutet einen Rabatt von fünf Riesen. Diese Sessel kosten um die fünfzehntausend, es ist irgend so ein spanisches Designerteil, Morano? Mireno? Ich weiß es nicht mehr. Ich bin fast sicher, dass sie sich diesen Rabatt erschlafen hat, und ganz sicher, dass wir keinerlei Rabatt benötigen. Sie hat mit Morano, Mireno oder Maro geschlafen, weil sie Lust dazu hatte. Weil sie beide Lust dazu hatten. Ich wünschte, das hätte zu etwas anderem geführt als zu diesem Sessel. Zu einer obskuren Geschlechtskrankheit vielleicht, einer ungeplanten Schwangerschaft oder wenigstens einem harmlosen Geschenk. Aber nicht zu diesem Sessel. Anfangs habe ich nur darin gesessen, wenn sie dabei war, wenn sie zu Hause war, ich bin schließlich ein höflicher Mensch. Später habe ich dann angefangen, ihn auch zu benutzen, wenn ich allein war. Ich habe mich einfach hineingesetzt und gespürt, wie mein Rücken wehtat, wie dieses auserlesene Design mich langsam fertig machte.

Dann fing ich an zu gehen.

Der unbequeme Stuhl hat mich zum Gehen gebracht.

Gehen hilft.

Das hier wird ein entsetzlicher Tag werden. Die Hitze liegt jetzt seit fast fünf Wochen wie eine Fieberhand über der Stadt.

Siebenunddreißigfünf. Achtunddreißig. Noch vor zwei Jahren haben wir die Klimaforscher ausgelacht, heute braten wir auf den Autodächern Spiegeleier, sogar hier oben in Norddeutschland. Das habe ich im Fernsehen gesehen. Witziger Gag. Fritz Heller versucht, die unter uns, die resigniert haben, aufzumuntern, uns, die glauben, dass alles zum Teufel geht. Fritz Heller brät Spiegeleier auf dem Dach eines silbergrauen Porsche, während er mit den Passanten Witze reißt. Und den ganzen Tag, alle Tage, hören wir das Geschrei der Sirenen, der Rettungswagen, die Alten und Herzkranken brechen zusammen, sterben in der Warteschlange in der Post oder auf dem Weg zum Supermarkt, brechen mit einem erstaunten Schnaufen zusammen. Was sagen die Fachleute? Drei Liter Wasser pro Tag? Fünf? Ich trinke und trinke, und wenn ich ein seltenes Mal auf die Toilette gehe, gibt es nur ein paar Tropfen, einen schlaffen Spritzer. Ja, ich habe schon daran gedacht, gestern erst habe ich daran gedacht, als ich den Innocentia Park von Süden her betrat. Ich dachte: Es ist so heiß, dass sogar die Hunde aufgehört haben, zu pissen. Ein Hund hatte an einer der alten Eichen sein Hinterbein gehoben, er stand nur da und starrte konzentriert vor sich hin, und sein kleiner Rumpf zuckte, aber nicht ein Tropfen kam heraus. Ich blieb stehen und musterte dieses seltsame Phänomen, den Hund, der presste und presste, und das Ergebnis, das sich nicht einstellte. Am Ende ließ er sein Hinterbein wieder herunter, kratzte im braun verbrannten Gras herum und verschwand dann kläffend im Gebüsch. Über den Baumwipfeln im Park der Unschuld, über den dunkelgrünen Baumkronen hinten im Innocentia Park, sehe ich das Sonnenlicht langsam die Mauer des nächststehenden Blocks hinunterwandern, langsam, langsam, Millimeter für Millimeter, die scharfe Lichtklinge befindet sich irgendwo zwischen dem zwölften und dem elften Stock, sie wird Straße und Pflaster erst gegen halb neun erreichen, also in einer Stunde. Dann werde ich in einem anderen Sessel an einem anderen Ort sitzen, dann werde ich mich im Büro befinden mit Ausblick auf den Hafen, ich werde dort sitzen und auf den Hafen blicken, auf die vielen Kräne, die

Schiffe, die die Elbe hoch und die Elbe hinunter und über die Elbe hin und her stampfen. Ich stehe aus dem unbequemen Sessel auf, aus dem Geschenk zum Fünfzigsten, dem Geschenk meiner Frau an mich zum Fünfzigsten. Mein Rücken tut weh und ich wandere im Zimmer hin und her, über den Perserteppich, hin und her, quer durch die beiden Zimmer, vom Büfett im Esszimmer zum Kamin im Wohnzimmer, dem Raum mit dem unbequemen Sessel. Ich trinke Mineralwasser in langen Zügen aus der Literflasche, »The Queen of Table Waters«, den ersten Liter des Tages, es werden noch drei oder vier folgen, ich werde trinken und trinken, bis ich dann ins Bett gehe, und dann werde ich wach daliegen, splitternackt und wach, während dieses viele Wasser in Form von süßlich duftendem Schweiß aus meinen Poren quillt. Ich werde ganz still liegen, nein, ich werde schwitzend daliegen und mich von einer Seite auf die andere wälzen, von links nach rechts, von rechts nach links, dann auf den Bauch, auf den Rücken, in Embryohaltung, rechts, links, rechts, links. Warum mache ich das überhaupt? Warum gehe ich gegen Mitternacht ins Bett, wo ich doch weiß, dass es zu heiß zum Schlafen ist, dass ich mich hin- und herwälzen werde, bis das erste Licht durchs Fenster fällt und die Vögel in den Bäumen im Innocentia Park zu singen beginnen? Weil ich so entsetzlich müde bin. Weil es mich zu müde macht, in dem unbequemen Designersessel zu sitzen und zu lesen oder Musik zu hören, zu müde, um fernzusehen, zu müde, um aus dem Haus zu gehen, denn ich bin schon den ganzen Tag gegangen, vier, vielleicht fünf Stunden waren es sicher, ebenso viele Stunden wie Liter Wasser. Bei dieser Hitze.

Der Festanschluss klingelt, ich gehe nicht dran.

Ich schalte mein Mobiltelefon aus.

Ich leere die Flasche, gehe in die Küche und stelle sie in den Kasten neben dem Kühlschrank.

Im Wohnzimmer nehme ich dann eine Banane aus der Schüssel auf dem Fernsehtisch. Ich bleibe am Fenster stehen und esse die Banane, sie ist mein Frühstück. Im Moment ist zum Frühstück Obst angesagt, Apfel, Kiwi, Mango, Banane und Ananas, sogar Erdbeeren, an schwerere Kost ist nicht zu denken, nicht einmal ein weich gekochtes Ei mit einer Scheibe Toast könnte ich hinunterbringen, solange diese Hitzewelle anhält.

Herr Haß steht unten in der Auffahrt und wienert seine Windschutzscheibe. Die Sonne lässt seinen blanken Schädel glänzen. Und die Windschutzscheibe funkelt, die immer blanker und blanker wird, während Herr Haß mit Schwämmen und Waschlappen und allerlei Bürsten und verschiedenen Putzmitteln und immer neuen Eimerfüllungen heißen Wassers am Werk ist. Herr Haß legt all seine Energie in diese Arbeit, einen wütenden Willen und eine heftige Entschlossenheit unter der glänzenden Kopfhaut, einer Idee von einer mehr als sauberen Windschutzscheibe, weitergeleitet in die braun gebrannten muskulösen Arme, die großen Hände, die die Waschlappen packen, den Eimer, die Lappen und Bürsten und die Schwämme und Flaschen und Tuben mit der auserlesenen Chemie. Ich kann keine Windschutzscheiben putzen, ich habe noch nie das geringste Interesse an dieser Kunst besessen, ich überlasse das und überhaupt die Autowäsche anderen, ich bezahle dafür, aber Herr Haß weiß, was er tut, er reibt und schrubbt, er geht nicht, er joggt nicht, er wienert seine Windschutzscheibe. Jeden einzelnen Tag.

Die bloße Vorstellung, dass jemand, zum Beispiel ein bekannter Fernsehclown, auf die Idee kommen könnte, auf dem Dach über dieser Windschutzscheibe ein Spiegelei zu braten!

Wieder klingelt der Festanschluss, ich gehe nicht dran.

Ich lasse das Mobiltelefon ausgeschaltet.

Ich gehe hinaus in die Diele. Hier ist es wunderbar kühl. Keine Fenster. Ein schwacher Luftzug kommt unter der Tür durch. Ich betrachte mich in dem großen Spiegel, dem gerahmten mannshohen Spiegel, den Renate und ich von ihren Eltern zur Hochzeit bekommen haben, ich weiß noch, dass ich dieses Geschenk ein wenig armselig fand, trotz des vergoldeten Rahmens und der gewaltigen Größe. Ich meine, ein Spiegel, eine Badewanne, ein Kühlschrank, das kauft man sich selbst, das sollte man sich kaufen, wenn man eine Vorstellung davon hat, wie das neue Heim aussehen soll, in dem man nun in Zweisamkeit hausen wird (bis die Kinder kommen). Als ich da im Halbdunkel stehe und mich in diesem Spiegel betrachte, den ich nie gemocht habe, machen das trübe Licht und die Tatsache, dass ich meine Brille noch nicht aufgesetzt habe, das Bild ein wenig unklar, verschwommen, ein lässig ausgeführtes Ölgemälde. Ein Mann in sandfarbenem Anzug und hellblauem Hemd. Rötlicher Schlips, als hinge zwischen Hals und Hosenbund ein Lachsfilet. Die dunklen Haare sind im Nacken hell, ich muss sie schneiden lassen, oder ich könnte sie wachsen lassen und mir so einen kleinen Rattenschwanz zulegen wie Harald einen hat, nein, lieber schneiden.

Was ist los mit meiner Nase? Ich trete dichter an den Spiegel heran.

Nichts.

Ich gehe die Treppe hinunter und bleibe in der Bibliothek für einen Moment stehen. Vor dem Fenster ist Herr Haß am Werk, jetzt bin ich so nah, dass ich die schwarzen Haare auf seinen Unterarmen und seinem Handrücken sehen kann. Schwarze Haare auf kupferbrauner Haut, er sieht aus wie ein bulliger Türke, und der Seifenschaum fließt aus dem Schwamm in den Kies, er drückt den Schwamm zusammen, und es fließt und spritzt und ich denke, jetzt ist es gleich so weit und der Wagen verwandelt sich in einen großen weißen Frauenkörper, der nach mehr schreit, und Herr Haß gibt mehr und mehr und gibt und gibt mit dem seifenspritzenden Schwamm in den großen braunen Händen, ja, da ist es gut, und dort, und ja, hier auch noch ein bisschen und danke und amen.

Ich öffne die Tür.

Sofort ist er auf der Hut. Erstarrt mitten in einer gleitenden Kreisbewegung. Gerade hat er versucht, den rechten Seitenspiegel zum Orgasmus zu bringen, immer wieder hat er den Seifenschaum rülpsenden Schwamm kreisen lassen, bis er mich in der Tür hört, dann ist Schluss, dann erstarrt sein mir zugekehrter breiter T-Shirt-Rücken. In dieser Haltung verharrt er nun einige

Sekunden wie festgefroren, in Stein gehauen, in Bronze gegossen, um sich dann langsam und lächelnd umzuschauen, und jetzt sagen wir es gleichzeitig, wir sagen: »Naaaa?«

Worauf ich die Straße überquere und den Innocentia Park von Norden her betrete.

Es ist ein netter und übersichtlicher Park. Ein grünes Oval zwischen den Villen, ich brauche genau fünf Minuten, um ihn einmal zu umrunden. Zur Straße hin steht ein äußerer Kreis aus hoch gewachsenen Bäumen, wunderbaren Riesen, sie dämpfen die Geräusche der Stadt, halten Wache über denen, die hier drinnen wandern oder die einfach auf einem Hocker sitzen oder auf dem Rasen schlafen. Diese Bäume wachen, sie haben den Feuersturm überlebt, auf sie ist Verlass. Innerhalb dieses Kreises zieht sich der schmale Spazierweg hin, ich gehe hier jeden Tag. Im Moment gehe ich zum Beispiel geradewegs nach Süden, auf den südlichen Eingang zu, ich gehe zwischen den Baumreihen, zwischen dem äußeren und dem inneren Kreis aus Bäumen, ich gehe vorbei an den leeren Bänken, es ist so still, es ist noch keine acht. Oben bei den Spielgeräten auf der anderen Seite der Rasenfläche kann ich einen hell gekleideten Jogger sehen, der vor einem Baum Dehnübungen macht, sonst aber niemanden. Schon komisch, denke ich, keine Hunde, keine Hundebesitzer, aber hier ist kein Tag wie der andere. Was für ein blödsinniger Gedanke, wo ist schon ein Tag wie der andere? Bald kann der Park aussehen wie ein Hundezwinger, mit Gekläff und Gebell, mit Pfiffen und scharfen Befehlen, bald? Von einer Sekunde zur anderen. Ich gehe gegen den Uhrzeigersinn, gehe immer gegen den Uhrzeigersinn, unten beim Südeingang gehe ich nach links, den sanften Hang hoch, vorbei an dem längst still gelegten Pissoir, das zwischen Bäumen und Büschen steht, und den Hang hoch, bis er zum Spielplatz und der riesigen, ja, gigantischen Eiche hin abflacht. Hoch über mir durchstreift ein Flugzeug den Himmel, ein kleines einmotoriges Flugzeug mit einem langen Banner hinter sich, einer Reklame für Mineralwasser, trinkt Mineralwasser, Geld aus dem

Fenster geworfen, wir trinken Mineralwasser, vom Aufstehen bis zum Schlafengehen, wir gießen uns damit voll, ohne dass irgendwer uns darum zu bitten braucht, in den Brauereien wird jetzt auch nachts gearbeitet. Und ich denke, dort oben, dort hoch oben, bin auch ich gewesen, nicht in einem Flugzeug mit einem Banner im Schlepp, sondern in einem Luftballon, geformt wie (wirklich, so war das!) ein Sessel, ein riesiger grüner Sessel, dort oben in einem winzig kleinen Korb unter einem grünen Sessel. Der Jogger läuft jetzt die nördliche Kurve hinab. Er hat sich gebückt und gedehnt, jetzt joggt er wieder, und während ich ihm folge, denke ich daran, dass ich den Innocentia Park von oben gesehen habe, und dass dieser Anblick etwas mit mir gemacht hat, dass er eine entscheidende Bedeutung für mein Leben haben sollte.

Es ist ein Sommermorgen vor fünf Jahren, ein Sommermorgen wie dieser, ein früher Morgen, aber in einem anderen Park. Ich befinde mich im Stadtpark, zusammen mit Vera von Halle, einer Journalistin vom Hamburger Abendblatt, sie ist auf die Idee gekommen, dass wir uns just hier aufhalten sollen, just in diesem Moment. »Ich hole Sie um sieben Uhr ab«, sagt Vera von Halle am Vorabend am Telefon. »Ich hole Sie morgen früh um sieben ab, ich habe da eine Idee, Sie leiden doch wohl nicht unter Höhenangst«, und ich antworte, dass dem nicht so ist. Am folgenden Tag, also an diesem Sommermorgen vor fünf Jahren, holt sie mich mit einem Taxi ab und lässt den Fahrer dann zum Stadtpark weiterfahren. Zwanzig Minuten darauf haben wir unser Ziel erreicht, und ich kann sehen, dass der Ballon, der uns über die Stadt tragen soll, gerade mit Heißluft gefüllt wird. Damit ist ein ganzes Team beschäftigt, junge Leute, alle unter der kundigen Leitung dessen, an den ich Minuten später und von dann an für immer als den Wuuuschmann denken werde. Wir steigen langsam auf. In regelmäßigen Abständen zieht der Wuuuschmann am Hebel und die Flamme schnellt in das Sesselinnere hoch, füllt es mit immer mehr Heißluft. Eine feine Brise weht von Ost nach West, bald segeln wir über den Hausdächern, hoch, hoch ins Blaue.

Es ist ganz still. Der Verkehrslärm verklingt, und es wird so still. Das fällt mir als Erstes auf. Die Tatsache, dass es hier oben ganz still ist, überrumpelt mich geradezu, damit hatte ich nicht gerechnet. Eine totale Stille, nur unterbrochen vom brausenden Wuusch! der Flamme. Anfangs gibt es nicht viel zu sagen, es ist so schön, aber schließlich erzählen wir uns dann gegenseitig, wie schön es ist, wie schön und still es gerade ist. Später tut sie, was getan werden muss, das ist ihre Aufgabe, sie macht es nicht zum ersten Mal, aber jetzt macht sie es wieder, sie interviewt mich, und ich sehe schon fast die Überschrift vor mir, »Herr über die Stadt« oder ein ähnlicher Pisskram. Und apropos Pisskram: Ich muss pissen. Natürlich muss ich das. Wir segeln über die Alster, sehen die Segelboote, die dort unten die blaue Fläche durchpflügen, und sie fragt und ich antworte. Es ist ein Porträtinterview für die Sonnabendausgabe, sie ist freundlich und sanft, zweimal ist sie mir schon um einiges energischer auf den Leib gerückt. Jetzt sind Friede, Freude und lauer Wind angesagt, jetzt soll der Mensch Thomas Mader im Mittelpunkt stehen, der Knabe von der Hallig in der Nordsee. Sie scheint zu vergessen, dass sie eigentlich für Immobilienspekulanten und ähnliches Gelichter nur wenig übrig hat. Und ich erzähle. Während wir über Rotherbaum und Harvestehude in Richtung Hoheluft schweben, erzähle ich von Sturm und Stille, von plötzlicher Springflut, von den Kühen, die sich in der entsetzlichen Nacht 1962 mit Wasser bis zum Bauch an die Hauswand pressen. Ich übertreibe, ich sage, dass mein Vater sie am Ende ins Haus geholt hat, in den Flur, und dass wir glaubten, sterben zu müssen, Mensch und Tier, es ist eine glatte Lüge, eine Lüge, die sich in der Zeitung gut macht. Mein Vater, der kurz vor Armageddon das Vieh ins Haus holt, hat etwas Rührendes, das gebe ich ihr also. Und während ich hier stehe und mich in das hineinlüge, was ich mir als die Herzen der Menschen vorstelle, während wir uns die ganze Zeit weiterhin Hoheluft nähern, während ich hier stehe und mich über erdichtete Details aus meiner frühen Kindheit verbreite, sehe ich, wie sich unter uns der Innocentia Park erstreckt, und damit bin ich verkauft.

Ich kann es nicht erklären. Schon am selben Abend versuche ich, Renate auseinander zu setzen, was mir dort oben widerfahren ist, aber das bringt nichts. Es gelingt mir nicht. Und vielleicht ist es gerade, weil ich die Kontrolle verliere, weil ich stottere und stammele, dass sie sich öffnet, dass sie verspricht, sich die Sache immerhin zu überlegen. Denn sie ist es nicht gewöhnt, mich so zu sehen, sie sieht mich jetzt mit neuen Augen, sie sieht einen neuen Thomas mit großen Lücken in seiner Argumentationskette, einen Mann, der am Ende einfach den Versuch aufgibt, zu erklären, warum er seine letzten beiden Jahrzehnte am Rand dieses Parks verbringen will, dem Innocentia Park, einer grünen Nische mitten im Herzen Hamburgs. Und Renate denkt über die Sache nach, das tut sie wirklich, an den folgenden Tagen ist sie still, ein wenig geistesabwesend, und ich lasse sie in Ruhe mit ihren Gedanken. Es ist verlockend, die ganze Wahrheit zu sagen, dass ich jedenfalls in die Stadt ziehen werde, egal, ob mit ihr oder ohne sie, aber ich schweige, kein Wort, und im Grunde möchte ich ja doch, dass sie mitkommt. Und als sie dann ihren Entschluss gefasst hat, als sie sich einverstanden erklärt, sind ihre Argumente genauso, wie sie daran gewöhnt ist, dass meine es sind, rational, vernünftig, die Villa in Blankenese ist einfach lächerlich groß, jetzt, wo Bernhard endlich ausgezogen ist. Dazu kommt eine kräftige, ja, dramatische Veränderung im Alltag in Form eines kürzeren Weges zur Arbeit (ich kann den Tag um anderthalb Stunden erweitern, wie sie sagt), und was läuft im Grunde schon draußen in Blankenese, es läuft doch alles in der Stadt, wirklich alles, in Blankenese passiert gar nichts, da steht die Zeit still, Blankenese ist im Grunde seit fast neunzehn Jahren eine einzige große Enttäuschung. Dass nicht ein einziges dieser Argumente in meinem Hinterkopf auch nur auf Stippvisite gewesen ist, erwähne ich klugerweise nicht, ich eigne mir diese Argumente vielmehr an, mache sie zu meinen, bringe sie zum Glühen. Und als wir uns über diese Änderung in unserem Leben geeinigt haben, ganz ohne Diskussion oder Streit irgendwelcher Art, ohne ein böses Wort, ohne eine Träne, bringt sie den erlösenden Satz, setzt das eigentliche Siegel unter den Pakt, sagt den Satz, der uns beide vor Lachen losbrüllen lässt, kaum, dass er ausgesprochen ist, einen Satz, den wir in den folgenden Tagen und Wochen zahllose Male wiederholen werden, diese Wörter, die sich in just dieser Reihenfolge aneinander fügen: Aber glaubst du, dass da drinnen irgendwas zu verkaufen ist?

Ich gehe vier Runden. Schnell. In regelmäßigen Abständen höre ich den Atem des rotgekleideten Joggers, der mich einholt und an mir vorbeizieht. Es wird jetzt wirklich heiß. Ich schwitze. Auf einer Bank unten an der östlichen Längsseite hat ein älterer Mann Platz genommen, er wippt mit dem Fuß, hat ein Bein über das andere geschlagen. Als ich den südlichen Ausgang erreiche, nach der Hälfte der fünften Runde, breche ich aus, gehe auf die Straße hinaus, zu den vielen Geräuschen, dem Dröhnen von Automotoren, jemand ruft: »He, komm her!« Aber ich bin nicht gemeint, niemand ruft mich, es wäre einfach unvorstellbar, dass jemand mich rufen könnte, es wäre einfach durch und durch unpassend. Und während ich auf den Grindelberg zugehe, diesen großen Fluss aus Glas und Gummi und Stahl, diese Ein- und Ausfahrtsader, denke ich abermals an den Sommermorgen vor fünf Jahren, als ich in diesem Aufsehen erregenden Ballon, der also grün war und die Form eines Sessels hatte, über der Stadt schwebte.

Ich musste dringend pissen und hatte viel zu erzählen.

»Am Ende hat Vater die Kühe ins Haus geholt«, sage ich. »Vier Färsen und ein Kalb. Ihm blieb nichts anderes übrig. Ich werde es nie vergessen. Wir glaubten doch alle, dass wir sterben müssten. Dass jetzt Schluss wäre.«

Der Wuuuschmann zieht am Hebel.

Sie macht sich Notizen und sagt etwas darüber, dass das auf einen kleinen Jungen doch einen unauslöschlichen Eindruck gemacht haben muss, dass man solche Bilder für den Rest des Lebens mit sich herumträgt, und dann lächelt sie plötzlich strahlend, so strahlend, dass ihre großen gelben Pferdezähne in ihrem unschönen Mund zu sehen sind. Mir geht auf, dass ihr eine journalistische Idee von Dimensionen gekommen ist, und sie fragt: »Und so hat es vielleicht angefangen?«

Ich tue so, als ob ich das nicht verstanden hätte, obwohl ich die Pointe sofort erfasst habe, und dann kommt der geniale Spruch, auf dem sie das gesamte Interview aufbauen wird. Der Junge, der zusammen mit Mutter und Vater und den Kühen in der Stube steht, in dieser entsetzlichen Sturmnacht, der Springflutnacht, in der engen Stube in dem winzigen Haus weit draußen auf dem Meer, Todesangst in aller Augen. Hier geht es ihm auf, unbewusst zwar noch, aber hier wird ein Keil in das Kindergemüt geschlagen. Der Wunsch, irgendwann Platz und Raum zu haben, unbegrenzt Platz und Raum, ein Wunsch, der sich einige Jahrzehnte später in etwa dreihundert Mietshäusern, Fabriklokalen, Hotels, Parkhäusern und Einfamilienhäusern niederschlagen wird. Und ich bringe es nicht übers Herz, ihr nicht von Herzen zuzustimmen, ich sage, ja, so ist es, so kann es jedenfalls sein, es würde mich nicht überraschen, wenn Sie Recht hätten. Ich habe mir das noch gar nicht überlegt, aber jetzt haben Sie mich auf etwas gebracht, ich glaube, Sie haben Recht. Und ich denke weiter, was für ein schönes Bild, was für eine auserlesene Lüge, das hier werden sie lesen, dieses Bild werden sie sich aneignen, alle, die mich im tiefsten Herzen hassen, den Wohnhai in spe, der Angst hat, mitten zwischen den warmen Kuhleibern sterben zu müssen, ganz zu schweigen von dem Kalb, bestimmt hatte er die Arme um den Hals des Kalbes geschlungen, der kleine Knabe.

Ich habe jetzt die lange Strecke erreicht. Die Fünfundvierzigminutenstrecke, die mich von Hoheluft durch die Schlankreye über den Schlump zum Hafen führt, zur grauen Elbe hinunter, zu meinem Büro, zum Schauplatz meiner täglichen Fron. Langsam machen die Endorphine sich bemerkbar, ich gleite in den guten, leicht berauschten Rhythmus, von dem ich in gewisser Weise inzwischen abhängig bin. Es kommt vor, dass es mich überkommt, wenn ich zum Beispiel im Fernsehen einen Film sehe oder die Zeitung lese, dass ich dann denke, jetzt muss ich los, ich bin sogar schon mitten in der Nacht aufgestanden und einfach nur gegangen und gegangen und gegangen. Warum also mache ich dem unbequemen Sessel eigentlich Vorwürfe? Der hat mich wahrscheinlich vor mindestens einem Infarkt gerettet, vielleicht auch vor einem Schlaganfall, ohne diesen Sessel könnte ich längst tot sein, ohne die von ihm produzierten Rückenschmerzen. Die Sonne steigt und mit ihr die Temperatur. Ich bin nicht an Hitze gewöhnt, ich bin gewöhnt an den Umgang mit den kalten Winden von der Nordsee, mit Regen, Regen, Regen, Springflut und Orkan, und jetzt merke ich, auf halbem Weg zum Hafen, jetzt fühle ich, dass wir heute einen vorläufigen Rekord aufstellen werden, heute wird Gott der Herr die Temperatur auf vierzig hochdrehen. Ich öffne meinen Schlips, stecke ihn in die Jackentasche, ich ziehe die Jacke aus, trage sie über der Schulter, sie hängt an meinem rechten Zeigefinger. Der Schweiß strömt aus meinen Achselhöhlen, es ist unmöglich, bei dieser Hitze elegant bleiben zu wollen, es ist mir ein Rätsel, warum ich das überhaupt versuche.

AUSBLICK

In der Rezeption sitzt Bernt Pech. Er sitzt so da wie der alte Mann im Innocentia Park, zurückgelehnt, ein Bein über das andere geschlagen, er wippt mit dem Fuß und starrt mit leerem Blick den Computerbildschirm an. Ein kleiner Mann mit schütteren Haaren unter dem riesigen Bild von Glomser, dem Ölgemälde, das Tjade Glomser im Auftrag der Freien und Hansestadt Hamburg gemalt hat, es zeigt einen Tanker im Dock von Blohm & Voss. Bernt Pech hat schon lange vor meiner Zeit hier im Hause unter diesem Gemälde gesessen.

»Guten Tag, Herr Pech«, sage ich. Wir duzen uns auch nach allen diesen Jahren noch nicht. Ab und zu spiele ich mit dem Gedanken, ihm das Du anzubieten, aber diesen Gedanken verdränge ich dann sofort wieder, es würde ihn erschüttern, so ein Vorschlag würde ihn bis ins Mark erschüttern.

»Guten Tag, Herr Mader. Heute wird es wieder heiß, ja, noch heißer, haben sie im Radio gesagt. Und in Madrid schneit es. Was ist denn bloß los?«

»Niemand weiß, was los ist«, sage ich und strecke die Hand nach Zeitungen und Post aus. Jetzt ist Pech für diese Dinge zuständig, nachdem ich die Neue Ordnung eingeführt habe, die in den anderen Büros hier im Haus und in den umliegenden Redaktionen leicht ironisch als »der dramatische Rationalisierungstrick« bezeichnet wird. Es ist dramatischer, als sie denken, egal, wie viel sie wissen und ahnen.

Er mustert meine Achselhöhlen, natürlich tut er das, er sieht die Schweißringe, die bis zur Mitte der Rippen reichen, dann wendet er sich ganz schnell ab, denn das war ein unprofessioneller Blick, und das weiß er.

»Ich bringe gegen Mittag alles nach unten«, sage ich. Es ist jetzt jeden Tag dasselbe. Anzug und Hemd in die Reinigung. Ich habe vier Garnituren in ständiger Rotation zwischen zu Hause, Büro und Reinigung.

Er nickt. »Der Hellgrüne hängt oben.«

Wieder und wieder habe ich gesagt, dass er das Paket aus der Reinigung hier unten behalten kann, dass er es nicht heraufzubringen braucht, dass ich es selbst mitnehmen kann, aber es bringt nichts, er ist eine Dienernatur.

Im Fahrstuhl nach oben, während ich abwechselnd das schweißnasse Hemd im Spiegel und die wechselnden roten Zahlen betrachte, habe ich eine Vision. Ich stelle mir vor, wie der Fahrstuhl den neunten Stock erreicht, dann aber einfach weiter und weiter fährt, das Dach durchbricht wie eine Mondrakete und mit gewaltigem Gebrüll in den Kosmos hinausfliegt. Major Tom to ground control, und dann löst sich alles auf, ich und die Fahrstuhlrakete, und alles wird zu Farben, Farben, die miteinander verschwimmen. Ist es gesund, so viel zu laufen, wenn es so heiß ist wie jetzt? Ich schließe die Augen. Bald darauf höre ich, wie die Fahrstuhltüren sich öffnen, und ohne die Augen zu öffnen, gehe ich hinaus auf den Gang. Nicht ein Geräusch. Mit der rechten Hand ziehe ich die Schlüssel aus der Hosentasche, mit der linken suche ich die Wand, taste danach und finde sie. Finde dann die richtige Tür. Der Schlüssel gleitet so wunderbar leicht ins Schloss, ja, diese Sache mit Metall in Metall spricht mich an, Metall, das zu Metall passt, Perfektionsarbeit, dass alles stimmt, zumindest hier, der Schlüssel im Schloss zu meinem Büro.

Ich gehe hinein und höre, wie die Tür hinter mir zugleitet.

Dann öffne ich die Augen.

Also, was soll man sagen? Dass die Zeit vergeht und alles sich verändert? Hier hingen die Mäntel. Hier hingen die Jacketts. Die Türen zu Küche und Toilette stehen offen, ich kann die nackte Tischplatte vor dem Fenster und einen Teil des Kühlschranks sehen. Auch die Doppeltür zur weiten Bürolandschaft steht offen. Es ist so still. Nur die elektrische Klimaanlage rauscht leise. Fast so, als schwebte ich in einem Ballon zweihundert Meter über den Hausdächern. Ich lege Post und Zeitungen ins Regal, hänge die Jacke auf, knöpfe mein Hemd auf und lasse es auf den Boden fallen. Ich ziehe mich aus und gehe in die Küche. Der Kühlschrank ist gefüllt mit Bier und Mineralwasser, vor allem Mineralwasser. Es bringt nichts, vor Sonnenuntergang Bier zu trinken, am besten ist es, überhaupt keinen Alkohol zu trinken. Alle paar Tage teilen Renate und ich eine Flasche Rosé, immer nach zehn Uhr abends. Ich trinke große Schlucke aus einer bereits geöffneten Flasche, wenig Kohlensäure, aber eiskalt. Dann gehe ich mit der Flasche in der Hand ans Fenster, o Herrgott, dieser Ausblick, von dem ich nie genug bekommen kann, ich bekomme ihn niemals über, ab und zu träume ich nachts davon, oder ich sehe ihn vor mir, wenn ich die Augen schließe, egal, wo auf der Welt ich mich befinde, in London, Paris, New York oder zum Beispiel in Rødby oder in der Lüneburger Heide. Ich brauche bloß die Augen zu schließen, dann taucht die Elbe auf, die Docks, der überdimensionale Metallwald aus Kränen, ab und zu denke ich an Bäume, an Wald, andere Male an Dinosaurierskelette, Imitationen aus Stahl, die Löcher in den Himmel reißen, der jetzt diesig ist, der im Winter jedoch nachmittags die seltsamsten Farben zeigt, von orange bis seegrün, königsblau, rot wie Blut. Und unten, auf der anderen Seite des Johannisbollwerks, die urbane Uferpromenade mit der wogenden Menschenmenge, den vertäuten Fahrzeugen, den schwimmenden Restaurants, den Schleppern, Fähren, und über dem Johannisbollwerk, auf dem Rücken einer kilometerlangen Stahlkonstruktion über dem dichten Autoverkehr, die U 3, die U-Bahn-Linie 3, von Barmbek ins Zentrum, oder vom Zentrum nach Barmbek, Abfahrt alle vier Minuten. Eine endlose Schlange aus Wagen, hin und her, her und hin, vom frühen Morgen, bis es fast wieder Morgen ist. Tausende von Gesichtern hinter den Fenstern, und ich denke: Hinter diesen Gesichtern, hinter jedem einzelnen Gesicht gibt es so viele

Gedanken und Vorstellungen, so viel Haß, so viel Gebete um Liebe und Glück, es ist so leicht, sich in Träumen zu verlieren, sich in alles Mögliche hineinzuträumen, wenn man hier oben steht.

Die Dusche hat Klaus Klaasen durchgesetzt, das muss man ihm lassen, sollte ich wohl sagen, da es fast unmöglich ist, sich vorzustellen, wie es jetzt ohne Dusche hier wäre. Als wir aus dem engen Büro am Jungfernstieg hergezogen sind, bestand er darauf, dass wir in der größeren Personaltoilette eine Dusche einbauen müssten, dort sei Platz genug. Ich sagte Nein, ich fand, wenn die Leute ins Büro kämen, dann kämen sie doch meistens aus der Dusche. Die anderen Angestellten waren seiner Meinung, aber ich war meiner Sache sicher, wie immer, wenn ich die Mehrheit gegen mich habe, und es gab keine Dusche. Aber dann gab es doch eine, aus Gründen, die in diesem Bericht nichts zu suchen haben, ich begnüge mich mit der Bemerkung, dass Klaus Klaasen und die übrigen Angestellten wenn nicht Recht hatten, dann doch zumindest nicht ganz Unrecht, und dass ich jetzt, bei dieser grausamen Hitzewelle, eine gewisse, nein, eine große Freude darüber verspüre, dass sie sich durchgesetzt haben. Also gehe ich unter die Dusche, die damals so umstrittene Dusche, drehe das kalte Wasser auf, das durchaus nicht kalt ist, sondern eher pisswarm, und schwebe in meinen Gedanken wieder über die Hausdächer. Es geht um diese Ballonfahrt vor fünf Jahren, ich stehe da und mich interviewt Vera von Halle vom Hamburger Abendblatt, und ich bin kurz davor, mich zu bepissen, die Lage ist jetzt ernst, der Augenblick der Wahrheit rückt näher. Und während sie Notizen macht, während Vera von Halle schreibt, signalisiere ich dem Wuuuschmann, gebe ihm ein Signal (hochgezogene Augenbrauen, ein in Richtung Penis zeigender Finger), eine Hinwendung von Mann zu Mann, über ein praktisches Problem körperlicher Natur, das eine Lösung finden muss. Er zeigt auf einen Eimer. Kommt nicht in Frage, ich schüttele den Kopf, nein, nein, nein, das ist einfach ausgeschlossen, hier in einen Eimer zu pissen, in Gesellschaft von Vera von Halle vom

Abendblatt, nicht, wenn man Thomas Mader heißt, das geht einfach nicht. Andererseits kann ich mir auch nicht in die Hose pissen, das geht auch nicht, in beiden Fällen würde sie es sehen, eine Stunde nach der Landung würde die ganze Stadt davon wissen, schneller, als sie in der Zeitung darüber schreiben könnte. Stell dir vor, Thomas Mader hat da oben in einen Eimer gepisst, er hat sich einfach in die Hose gepisst, der mächtige Thomas Mader. Aber dann, als freundliche Geste Gottes, sehe ich die Lösung selber, sehe ich eine Möglichkeit, mich ehrenhaft aus der Klemme zu ziehen. Der Bastkorb, in dem wir uns befinden, hat einen Spalt in fast der richtigen Höhe. Ich gebe meinem Freund, dem Wuuuschmann, noch ein Zeichen, doch er zuckt nur mit den Schultern und lächelt. Ich zeige irritiert auf die Journalistin, zeige auf Vera von Halle, kapiert er denn nicht, begreift er nicht, dass wir hier zusammen tätig werden müssen, dass ich ihn brauche? Doch. Als Vera von Halle sich mit einer neuen Frage auf den schmalen Lippen zu mir umdreht und ich kurz vor dem Aufgeben, der Kapitulation bin, packt der große Mann, der Wuuuschmann, der Kapitän, ihre linke Schulter, kommen Sie, ich muss Ihnen etwas zeigen, sehen Sie nur! Blitzschnell ergreife ich die Gelegenheit beim Schopfe, denn ich habe nur diese eine Chance, öffne meinen Hosenschlitz und ziehe meinen Schwanz heraus. Ich muss mich auf Zehenspitzen stellen, um ihn durch den Spalt im Bastkorb zu bugsieren. Es ist schrecklich unbequem, aber das hilft nichts, ich lasse es laufen, lasse den Strahl los, da stehe ich und pisse auf die Stadt, pisse auf die Stadt unter mir. Und es will einfach kein Ende nehmen. Es gibt kein Ende. Aus dem Augenwinkel sehe ich meinen Freund zeigen und erklären, und Vera von Halle reckt den Hals. Ich stehe da auf Zehenspitzen und beuge mich über den Bastkorb und gebe vor, die Aussicht zu bewundern, die ganze Zeit mit dem Schlauch draußen im Wind, dem Strahl, der sich nach etwa einem Meter auflöst, sich in Tropfen verwandelt, große Tropfen, die zu kleineren zerrissen werden, Urin, der auf dem Boden landen wird, auf Häusern und Menschen, als feiner Nieselregen. Nun gut. Er gibt sich alle

Mühe, ich kann ihm keine Vorwürfe machen, aber nach ein oder zwei Minuten ist dort unten einfach nichts mehr, was Vera von Halles Interesse fesseln könnte. Sie hat eine Aufgabe zu erledigen, sie ist hier oben, um mich zu interviewen. Deshalb kehrt sie an ihren Platz zurück, wo sie sich zum Glück von mir abwendet (der Wind weht ihr die Haare ins Gesicht), als sie den Faden wieder aufnimmt, und ich stehe da und pisse und pisse und äußere mich über mein Studium in Hamburg und Zürich. Das geht gut. Ich erzähle zwei Anekdoten aus dieser Zeit, die sie zum Lachen bringen, und als meine Blase endlich leer ist, zeige ich in die Luft, und sie richtet den Blick auf etwas, was sie vielleicht für ein Flugzeug oder einen seltenen Vogel hält, während ich die Absätze in den Boden des Korbes bohre und den Schwanz einhole, meine Ehre rette. Den Reißverschluss kann ich immer noch hochziehen, im Moment hat das Zeit, ich bin jetzt so erleichtert, dass ich ein Lied anstimme. Und ich bin ein guter Sänger, ich habe einen klangvollen Bariton, das hat sie nicht gewusst, das weiß fast niemand, und ich lese Überraschung in ihrem Blick, Überraschung und Anerkennung, als ich »Wir lagen vor Madagaskar« singe, von Anfang bis Ende, ohne auch nur eine einzige Strophe zu überspringen. Das wird ein schönes Sonnabendporträt, denke ich an jenem Sommermorgen vor fünf Jahren, mehrere Tage ehe mir aufgeht, dass der Wuuuschmann ein Klatschvetter ist.

Ich verlasse die Dusche und gehe in die Küche, ohne mich abzutrocknen, öffne eine neue Wasserflasche und gehe weiter ins Büro, das fast überwältigend wirkt, seit ich die früheren Angestellten, ihre Schreibtische, Schreibtischsessel, Computer und anderen Müll ausgeräumt habe. Ich habe nur meine eigenen Büromöbel in der gegenüberliegenden Ecke des Raumes behalten, dazu die Sitzgruppe aus Leder, den Fernseher, den Großbildschirm. Außerdem habe ich eine Stereoanlage Marke Bang & Olufsen installiert, sie hat ungefähr dasselbe gekostet wie eine Kreuzfahrt einmal um die Welt.

Und während ich triefend über das Parkett wandere, die Wasserflasche in der Hand und immer weiter tropfend, träume ich, dass alles noch so ist, wie es war, ja, vor meinem inneren Auge ist jetzt alles so wie früher. Ich sehe Klaus Klaasen und Catharina Mester in leisem Gespräch vor dem Schreibtisch der Letzteren stehen, Klaus mit dem roten Becher in der Hand, immer diesen roten Becher, Kaffee, literweise. Catharina hat den Kopf schräg gelegt und sieht zu ihm auf, sie sind vertraulich, obwohl sie meines Wissens nicht miteinander schlafen, aber sie duzen sich und haben auch privat miteinander zu tun. Sie plaudern, ehe es mit der Arbeit losgeht, und es kann vorkommen, dass sie über ein Theaterstück sprechen, das sie am Wochenende gesehen haben, vielleicht haben sie sich im Schauspielhaus »Ein Mittsommernachtstraum« angeschaut, mit Gatten und Gattin natürlich, oder sie waren zum Beispiel im Kino. Ich sehe auch Beate Ullrich, nein, sie ist nicht mit Jan verwandt, dem berühmten Radsportler (sie hat diese Frage ja so satt), ich sehe sie jetzt deutlich vor mir, so, wie ich sie an mehreren tausend Morgen gesehen habe, Beate Ullrich, schon in die Zahlen vertieft, gebeugt über den Computer in dieser schrecklichen Arbeitshaltung, die wir ihr nicht abgewöhnen können. Rainer Wallach? Am Kopierer, um diese Tageszeit immer am Kopierer, das ist sein festes Morgenritual, er kann nichts anderes anfangen, solange er seine Schicht am Kopierer nicht absolviert hat, und wenn der ein seltenes Mal defekt ist, ist er glücklich, denn dann kann er ihn reparieren. Stephan Barnhold liest die Zeitung, er liest mit großer Würde die »FAZ«, breitbeinig im Sessel, die »FAZ« vor ihm aufgeschlagen wie ein Segel, und als ich hereinkomme, faltet er sie lächelnd zusammen. Ich grüße. Guten Tag, Herr Klaasen, guten Tag, Frau Mester, guten Tag, Frau Ullrich, Herr Wallach und Herr Barnhold, ich wünsche einen guten Tag! So vergehen die Tage, die Wochen und die Jahre. Bis zu dem Tag, an dem ich ihnen kündige und alle ihrer Wege gehen, mit einem Händedruck, der so golden war, dass sie sich nur verbeugen konnten, kein Mucks von irgendwem, es war nicht billig, aber jetzt stehe ich nackt im Büro, habe eine alte Phantasie verwirklicht, ich bin splitternackt und habe sogar eine halbherzige Erektion beim Gedanken an Catharina Mesters Hintern. Das Telefon klingelt.

Ich gehe hin, nehme das schnurlose Telefon und gehe damit ans Fenster. Ich drücke auf Grün und schaue hinaus auf die Elbe, ein Tanker fährt langsam nordwärts, und natürlich ist es Elisabeth.

»Hier ist Elisabeth«, sagt sie. »Ich habe versucht, dich zu Hause anzurufen.«

Dazu kann ich ja nicht viel sagen.

Mir fällt immerhin auf, dass meine heraufziehende Erektion einen Knick erlitten hat.

»Bist du noch da?«

»Natürlich bin ich noch da.«

»Wie gesagt, ich habe versucht, dich zu Hause anzurufen. Und per Handy.«

Sie weint.

»Na gut«, sage ich. »Ich gehe also davon aus, dass ich nicht zu Hause war. Und mein Mobiltelefon ausgeschaltet hatte.«

»Es geht ihm so schlecht, Thomas. Es geht ihm richtig schlecht, wirklich. Er liegt bloß da und ...«

»Ich möchte nur darauf hinweisen, dass Sie mich nicht duzen dürfen«, sage ich. »Solange Sie nur verlobt sind.«

»Ach, Herrgott! Lieber Herr Mader, Ihr Sohn ist krank. Er antwortet nicht, wenn ich ihn anspreche. Er schläft und schläft nur so, mit heruntergelassenen Jalousien. Schon seit über einer Woche.«

»Haben Sie bei ihm Fieber gemessen?«

Sie verstummt. »Soll das ein Witz sein?«

»Sie müssen versuchen, ihn zu wecken. Dann antwortet er vielleicht.«

»Sie müssen das ernst nehmen, Herr Mader! Das verlange ich ganz einfach von Ihnen. Wenn ihn diese Schwermut überkommt, dann ist die Lage ernst. Dann kann es schief gehen, und ich bin mit ihm allein.«

»Gut«, sage ich. »Dann setze ich mich ins erste Flugzeug nach Málaga. Versuchen Sie so lange, ihn zum Trinken zu bringen!«

»Können Sie mir bitte Renates Mobilnummer geben?« Das kreischt sie fast.

»Sie meinen Frau Mader?«

»Ich meine seine Mutter!«

»Nein«, sage ich. »Tut mir Leid. Nach zweiunddreißig Jahren als Bernhards Mutter hat sie sich endlich eine Geheimnummer zugelegt. Es wurde höchste Zeit, ja, es war möglicherweise sogar schon zu spät. Ich fürchte, unsere Ehe würde darunter leiden, wenn ich Ihnen die Nummer gäbe.«

Jetzt weint sie. »Aber was soll ich denn machen?«

»Lassen Sie sich einen guten Rat geben«, sage ich. »Jetzt packen Sie das Allernotwendigste in eine Tasche und verlassen die Wohnung. Und auf der Straße werfen Sie dann den Schlüssel so weit fort, wie Sie überhaupt können, und dann gehen Sie ganz schnell in die entgegengesetzte Richtung.«

»Na gut. Ich sehe ein, es war blöd von mir, an Ihre Gefühle appellieren zu wollen.«

»Blöd ist vielleicht nicht das richtige Wort. Ich würde eher sinnlos sagen.«

»Wie hat es nur so weit kommen können? Wie könnt ihr so ... böse sein?«

»Wir wollen doch lieber über etwas anderes sprechen«, sage ich. »Wie ist denn die Wassertemperatur am Mittelmeer?«

Die Verbindung wird unterbrochen.

Schwermut! Dass ich nicht lache! Ja, jetzt lache ich tatsächlich dermaßen, dass es im fast leeren Büro widerhallt. Ich gehe zur Stereoanlage und lege »Seven days of falling« vom Esbjørn Svensson Trio ein, und Sekunden darauf strömt »Ballad for the Unborn« aus den Lautsprechern. Ich denke an die Abtreibung, zu der es leider nie gekommen ist, wir hätten ihn aus ihrer Gebärmutter kratzen sollen.

Ich tanze nackt mit Catharina Mester. Ich tanze nackt mit Beate Ullrich, Rainer Wallach und Stephan Barnhold. Ich tanze nicht mit Klaus Klaasen. Klaus steht mit seinem roten Becher da und betrachtet das Ganze, ich klebe ihm eins seiner wunderbaren ironischen Lächeln auf, soll er doch dastehen und vor sich hingrinsen, bis zu dem Tag, an dem ich den endgültigen Schlussstrich ziehe und auch meinen Anteil an diesem Haus verkaufe, an dem ich das Büro aufgebe, das habe ich im Grunde schon, nur noch die Formalitäten stehen aus.

Habe ich daran gedacht, in Málaga zu verkaufen? Schluss mit dem Tanz, den Computer anwerfen, kann es denn wirklich sein, dass ich vergessen habe, in Málaga zu verkaufen? Der Schweiß strömt, die sahnefarbene Stierhaut unter meinem Hintern klebt, deshalb erhebe ich mich und drehe den Schreibtisch höher, stehe davor, arbeite, lasse meine Finger über die Tastatur fliegen. Natürlich habe ich in Málaga verkauft, das habe ich sogar so ungefähr als Allererstes erledigt, deshalb habe ich es vergessen, es ist so lange her, fast ein Jahr. Ich überlege mir, dass mein Sohn dieses eine Mal durchaus gute Gründe haben kann, um sich eine kleine Sommerdepression zu gönnen, die Sperrfrist von acht Monaten (nicht ich hatte mir die erbeten, das waren die neuen Besitzer) ist abgelaufen, jetzt liegt Bernhard da in der Luxuswohnung, liegt in Embryohaltung hinter herabgelassenen Jalousien und weiß, dass hier kein Betteln und kein Flehen hilft, dass er in Zukunft für sein Geld arbeiten muss, er wie so viele andere unglückliche Seelen, jetzt ist Schluss mit der Surferei auf meinen Plastikkarten. »Aber Papaaaaa!« Es dröhnt in meinen Gehörgängen. Zweiunddreißig Jahre alt und schon erfasst von einer Art kokainbasiertem Alzheimer, jetzt geht es hinaus in die erbarmungslose Wirklichkeit, oder vielleicht, um ein wenig realistischer zu sein, hinter die Türen einer geschlossenen Abteilung.

Wieder klingelt das Telefon.

Es ist Klaus Klaasen.

»Mittagessen im Cipo?«

»Njaaa ...«

»Jetzt kommen Sie schon!«, sagt er. »Im Cipo, um eins.«

»Halb zwei«, sage ich. »Hab gerade eine Besprechung mit Málaga.«

»Alles klar«, sagt Klaus Klaasen. »Halb zwei.«

»Vielleicht komme ich ein wenig zu spät«, sage ich.

Bei Málaga weiß man schließlich nie.

Wir legen auf.

Klaus Klaasen, denke ich. Das war der Einzige, der den goldenen Händedruck einsteckte und gleich über die Straße zu einem neuen Job spazierte. Deshalb können Sie sich dieses arrogante Grinsen erlauben, genauer gesagt, Sie haben es sich verdient. Und ich bin nicht beleidigt.

Ich rufe Henessen Büropflanzen an und bestelle einen ganzen Dschungel.

Das wollte ich schon lange.

Zeit zum Fernsehen. Ich gehe ins Badezimmer und hole mir ein Handtuch, ein riesiges Badetuch, lege es aufs Sofa, setze mich darauf, sitze auf dem Sofa mit der Wasserflasche in der einen und der Fernbedienung in der anderen Hand, zappe und trinke lauwarmes Wasser. Um diese Tageszeit fernzusehen hat etwas Befreiendes. Es hat einen Sinn. Morgens und mittags, ja, bis gegen vier, fünf werden Sendungen von bemerkenswerter Qualität gezeigt, in dieser ersten Tageshälfte kann der aufmerksame Zuschauer sich Wissen und Bildung zulegen, ehe dann am Abend die grauenhafte Suppe aus Talkshows und dreißig Jahre alten Hollywoodfilmen den Äther belegt. Wenn man unter Wasser will, und das will ich im Moment sehr oft, dann gibt es jederzeit mindestens vier Sendungen, die zeigen, wie die Welt unter dem Meeresspiegel aussieht, sei es nun dreißig oder viertausend Meter tief. Von der Sandflunder, die sich in dänischen Prielen suhlt, über die haireichen Fahrwasser vor Australien und Kalifornien bis zum Leben da unten in der ewigen Finsternis, diese irrwitzigen Geschöpfe, die sich am absoluten Nullpunkt des Erdballs offenbaren, der Welt, die einer anderen Welt anzugehören scheint, die aber auf Schwindel erregende Weise *gleichzeitig* existiert, während ich dusche, aus der Wasserflasche trinke, fernsehe. Durchsichtige Geschöpfe mit starrem Blick und daumenlangen Hauzähnen, manche sind selbstleuchtend, sie funkeln wie lebendige Weihnachtsdekorationen, andere gleiten einfach nur wie Schatten umher, ja, wie Schatten in einer ewigen Welt aus triefnasser Dunkelheit, sie könnten selbst Darwin mitten am helllichten Tage die pure Angst einjagen, und es kommt vor, dass ich denke: Was haben wir eigentlich in den Biostunden in der Schule gelernt? Was, im Vergleich zu diesem hier? Wer hat mir vom wundersamen Lebenslauf und hohen Giftgehalt des Steinfisches erzählt? Was war mit den Wanderungen des Walhais und den seltsamen Fortpflanzungsritualen im Südchinesischen Meer? Und wenn man weiterzappt, wird man aus der Tiefe heraufgefischt und auf die mongolischen Steppen geschleudert, wird durch Wüsten aus Stein und Sand geschleift, auf Marco Polos Reisen mitgenommen oder zum Beispiel per Hundeschlitten durch Kanada und auf Marathonlauf durch Sibirien. Und ins Ägypten der Pharaonen. Und zu Aufstieg und Fall des Römischen Reichs. Es gibt eine kurze Einführung in die Geheimnisse der französischen Küche, ehe man zum Zeugen einer Elefantengeburt irgendwo in einem chinesischen Zoo wird. Das, das alles und tausend Millionen anderer Bilder, die vorüberhuschen, während die Stunden vergehen und ich einfach nur dasitze, splitternackt auf dem Sofa, und alles seinen Gang gehen lasse. Ab und zu mache ich einen Ausflug zum Fenster, zu der Aussicht, von der ich einfach nie genug bekommen kann, Fernsehen hin oder her. Ich reiße mich von Stonehenge und der Automobilindustrie in Detroit los und gehe ans Fenster. Es kommt vor, dass ich ans Telefon gehe, wenn das klingelt. Kein Tag ist wie ein anderer.

Nach zwei Stunden vor dem Großbildschirm spüre ich das Bedürfnis zu gehen. Ich lasse den Fernseher laufen. Eigentlich möchte ich am liebsten ausgehen, an den Kais entlang nach St. Nikolai oder über den Rathausmarkt und durch Planten un Blomen nach Hause, aber ich bleibe im Haus, laufe eine Stunde lang durch die Bürogänge, nackt, das tut mir gut, und nach einer kurzen Zeit breitet sich in mir eine schwere Ruhe aus.

Später dusche ich noch einmal, ziehe den hellgrünen BOSS-Anzug an, weißes Hemd und Schlips, dann nehme ich die Tüte mit dem schmutzigen Anzug und fahre mit dem Fahrstuhl hinunter zu dem immer wartenden Bernt Pech.

MITTAGESSEN

Klaus Klaasen sitzt an einem der beiden Fenstertische im Cipo, es gibt nur zwei Fenstertische im Cipo, einen rechts von der Tür und einen links. Klaus Klaasen hat sich am rechten Tisch niedergelassen, der der Bar am nächsten ist, ich sehe ihn durch das große Glasfenster, auf dem sich die Wörter »Cipo« und »Café & Restaurant« befinden, aufgemalt in Gold und Schwarz. Ich sehe Klaus Klaasen die Speisekarte in der Hand halten, bemerke aber zugleich, dass er den Tresen anschaut, wo Toni hinter dem weißen Marmor thront, sie reden miteinander, ihre Lippen bewegen sich. Klaus Klaasen trägt Blazer und T-Shirt, schwarzen Blazer, schwarzes T-Shirt, er sitzt da und redet mit Toni, in der rechten Hand hält er die Speisekarte, ein Stück Pappe, das er als Fächer benutzt. Seine Haare, schwarz wie Blazer und T-Shirt, sind kurzgeschoren, millimeterkurz, die Haare bilden in der Stirn eine Spitze, eine Spitze, die mich an Micky Maus erinnert. Als ich hereinkomme, steht er auf, das ist eine alte Gewohnheit, hier kommt der Chef, und dann erhebt man sich, es hilft auch nichts, dass ich ihn vor über einem Jahr gefeuert habe, er erhebt sich trotzdem, wie gesagt, es ist eine alte Gewohnheit, die sitzt in den Knochen.

Wir begrüßen einander. Ich winke Toni zu, der zurückwinkt, ich winke mit der linken Hand und lasse die rechte in Klaus Klaasens feuchten Zugriff gleiten.

»Haben Sie kein Wasser bestellt?«, frage ich. Setze mich.

»Schon unterwegs, Herr Mader«, sagt Toni.

»Ich bin eben erst gekommen«, sagt Klaus Klaasen.

Wir unterhalten uns ein Weilchen über das Wetter und den nicht vorhandenen Wind, das Thema lässt sich einfach nicht vermeiden. Das Wasser kommt, wir trinken große Schlucke, und Toni bleibt stehen, er bereitet sich auf den Spruch des Tages vor, die Speisekarte ist für die Amateure.

»Ja, Herrgott, was soll man bei dieser Hitze denn essen?«, fragt Klaus Klaasen und sieht Toni an, mit leicht resignierter Miene.

Toni sagt seinen Spruch auf.

Klaus Klaasen bestellt trotzdem von der Karte Thunfischsalat, während ich zu meinem Erstaunen auf den Spruch eingehe und um Spaghetti Marinara bitte, jetzt muss ich etwas anderes haben als Gemüse und Obst, jetzt halte ich das Vegetarierleben nicht mehr aus, vierzig Grad hin oder her.

Als Toni in der Küche verschwunden ist, sagt Klaus Klaasen: »Gestern Abend hat Bernhard bei mir zu Hause angerufen. Ich wollte das nur erwähnt haben.«

Ich nicke. »Und jetzt ist es erwähnt.«

»Wie geht es Ihrer Frau?«

»Ich habe seit drei oder vier Tagen nichts von ihr gehört, und da ist sicher alles in Ordnung.«

»Verreist?«

»Ja, ich glaube nicht, dass sie tot im Keller liegt.«

»Ich hab mir da etwas überlegt. Nach all diesen Jahren ...«

»Natürlich können wir uns duzen«, sage ich. »Auf die Idee war ich auch schon gekommen.«

Er wirkt aufrichtig überrascht. Er ist zehn Jahre jünger als ich. »Nein, ich meine ... ja! Schön!«

Seine Zähne sind die pure Perlenschnur.

»Du meinst, dass du an etwas anderes gedacht hattest?«, frage ich.

Zum ersten Mal sage ich du zu ihm. Das ist ungewohnt. Natürlich ist es ungewohnt. Ich, wir werden uns in der nächsten Zeit immer wieder mit der Anrede irren.

Er windet sich. »So würde ich das nicht ausdrücken. Es ist nichts, worüber ich mir jeden Tag den Kopf zerbreche.«

»Na gut«, sage ich. »Dann lassen wir es erst mal beiseite, ja?«

Er lacht. Schenkt Wasser nach und lacht.

»Ich habe beschlossen, das Büro zu behalten«, sage ich. »Obwohl alles andere verkauft ist.«

Er stößt einen leisen Pfiff aus. »Das stimmt also?«

»Ja. Ich verkaufe alles, bis auf Haus und Büro. Ich glaube sogar, ich werde das Auto aufgeben.«

Jetzt schüttelt er den Kopf. »Ich gebe dir sechs Monate. Dann bist du zurück in der Tretmühle. Falls du nicht inzwischen ...«

»Nein, ich bin noch keiner Sekte beigetreten. Ich habe nicht einmal vor, mich der Natur zu nähern.«

»Na, in Ihrer Situation können Sie schließlich machen, was Sie wollen.«

Dazu gibt es nicht viel zu sagen.

Abgesehen davon, dass wir uns duzen.

»Bernhard wirkte total verwirrt«, sagt er. »Er hat geweint.«

Ich nicke. »Er wurde weinend geboren, wie alle anderen Kinder, aber anders als die meisten anderen hat er nie damit aufgehört. Er weint und weint.«

»Ich glaube, du musst damit rechnen, dass er ein wenig Widerspruch einlegen wird, was deine letzten Dispositionen angeht.«

»Ja«, sage ich. »Damit habe ich schon ganz zu Anfang gerechnet. Aber wer, glaubst du, hat unter uns den besseren Kopf? Vater oder Sohn?«

Er hebt abwehrend die Hände.

»Er wird nicht einmal den Rasenmäher erben«, sage ich. »Oder vielleicht doch. Den doch.«

Das Essen wird serviert und wir stochern halbherzig darin herum, Klaus Klaasen gebeugt über die Schüssel mit Thunfischsalat, ich mit meinem tiefen Teller mit Spaghetti Marinara, Spaghetti mit würziger Tomatensoße, Tintenfisch, Scampi und Venusmuscheln. Es schmeckt gar nicht schlecht, unter anderen Umständen würde es vermutlich gut schmecken, aber nun liegt eben diese entsetzliche Hitze über der Stadt, diese fast vierzig Grad, sie ersticken jeglichen Anflug von Appetit. Aber essen muss man, etwas muss man im Bauch haben, und während wir also hier sitzen und Nahrung in uns hineinzwingen, langsam, langsam, reden wir über alles, was uns im Grunde nicht interessiert, oder jedenfalls nur wenig, über Konjunktur, Wetter, Familie, wieder über das Wetter. Und während das Gespräch stockend und uninspiriert seinen Gang geht, denke ich die ganze Zeit an etwas anderes, ich bemerke, dass das Gespräch, was mich betrifft, im Leerlauf hängt, während ich die ganze Zeit an etwas anderes denke. Ich denke an den Impuls, der mir da oben unter dem großen Ballon kam, dem grünen Sessel, an jenem Sommermorgen vor fünf Jahren; an die plötzliche und nicht wenig befreiende Idee, dass ich ja einfach aus allem austreten kann, ich kann mir eine Villa am Innocentia Park kaufen und dann anfangen, den ganzen Schrott zu verkaufen. Ich habe keine Ahnung, woher diese Idee gekommen ist, ich habe auch nicht versucht, das zu ergründen, die Idee tauchte einfach auf wie eine Blase in einem stark verschmutzten Weiher. Hier ist nicht die Rede von Ausgebranntsein oder Depression, soviel ich weiß geht es mir hervorragend, trotzdem denke ich an Abwickeln, Aufhören, Aussteigen! Nicht für einen Moment habe ich vor, mich zurückzuziehen und auf Island Pferde oder auf Sylt Austern zu züchten, ich habe nur dieses starke klare Gefühl, dass genug genug ist. Ja, dort, zweihundert Meter über der Stadt, denke ich, dass ich weiter ins Büro gehen will, dass ich jeden Tag ins Büro gehen will, dieses selbe Büro, das jetzt doch ein anderes ist, nachdem die Räume gereinigt worden sind, ja, geläutert von Menschen und Möbeln – nachdem ich Lachen und Stimmengewirr ein Ende gesetzt habe.

»Ich brauche einen neuen Anzug«, sagt Klaus Klaasen und schiebt seine Schüssel beiseite. Er streift seinen Blazer ab.

Ich nicke und stelle zu meiner Verwunderung fest, dass ich alles aufgegessen habe.

»Einen hellen Anzug. Ich habe einen ganzen Schrank voller dunkler Kleidung, schwarz und blau.«

Warum erzählt er mir das? Haben wir jemals miteinander über Kleidung gesprochen? Ja. Ich habe ihm befohlen, einen Schlips zu tragen, als ich ihn seinerzeit eingestellt habe. Er erschien wie jetzt, mit T-Shirt und Blazer, und ich schickte ihn nach Hause, um sich Hemd und Schlips zu holen.

»Ja«, sagte ich. »Lass uns nach Feierabend zu Wormland gehen. Ich möchte dir einen Anzug spendieren, Klaus. Und ich selbst könnte zwei Hemden gebrauchen.«

»Zu Wormland? Da kaufst du ein?«

»Immer schon. Ist das nicht gut genug?«

»Aber klar doch. Ich hab mich auch immer schon bei denen eingekleidet. Aber du brauchst nicht für mich zu bezahlen.«

»Nein«, sagte ich. »Streng genommen nicht. Aber mach doch einem alten Mann die Freude.«

Ich habe keine Ahnung, warum ich diesen Unsinn rede, warum ich nach Feierabend mit ihm zu Wormland gehen will, um ihm einen Anzug zu spendieren.

»Warst du sauer, als ich dich damals nach Hause geschickt habe?«, frage ich. »Als du ohne Schlips erschienen bist?«

Er lacht ein wenig unsicher. »Ja, im Grunde schon. Aber vor allem war es mir schrecklich peinlich. Herrgott, ich weiß wirklich nicht, was ich mir dabei gedacht hatte. Am ersten Tag beim neuen Job!«

Jetzt bin ich derjenige, der lacht. Die Lage wird langsam albern. Zuerst will ich mir nicht anhören, was ihm offenbar zu schaffen macht, dann will ich nicht mit ihm über Bernhard sprechen, sondern rede nur Unfug über Rasenmäher. Nein, Moment mal. So hat es nicht angefangen. Alles fängt damit an, dass er mich im Büro anruft, eben dem Büro, in dem er fast acht Jahre lang gearbeitet hat, just in dem Büro, aus dem ich ihn fast acht Jahre zuvor weggeschickt habe, um in Hemd und Schlips zurückzukehren, jetzt stehe ich nackt und allein in diesem Büro, und ein Impuls bringt mich dazu, ans Telefon zu gehen, als es klingelt, gerade diesen Anruf beantworte ich, und dann ist es Klaus Klaasen, der – ausgerechnet – mit mir im Cipo Mittag essen will. Auf diesen Vorschlag, auf diese Anfrage, antworte ich nach kurzem Zögern mit Ja. Ich erkläre mich dazu bereit, mit Klaus

Klaasen im Cipo zu Mittag zu essen, obwohl mir im Moment nichts ferner liegt als Essen, und obwohl ich keinerlei Bedürfnis danach verspüre, an einem heißen Tag wie heute mit ihm oder irgendeinem anderen Menschen zu reden. Mir ist außerdem bewusst, dass er gerne wissen möchte, ob die Gerüchte, die er gehört hat, zutreffen, ob ich wirklich das gesamte Imperium verkaufe, und als er auf diese plumpe Weise Bernhards Anruf vorbringt, vermittele ich ihm den Eindruck, dass es zwischen mir und meinem Sohn schwerwiegende Widersprüche gäbe. Später biete ich ihm einen neuen Anzug an, ich biete einem Mann von über vierzig einen neuen Anzug an, obwohl derselbe Mann acht- oder zehnmal soviel verdient wie der Durchschnitt, ich bringe ihn in Verlegenheit, denn natürlich kann er nicht ablehnen, wenn der Vorschlag von Thomas Mader kommt, dem Mann, der ihn reich gemacht, der im Zusammenhang mit einer ganz und gar unnötigen Kündigung sein Konto voll gepumpt hat. Das Einzige, was er jetzt tun kann, ist, das Essen zu bezahlen und sich zu verfluchen, dass er diesen verdammten Anzug überhaupt erwähnt hat, die Tatsache, dass sein Kleiderschrank vor dunklen Sachen überläuft.

»Ich würde dir gern für eins danken«, sage ich. »Und zwar, dass du damals das mit der Dusche durchgesetzt hast.«

»Dusche?«

»Die Dusche im Büro. Ich kann dir sagen, die macht mir jetzt wirklich Freude.«

»Ach, die. Na, das war ja nun nicht gerade mein Verdienst.«

»Nein, das wohl nicht. Aber du hast den Vorschlag gemacht. Es war deine Idee.«

Jetzt rutscht unser Gespräch in die vollständige Sinnlosigkeit ab. Hier sitzen wir nun und rekonstruieren, wer und in welcher Reihenfolge eigentlich was gesagt hat.

Schluss damit.

Toni kommt und fragt, ob wir Dessert und Espresso wünschen, das wünschen wir nicht, aber glücklicherweise bringt diese Unterbrechung uns auf ein anderes Gleis.

»Du warst okay als Chef«, sagt er. »Das wollte ich nur gesagt haben.«

»Das habe ich mir wirklich nie überlegt«, sage ich. »Ob ich als Chef okay war oder nicht. Ich bin wohl eigentlich ein ziemlicher Starrkopf.«

»Das muss ein Chef im Grunde wohl auch sein. Aber du hast uns freiere Hand gelassen, als die meisten von uns es gewöhnt waren.«

O Herrgott, hör auf. *Hör auf!*

»Was ist aus den anderen geworden?«, höre ich mich fragen. Ich habe keine Ahnung, warum, es geht mir sonst wo vorbei, aber jetzt frage ich Klaus Klaasen, was aus Catharina Mester, Beate Ullrich, Rainer Wallach und Stephan Barnhold geworden ist.

»Das weiß ich eigentlich gar nicht. Ich glaube, Barnhold hat irgendwo in Bayern etwas gefunden.«

Barnhold nach Bayern, denke ich. Warum auch nicht?

»Soll das heißen, dass du nicht einmal weißt, was aus Frau Mester geworden ist?«

»Doch, doch. Die ist hier in der Stadt. Hat nichts Neues gefunden, aber ich glaube auch nicht, dass sie besonders eifrig gesucht hat.«

»Es klingt vielleicht an den Haaren herbeigezogen«, sage ich. »Aber ab und zu habe ich mich gefragt, ob ihr beide ... ja, du verstehst?«

Er lacht.

Vielleicht doch nicht so ganz an den Haaren herbeigezogen?

»Das wäre ja was gewesen! Frank ist mein bester Freund!«

»Frank?«

»Frank Mester. Nina und ich ... wir treffen uns oft mit ihnen.«

Jetzt liegt mir eine passende Bemerkung auf der Zunge, aber die kann ich mir gerade noch verkneifen.

»Das war nur ein Witz«, sage ich stattdessen. »Ich meine, ich fand euch ein gutes Team. Ihr habt gut zusammengearbeitet.«

Er nickt. »Das stimmt.«

Sie treffen sich oft?, denke ich. Was soll das schon heißen. Und was hat Klaus eigentlich eben gesagt? Ja, dass er sich oft mit seinem besten Freund und der Frau dieses Freundes trifft, seiner eigenen Arbeitskollegin Catharina, dass Klaus und Nina sich mit Frank und Catharina auf freundschaftlicher und nicht-sexueller Ebene treffen.

Ich komme mir plötzlich so ... leer vor. Leer. Merke, dass ich meine Zunge hüten muss, damit diese Leere nicht die Gestalt von Wörtern und Sätzen annimmt. Ich denke, jetzt hätte ich fast irgendein Geständnis gemacht. Wir duzen uns erst seit einer Dreiviertelstunde, aber jetzt wäre ich fast zu weit gegangen. Wenn ich nur das mit dem Anzug ungesagt machen könnte.

»Nicht den Anzug vergessen«, sage ich.

Er nickt und winkt Toni zu. »Ich erwarte dich um fünf Uhr unten in der Rezeption. Wir nehmen ein Taxi, nicht wahr?«

»Nicht wahr. Wir gehen.«

»Na gut«, sagt er. »Aber du wirst nur für deine eigenen Hemden bezahlen.«

Fast ein wenig schroff.

Ich bin hundert Prozent sicher, dass er Catharina vögelt.

Ach, diese verdammte Hitze! Ich sehe Klaus Klaasen in kühlem Glas und Stahl verschwinden, und ich gehe weiter die Straße entlang, schaue auf die Uhr, es ist halb drei, ich kann gar nicht schnell genug in den Fahrstuhl gelangen, muss mir ganz schnell alle Kleider vom Leib reißen, unter die Dusche stürzen, dann einfach nur hin und her laufen, während ich aus dem Augenwinkel die flimmernden Fernsehbilder betrachte, mit etwas Glück wird es eine Reportage über Grönland oder einen Pol geben, über ewiges Eis.

Als ich an Bernt Pech vorübergehe, öffnet er den Mund und zeigt auf die Sitzgruppe: »Da ist Besuch für Sie!«

Das ist ein Irrtum.

Da ist kein Besuch für mich.

Ich laufe durch das Foyer und öffne die Fahrstuhltür. Auf dem

Weg nach oben schalte ich mein Telefon ein, fünfzehn Anrufe sind eingegangen, aber ich rufe nicht die Mailbox ab, im Gegenteil, ich schalte das Telefon wieder aus.

Das leere Büro! Hier ist es so wunderbar still. Ich beschließe, den Fernseher ebenso ausgeschaltet zu lassen wie das Nokia, und als ich mich ausziehe, denke ich an alle Wörter, die in diesen Räumen gefallen sind, an alle Entscheidungen, die hier getroffen wurden, Lachen, ein seltenes Mal Weinen. Ich denke: Es war eine gute Zeit. Gute Worte und kluge Entschlüsse. Jetzt ist die gute Zeit von einer fast erhabenen Stille abgelöst worden, und als der Festanschluss anfängt zu klingeln, reiße ich energisch den Stecker aus der Dose.

Unter der Dusche fange ich an zu weinen.

Klaus Klaasen redet und redet, als wir in Richtung Innenstadt gehen. Wir spazieren in gelassenem Rhythmus, die Jacketts über der Schulter hängend, die Zeigefinger als Haken. Klaus Klaasen hat jetzt richtig Blut geleckt. Er war in einer argen Klemme, kann er mitteilen, die Frage ist, ob er beim Mittagessen nicht um ein Haar eben diese Klemme zur Sprache gebracht hätte, dieses, von dem ich den Eindruck hatte, dass er es »mit sich herumschleppte«. Aber wenn das so war, dann ist ihm im Laufe der zweieinhalb Stunden, die er streng genommen hätte verwenden müssen, um andere Ideen zu entwickeln, Ideen, für die er bezahlt wird, die mit seiner Arbeit zu tun haben, die befreiende Idee gekommen. Jetzt weiß er endlich, was er seiner Frau zum vierzigsten Geburtstag schenken wird, am 14. Oktober wird Nina vierzig, und er, Klaus, wusste nicht mehr ein noch aus, denn was schenkt man einer, die alles hat und die sich außerdem nicht für Schmuck interessiert. Überhaupt umkreist er lange das Thema »Gegenstände«, die ganze Zeit mit einer gewissen Verachtung in der Stimme, haben wir nicht genug Gegenstände, jetzt, wo wir im Leben so weit gekommen sind, ich habe oft das Gefühl, dass wir in Dingen begraben werden, Mader, ich sage, dass es jetzt Thomas heißt, von nun an heißt es Thomas und Klaus, na gut, aber diese vielen Gegenstände! Deshalb will er, statt ihr einen Ring, eine Brosche, eine Harley Davidson, Duellpistolen oder (noch ein) Auto zu schenken, ihr ein Erlebnis bescheren. Ein Erlebnis fürs Leben, wie er sagt, jetzt hat er beschlossen, dass sie beide, nur er und Nina, ganz ohne Kind und Hund, um Weihnachten zwei Wochen auf Kreuzfahrt mit der MS Europa gehen werden, die sich um diese Jahreszeit in der Karibik aufhalten wird. Und als könnte diese Mitteilung für mich von irgendeinem Interesse sein, hämmert er weiter mit Tatsachen auf mich ein, die er über das Internet in sein Gehirn geladen hat, Baujahr und Stapellauf, Länge, Breite, Maximalgeschwindigkeit, Anzahl der Passagiere und der Angestellten, die überlegene Qualität der Kabinen, die eigene Bibliothek, der Zigarrensalon, die Bars, der Pool, der Trimmraum und die japanische Massage, alles eingerahmt in Glas und exotische Holzsorten, Messing und Marmor.

Zu allem sage ich: »Großartig.«

Die Zeit vergeht schnell in guter Gesellschaft, und kaum hat er die verschiedenen Anlaufhäfen, Inseln, Städte und Buchten beschrieben, da überqueren wir auch schon mit festem Kurs auf Wormland, unseren bevorzugten Kleiderladen, den Rathausplatz. Es gibt bessere und vor allem um einiges teurere Herrenkonfektionsgeschäfte in Hamburg, wie zum Beispiel Kirsch oder Staben, aber zu unser beider Überraschung ist bei diesem Mittagessen herausgekommen, dass wir bei Wormland unsere Anzüge, Hemden, Blazer und Mäntel kaufen, hier kaufen wir, jeder für sich, seit Jahren ein, ohne voneinander zu wissen. Welchen Grund Klaus Klaasen haben mag, um auf maßgeschneiderte Anzüge zu verzichten, weiß ich nicht, will ich nicht wissen – ich persönlich kann es nicht leiden, von Männern mit Maßbändern angegrabbelt zu werden. Außerdem führt Wormland brauchbare Marken wie BOSS, Joop und Armani, die sind gut genug für mich, mehr als gut genug für mich. Im Geschäft überkommt mich dann eine Verwunderung, ja, eine Überraschung, die noch viel größer ist als die, die mich überkam, als ich erfuhr, dass auch Klaus Klaasen bei Wormland einkauft. Denn Wormland liegt in der Herrenbekleidungsliga zwar nicht gerade an der Spitze, ist kein Tummelplatz für manierierte Millionäre mit Karten aus Gold und Platin, aber es liegt doch um einiges über dem Durchschnitt. Mit dem Scheck vom Sozialamt kommt man nicht hierher. Deshalb staune ich gar nicht schlecht, als ich schon kurz hinter dem

Eingang ein ganzes Gestell mit Hawaiihemden entdecke, und mehr noch: einen Tisch mit Stapeln aus kurzen Hosen. Und während Klaus Klaasen sich von einem der Verkäufer zur Treppe in den ersten Stock entführen lässt, wo sich die Anzüge befinden, wächst mein Erstaunen noch, denn jetzt verstehe ich überhaupt nichts mehr. Denn ist es nicht so, dass ich mich zu diesen farbenfrohen Hemden hingezogen fühle, zu diesen grauenhaften Geckenklamotten mit Bildern von Palmeninseln, Papageien und tropischen Fischen? Doch. Ich fühle mich hingezogen zu Türkis und Grün und Rot und schreiendem Gelb. Aufhören, denke ich, dir ist einfach nur Klaus Klaasens karibisches Gefasel zu Kopf gestiegen, das tust du nicht, verdammt, das tust du nicht, aber dann tue ich es doch. Gehe zu dem Gestell und lasse die Finger über den Stoff gleiten. Und es ist Seide! Es ist dünne Seide! Dünne, dünne Geckenseide. Als ich ein Hemd von der vernickelten Stange nehme, halte ich nur das Gewicht des Kleiderbügels in der Hand, ja, ich kann das gar nicht anders sagen. Das Hemd wiegt einfach nichts. Sogar die Perlmuttknöpfe sind schwerelos. *Sind die nicht entsetzlich?*, höre ich meine eigene Stimme. *Sind sie nicht so entsetzlich, dass du ganz einfach …*

Ich beschließe, an einem anderen Tag zurückzukommen. Die Sache zu überschlafen, genauer gesagt, mich eine oder zwei schweißnasse Nächte darüber zu wälzen. Mich mit Klaus Klaasen zu duzen ist das eine, etwas ganz anderes ist es, Seiten seiner selbst zu zeigen, von deren Existenz man nicht die leiseste Ahnung hatte. Thomas Mader im Hawaiihemd! Da könnte ich auch gleich im Weihnachtsmannkostüm und mit Netzstrümpfen im Büro erscheinen. Ich nehme sechs Stück von der Stange und gehe damit zu dem Tisch mit den kurzen Hosen. Und sehe, dass mit den kurzen Hosen in letzter Zeit etwas passiert ist. In letzter Zeit? Ich rede hier doch wohl von der entsetzlichen Klassenreise nach Sylt zu Beginn der siebziger Jahre, zu unserem Ausflug auf die Insel Sylt. Damals wie heute ächzte ganz Norddeutschland unter einer Hitzewelle, es herrschte Ausnahmezustand, die Reise wurde mitten in der Woche unternommen, die Entscheidung war auf höchster Ebene gefällt worden, und zwar von Rektor Everts, Dr. Jürgen Everts. Wir fuhren also nach Sylt, angeführt von unserer Klassenlehrerin, Frau Ursula Wiibe, fuhren mit Zelt und Schlafsack, und als wir dort eintrafen, stellte es sich heraus, dass ich als Einziger ohne kurze Hose oder Badehose gefahren war. Ich war einfach nicht auf die Idee gekommen, so etwas einzupacken, ich besaß solche Kleidungsstücke nicht, hatte noch nie gebadet, da, wo ich herkam, war das Meer Arbeitsplatz und Mordsee. Mir wurde also befohlen, eine Badehose zu kaufen, ich protestierte, aber auf diesem Ohr wollte Frau Wiibe nicht hören, sie wollte um jeden Preis, dass wir alle gleich wären, dass wir zu den verschiedenen Aktivitäten am Strand in Badehose anträten, oder zumindest in kurzen Beinkleidern. Dieser Zwangskauf stellte eine wenig erwünschte Verkleinerung meines Reisekapitals dar, was dazu führte, dass ich den Laden mit einer kurzen Hose von der billigsten Sorte verließ, einem synthetischen Teil in Grün und Weiß. Es gab keinen Einsatz in dieser Hose, was wiederum dazu führte, dass ich weder sitzen noch liegen konnte, wenn ich nicht in aller Öffentlichkeit meine Eier ausstellen wollte, und wenn ein Gymnasiast eines nicht will, dann ist das, seine Eier auszustellen. Mit anderen Worten, es waren keine besonders lustigen Tage, und seither bin ich kurzen Beinkleidern ausgewichen, ich habe zwar irgendwo eine Badehose herumliegen, aber kurze Hosen standen immer auf meiner Liste von unerwünschten Objekten. Jetzt sehe ich jedoch, dass seit damals mit den kurzen Hosen allerlei geschehen ist, und wenn ich mir das genauer überlege, dann ist mir das eigentlich schon längst klar, ich bin doch hier in der Stadt unterwegs gewesen, im Innocentia Park und anderenorts, und habe den ganzen Sommer lang die neuen kurzen Hosen beobachtet, aber ohne, dass mir das bewusst gewesen wäre. Jetzt dagegen. Ich sehe, dass die synthetische schrille Farbenpracht Baumwollteilen in Grau, Schwarz und Khaki hat weichen müssen, das hier sind wirkliche Qualitätskleidungsstücke, und die Länge ... die Frage ist, ob nicht der Begriff »kurze Hose« nun auch ausrangiert werden kann, jedenfalls so, wie wir ihn in meiner Kindheit und späteren Jugend verstanden haben. Die Beinkleider, die ich hier betrachte, erinnern an vergilbte Fotos aus der Kindheit meines Vaters, aus der Zeit, als Arbeiter- und Bauernsöhne bis zur Konfirmation kurze Hosen trugen. Sie reichen ungefähr bis an die Knie.

Ich rufe Klaus Klaasen an.

»Klaasen.«

»Du, ich muss los. Ich hab eben einen unerwarteten Anruf bekommen.«

»Ach je. Hoffentlich nichts Schlimmes?«

»Nein, nein. Renate hatte ein bisschen Pech mit dem Auto. Ihr ist nichts passiert, aber du weißt ja, wie das ist. Vor allem mitten während der Stoßzeit.«

Ich trage die beiden kurzen Hosen und die Hawaiihemden zum Tresen und lege meine VISA-Karte vor.

»Himmel. Soll ich mitkommen?«

»Nein, das nun wirklich nicht. Es ist nur eine Beule im Blech. Ich nehm mir am Rathausmarkt ein Taxi.«

Die Frau aus Iran/Irak/Kurdistan zieht meine Karte durch das Lesegerät.

»Na gut. Ich ruf dich morgen an.«

»Morgen muss ich nach Berlin«, sage ich. »Ich melde mich, wenn ich wieder hier bin.«

»Und du bist ganz sicher, dass ...«

Ich unterbreche die Verbindung.

Sekunden später verlasse ich mit der großen Kleidertüte den Laden.

Ist es wirklich möglich, dass es noch heißer geworden ist? So kommt es mir vor. Eine andere Möglichkeit ist, dass ich selbst durch diesen unerwarteten Einkauf hektisch geworden bin, die Tatsache, dass ich soeben zur Anschaffung von sechs Hawaiihemden und zwei kurzen Hosen geschritten bin, einer grauen und einer khakifarbenen, und dieses Geschäft habe ich mir noch dazu erschlichen, sozusagen hinter dem Rücken eines meiner ehemaligen Angestellten. Ich weiß nicht, warum, doch, das weiß ich sehr gut, ich hatte einfach nicht den Mut, diese lächerlichen Klamotten vor den Augen von Klaus Klaasen zu kaufen, während Klaus Klaasen neben mir stand und es geschehen sah, er mit seinem neuen Sommeranzug über dem Arm, ich mit zwei kurzen Hosen und sechs Hemden Typ Hawaii. Ich hätte ihn in Verlegenheit gestürzt, ja, das sage ich mir jedenfalls, als ich hier über die Straße gehe. Gänsemarkt. Stephansplatz. Dammtor. Dammtor. Kaiser Wilhelms Lieblingsbahnhof in Hamburg. Jetzt ist dieser Bahnhof behutsam renoviert worden, das ganze Dach wurde neu gedeckt, Läden und Kioske haben ihre ursprüngliche Gestalt wieder angenommen, so, wie sie angeblich ausgesehen haben, als dieses Bauwerk um die Jahrhundertwende errichtet wurde, um die vorige Jahrhundertwende. Eins hat sich jedoch radikal geändert, seit Wilhelm Zwo hier ein und ausstieg, die Toilette nämlich. Die nicht einmal mehr Toilette oder WC heißt, sondern Waschzentrale, ein Traum aus Glas und Stahl. Und ich steuere nun diesen kühlen Traum an, nachdem ich zuerst fünfzig Cent in die automatische Schranke gesteckt habe. Ich sehe nicht besonders gut aus, das ist mein erster Gedanke, als ich mich im Spiegel sehe, ich sehe verschwitzt und erschöpft aus, mit anderen Worten wie alle anderen, wie jeder und jede von Hamburgs eins komma sechs, abgesehen von denen, die gerade unter der Dusche stehen. Ich halte den Kopf unter einen Kaltwasserhahn und lasse das Wasser einige Sekunden lang fließen.

Dann gehe ich in eine Zelle und wechsele auf Hawaii über.

Und sehe aus wie ein Idiot.

Es ist schön, wie ein Idiot auszusehen. Es ist geradezu ausgezeichnet. Und das Seltsame, ja, das Unbegreifliche, ist, dass kein Mensch reagiert. Ich spaziere durch die große Halle, vorbei an Feinkostladen, Tabakkiosk und den Tresen mit frisch geschmierten Baguettes und kalten Getränken, ich gehe durch die ganze Halle, und überall sind Menschen, die hin und her eilen, die die Treppen von den Bahnsteigen herunterströmen, die durch die großen Glastüren zur Straße rennen. Ich befinde mich mitten in einem brodelnden Kessel aus Fleisch und Blut und Haut und Haaren, und kein Schwein reagiert darauf, dass ich, Thomas Mader, der Mann, der eben noch im Anzug auf der Herrentoilette verschwunden ist, nun seine Auferstehung als Idiot begeht. Aber natürlich. Wir schreiben das Jahr 2003, und alles ist erlaubt, zumindest, was das Aussehen angeht. Blaue Haare, grüne Haare, Trainingsanzug und Pumps, dunkler Anzug mit weißen Turnschuhen, Bikini und Tarnjacke. Ich dagegen bin nicht anders gekleidet als ein leicht bescheuerter Reisender am Mittelmeer, und ich könnte ja durchaus ein leicht bescheuerter Mittelmeerreisender sein, das wissen die Leute hier doch nicht, ich könnte morgens mit einem Flugzeug aus dem hohen Norden, aus Finnland, gekommen sein, mein Name ist bekannt, nicht mein Gesicht. Nicht einmal die Tatsache, dass ich zu dieser Tracht schwarze Mokassins und dunkelblaue Socken vorweise, scheint von Bedeutung zu sein.

Ja, es tut gut, auszusehen wie ein Idiot. Es ist befreiend. Aber vor allem ist es bequem. Zum ersten Mal, seit ich mich im Büro ausgezogen habe, verspüre ich etwas, das eine gewisse Ähnlichkeit mit Abkühlung hat. Sogar, als ich den Bahnhof verlasse und mich in die flirrende Nachmittagshitze begebe, auf den Platz unter dem hoch aufragenden Radissonhotel, verspüre ich eine behagliche Abkühlung. Es gibt keinen Wind, nirgendwo ist irgendein Wind aufzutreiben, aber als ich den Platz überquere und die breite Treppe hochsteige, spüre ich die Luft am Leib. Das hauchdünne Hawaiihemd hängt lose über meinen Hüften, ist bis zur Mitte der Brust geöffnet, und die Luft strömt frei durch die Seide. Und die weiten Hosenbeine hoch strömt dieselbe Luft, bis hin unter die Boxershorts, es ist wunderbar. Zufrieden, ja, hochgestimmt über diesen meinen neuen und praktischen Bekleidungsstil, einen Bekleidungsstil, den ich zumindest in den Sommermonaten des nächsten Jahres heilig halten will, betrete ich Planten un Blomen. Hier bin ich gern. Das muss ich einfach sagen. Der Park zieht sich vom Ende der Reeperbahn bis zum

Fernsehturm hin, wo er auf der anderen Straßenseite bis zum Schlump weitergeht, nun allerdings unter den Namen Schanzenpark. Eine Strecke von fast einer Stunde, und man kann gut mehrere Runden drehen, ohne es satt zu bekommen, es gibt ein Gewimmel aus Wegen und Pfaden. Die Vielfalt von Blumen und Bäumen aber ist um diese Jahreszeit so überwältigend, dass man leicht überwältigt wird. Hier kann in vieler Hinsicht von einer Überdosis die Rede sein, es ist zu viel des Guten, alles, jeder einzelne Grashalm, ist von Menschen für Menschen gepflanzt worden, und deshalb sind natürlich auch überall Menschen. Große Touristengruppen. Sonnenanbetende Hamburger. Hunde und Radfahrer. Mir macht dieser Park einwandfrei im Herbst die größte Freude, zum Beispiel an frühen Oktobermorgen, wenn sich das Farbenspektrum auf Varianten von Gelb, Braun und Rot beschränkt, eine schlichtere Palette als das Chaos, das hier jetzt regiert, schlichter und deshalb eben klarer. An solchen Morgen kann man sich mit etwas Glück den ganzen Park mit vielleicht nur zwei weiteren Seelen teilen, kann am Wasser entlanggehen, zum Beispiel im japanischen Garten, und sehen, dass Gott die Wasseroberfläche mit einer millimeterdicken Eisschicht überzogen hat. Vielleicht ahnt man für einen Moment die apfelsinenfarbenen Karpfen vor dem Schlammboden. Oder im Winter, wenn Bäume und Büsche kalt sind. Im Sommer aber, jetzt, ist zu viel Rummel, wie gesagt, allerdings hat meine ganze Erscheinung etwas Rummelhaftes, ich leuchte mit Hyazinthen und Seerosen um die Wette, und mit allem anderen, diesen Pflanzen, deren Namen ich niemals lernen werde, obwohl ich die Schilder schon hundertfünfzigmal gelesen habe. Doch, heute kann ein wenig Rummel durchaus am Platze sein, und ich beschließe, nicht nur durch den Park zu wandeln, ich habe außerdem Durst, deshalb setze ich mich in ein Gartencafé und bestelle ein Alsterwasser, bis auf Weiteres kann ich einfach kein Mineralwasser mehr vertragen. Soll ich auch die Aufsichtsratsposten aufgeben? Nein. Wieso denn? Na ja ... Ich merke, dass es ein gutes Gefühl ist, ein wenig über die Sache nachzudenken. Ich kann natürlich alle diese

Posten aufgeben, aber nein, das wäre doch nur ... das wäre ein wenig langweilig. Ich will mir ja kein neues Leben als Eremit zulegen, diese sporadischen Sitzungen kommen mir wie gerufen, obwohl, es läuft doch ohnehin alles wie geschmiert, aber dann ist da ja auch noch der soziale Aspekt. Das Alsterwasser kommt, ich bezahle sofort, bezahle und trinke die kalte Mischung aus Bier und Zitronenlimonade, und ich denke, dass ich diesen Aspekt markieren muss, die Tatsache, dass ich nicht vorhabe, mich in eine Höhle zurückzuziehen oder einer Mönchsgemeinschaft anzuschließen. Ich will auf keinen Fall den Eindruck erwecken, ich zöge mich mit einer klaren Absicht aus dem Geschäftsleben zurück, genauer gesagt, um etwas anderes zu machen. Das will ich doch nicht, eher ist das genaue Gegenteil der Fall. Irgendwann gab es etwas, das ich nicht wollte, ich will nicht mehr Monopoly spielen, Häuser und Hotels kaufen und verkaufen, verkaufen, verkaufen. Alsterwasser ist eigentlich total pervers, aber wenn man sich damit begnügt, diese Plörre zwei- oder dreimal im Jahr zu trinken, vor allem an Tagen wie heute, dann schmeckt es hervorragend, süß und bitter zugleich. Nein, sie dürfen nicht den Eindruck bekommen, dass ich mich nicht mehr für Geld interessiere, Geldleute, die so tun, als interessierten sie sich nicht mehr für Geld, haben etwas Lächerliches, aber ich finde also, es kann reichen, wenn ich mir die Vermehrung der Wertpapiere und ihr allgemeines Wohlbefinden ansehe. Und ich brauche mir dieses Phänomen ja nicht einmal jeden Tag zu Gemüte zu führen, nicht einmal alle zwei Wochen, mit diesem Teil meines Lebens bin ich ebenfalls fertig. Ich surfe nicht auf Banken und Aktien, sondern in Diskussionsforen und Meinungsbörsen, es kommt vor, dass ich mit Menschen, die ich gar nicht kenne, über Fußball diskutiere, unter Pseudonym, aber so oft surfe ich eigentlich gar nicht im Netz, lieber sehe ich fern, und am allerliebsten will ich einfach nur gehen und gehen. Also trinke ich aus und erhebe mich, um abermals loszugehen, zum Fernsehturm und weiter, jetzt will ich nach Hause, und in dem Moment, in dem ich mich umdrehe, sehe ich Uncan im Schatten einer

Trauerweide auf dem anderen Ufer des Karpfenteichs. Er steht ganz still unter dem Vorhang aus Zweigen, steht da und starrt ins Wasser, den Kopf schräg gelegt, wie ein überdimensionaler Reiher, mit seinem klapperdürren Leib und dem großen Schnabel von Nase. Er trägt seinen zerfetzten Mantel, in dem er sommers wie winters unterwegs ist, und er sieht aus, als sei er damit durch eine Stacheldrahtbarriere gelaufen, aber die lange Unterhose, anthrazitgrau vor Alter und fehlender Wäsche, ist jetzt durch eine Art kurzen Lendenschurz ersetzt worden. Der Mantel steht offen, und Uncans Körper wirkt aus dieser Entfernung kupferbraun, es kann gut sein, dass es nur der Ruß vom Feuer ist, aber von hier aus wirkt er kupferbraun, die Manteltaschen sind umgestülpt und halb abgerissen. Er steht ganz unbeweglich da und starrt in den Weiher, und seine langen verfilzten Haare reichen ihm bis zur Hüfte. Ich gehe zum Weiher hinunter und hocke mich auf die Steinplatte, zwischen uns kann ich im Wasser die orangen Fische ahnen. Doch. Er sieht aus wie ein Reiher, oder vielleicht wie eine Rohrdommel. Glaubt oder denkt er das vielleicht, dass er ein großer Vogel ist? Nein. So einfach ist es wohl kaum.

Roller nimmt mich ohne Wenn und Aber an, er hat keinen anderen Kunden. Er sitzt in Yogahaltung auf dem harten Stuhl am Fenster und trinkt Latte, er nickt – bitte, nehmen Sie Platz.

»Jetzt nehmen wir die Sommerschur«, sage ich und mustere mich in einer weiteren Spiegelfläche. »Das hätten wir schon längst machen müssen.«

Seine Hände in meinen Haaren.

»Ja, Ihr Schopf ist schweißnass, Herr Mader.«

»Ganz kurz!«, sage ich.

»Ich finde, wir behalten einen Fingerbreit. Das wäre besser so.«

Dann sagt er irgendetwas über meine Kopfform. Ich schließe die Augen und er wippt mich rückwärts und wäscht meine verschwitzten Haare, die jetzt bald fallen werden, mit duftendem Shampoo, das lauwarme Wasser macht mich schläfrig. Aus den Boxen an der Wand kann ich Miles ins Horn stoßen hören, ich glaube, es ist »Nefertiti«.

»Stimmt es, dass sich jetzt auch Männer untenrum rasieren?«, frage ich.

Ich frage, weil wir allein im Laden sind.

Er lacht. »Aber sicher, die rasierten Eier haben schon seit einer ganzen Weile die Pornostudios verlassen. Überhaupt Körperbehaarung. Achselhöhlen. Brust. Waden. Das ist passé. Die Frauen wollen das nicht mehr.«

»Witzig, wie alles hin und her geht«, sage ich. »Wie alles sich ändert. Von einem Extrem ins andere. Es ist wirklich noch nicht so schrecklich viele Jahre her, dass auch Frauen sich nicht die Achselhöhlen rasiert haben. Und den Schritt …«

»Das galt als leicht nuttig«, sagt er. »So war das.«

»Ja«, sage ich. »Man musste ganz schön Schwein haben, um in den sechziger und siebziger Jahren auf ein Mädel mit rasierter Muschi zu stoßen. Und in den achtziger Jahren auch noch.«

»Ich habe Kollegen, die solche Jobs übernehmen«, sagt er. »Im Hinterzimmer natürlich.«

»Das Einzige, was wirklich niemals in gewesen ist, sind wohl Haare auf dem Rücken?«

»Tja. In bestimmten Szenen …«

Ich nicke ein. Träume, dass ich durch das warme Wasser im Karpfenteich wate, auf Uncan zu, der unter der Trauerweide steht. Als ich nahe genug gekommen bin, richtet er sich gerade auf und stößt mit seinem Dolchschnabel nach mir …

»Aber, aber!«, sagt Roller. »Ich glaube, jetzt waren Sie für einen Moment weggedöst. Gut, dass ich noch nicht zur Schere gegriffen habe.«

Ich mustere meine Augen im Spiegel. Ich sitze gerade da und sehe mich an.

»Viel zu tun im Moment?«, fragt er.

»Ja, erwähnen Sie das bloß nicht. Und das bei dieser Hitze. Manchmal wünschte ich, ich könnte nackt im Büro sitzen.«

»Urlaub?«

Ich schüttele den Kopf. »Dazu habe ich dieses Jahr keine Zeit.«

»Wussten Sie, dass die Zeit birnenförmig ist?«

»Das stimmt nicht«, sage ich. »Das Universum ist birnenförmig. Was die Zeit natürlich krümmt.«

Er rümpft die Nase und fängt an, mir Haare abzuschneiden.

»Ich habe große Probleme damit, die Quantenphysik zu verstehen, aber die moderne Astrophysik eröffnet immerhin die Möglichkeit zu Zeitreisen. Ja, theoretisch natürlich nur. Haben Sie sich schon einmal überlegt, dass unser neues Wissen über schwarze Löcher die Behauptungen der Mystiker glaubhafter wirken lassen kann? Dass alles, was passiert, irgendwo gelagert wird?«

»Ja«, sage ich. »Darüber habe ich sehr viel nachgedacht. Wohin würden Sie reisen, wenn Sie in der Zeit zurück könnten?«

Er lacht. »Schwierige Frage. Ich hätte doch einen ganzen Ozean an Zeit zur Auswahl. Das war nicht elegant formuliert, aber Sie wissen schon, was ich meine. Einen Ozean an Haltestellen. Falls man in einem Ozean von Haltestellen reden kann. Tropfen, wenn alles fließt.«

Jetzt macht er sich die Sache ein wenig schwer.

»Das ist wirklich ein interessanter Gedanke«, sagt er dann. »Dass alles gleichzeitig geschehen kann. Waren das nicht die Hopi, die behauptet haben, die Zeit sei rund?«

»Ja. Das waren angeblich Einsteins Lieblingsindianer.«

»Ich glaube, ich würde ins alte Ägypten reisen«, sagt er plötzlich. »Um zu sehen, wie die die Pyramiden gebaut haben. Ich hab darüber eine Sendung gesehen. Da hatten sie eine Mannschaft aus Stararchitekten zusammengetrommelt. Die sollten versuchen, eine zwanzig Meter hohe Kopie der Cheopspyramide zu errichten.«

»Ich weiß schon«, sage ich. »Das haben sie nicht geschafft.«

»Eben! Sie mussten ganz einfach aufgeben.«

»Ich würde genau zwei Stunden zurück in der Zeit reisen. Wenn das möglich wäre.«

Meine Haare fallen auf den gefliesten Boden.

»Um etwas ungeschehen zu machen? Anders?«

»Ich weiß nicht. Vielleicht. Wie finden Sie eigentlich mein neues Hemd?«

»Ach, das. Ich finde das supertoll.«

»Ehrlich?«

»Ich hätte ja nicht damit gerechnet, gerade Sie in einem Hawaiihemd zu sehen, aber das ist supertoll. Es steht Ihnen verflixt gut. Wie Sie sagen. Alles kommt wieder. Frisuren. Kleider. Wer hätte gedacht, dass die Plateausohlen wieder auftauchen würden? Die waren Ende der Neunziger wieder da, nachdem sie nach Auflösung von ABBA in einem schwarzen Loch verschwunden waren.«

Ich habe nichts darüber gesagt, dass Moden zurückkehren.

»Ja«, sage ich. »Und jetzt sind sie wieder weg. Zusammen mit Hosen mit Schlag, die auch eine Zeitlang aus der Versenkung emporgestiegen waren.«

»Haben Sie schon das neue Buch von Arthur Fenkel gelesen, ›Sonnenlieder‹?«

Nie im Leben würde ich auch nur eine Zeile von Fenkel lesen, ich halte ihn für einen aufgeblasenen Dussel, einen kranken Halbnazi, der es sich zum Sport gemacht hat, über Leid und Einsamkeit des modernen Menschen in allen möglichen Fernsehtalkshows zu reden, er ist auf allen Sendern gleichzeitig, in ARD, ZDF, Arte, VOX, Sat 1 und Pro 7, man kann verdammt sicher sein, sein besserwisserisches Gesicht zu sehen, wenn man das Gerät einschaltet, zu hören, wie er sich über die Krise des postmodernen Menschen verbreitet, auch, wenn das Thema des Abends die Qualität deutscher Landwirtschaftsprodukte, internationaler Radsport oder der »eigentliche Inhalt des Weihnachtsfestes« ist.

»Natürlich«, sage ich.

»Und?«

»Großartig. Das ist ein wichtiger Roman. Er beunruhigt mich. Arthur Fenkel stellt alles auf den Kopf, aber zugleich ist er so glasklar, so ganz und gar ohne ... Rücksichtnahme. Er erinnert mich ab und zu an Thomas Bernhard.«

»Was sagen Sie da? Fenkel erinnert Sie an *Bernhard?«*

»Ja, und gar nicht so wenig.«

»Ha! Wie gut, dass wir so unterschiedlich sind. Sonst wäre es hier auf der Erde doch langweilig. Wenn ich Fenkel lese, ja, jedenfalls bei seinen letzten Büchern, dann überkommt mich zwar ein gewisses Unbehagen, aber es ist ein Unbehagen, mit dem ich auch beim besten Willen nichts anfangen kann. In diesem Unbehagen gibt es nichts Konstruktives, es ist eher eine Art *Peinlichkeit,* die in erster Linie aus dem Autor selbst entspringt, genauer gesagt, aus meiner Beziehung als Leser zu ihm als Autor. Kann sein, dass ich nicht zwischen dem Text und Fenkel selber unterscheiden kann, aber das ist dann wirklich nicht meine Schuld. Ich habe nicht vor, das für mich zu einem Problem werden zu lassen.«

»Ja, aber darum geht es doch gerade!«, sage ich. »Das ist eben Ihr Problem! Und dass Sie das nicht verstehen, beweist doch nur, dass Fenkel Recht hat.«

Er schneidet schnell und wütend. »Sie spielen darauf an, dass er seine Hauptperson, Hassel, blind sein lässt?«

»Natürlich nicht. Dann wäre Fenkel banal, und das ist er nicht. Was er sagt, ist, dass der moderne westliche Mensch nur sich selbst sieht – nicht, weil er im Ausgangspunkt behindert wäre, so wie Hassel, sondern, weil er seine eigene Wirklichkeit ohne einen Gedanken an andere Existenzen als die eigene konstruiert hat. Wir haben um uns herum ein Spiegelkabinett aufgestellt. Wir können nur uns selbst sehen, und das haben wir so gewollt! Das ist das Geniale daran, dass er Hassel blind sein lässt. Hassels Blindheit ist ohne Schuld!«

Roller wirft ärgerlich die Schere ins Waschbecken. »Und Sie wollen wirklich behaupten, Fenkel sei nicht banal?«

»Mehr noch. Ich behaupte, dass er genial ist.«

Er läuft unruhig hinter mir hin und her. Ich beobachte ihn im Spiegel. Er öffnet die Tür und steckt sich eine Zigarette an. Steht in der Öffnung, raucht, und der Verkehrslärm der Grindelallee strömt in den Raum.

»Er ist der Beste, den wir im Moment haben«, sage ich.

»Gut, dass Sie nicht rasiert werden wollen«, sagt er. »Denn jetzt zittern mir die Hände.« Murmelt: »Aber das bedeutet wohl auch, dass Fenkel Recht hat.«

Ich gebe keine Antwort.

Das kann Antwort genug sein.

Er wirft die halbgerauchte Zigarette auf die Straße und macht sich wieder an die Arbeit. »Es macht mich nur so fertig, seine Stimme zu hören, egal, wohin ich mich auch drehe und wende.«

»Er hat eben eine tragende Stimme«, sage ich. »So einfach ist das.«

Er schneidet schweigend weiter. Ich sehe mehr und mehr aus wie Klaus Klaasen. Ich sehe aus wie Klaus Klaasens älterer Bruder.

»Es hat auch Leute gegeben, die die Stimme von Martin Luther King satt hatten«, sage ich.

Ich bin zu weit gegangen. Das ist mir klar. Sowie ich den Salon verlasse, geht mir auf, dass ich diese letzte Karte nicht hätte ausspielen dürfen. Es war sinnlos und unnötig, Martin Luther King in die Sache hineinzuziehen, das hat Roller in Verlegenheit gestürzt, oder es hat ihn in heftige Wut versetzt, jedenfalls verstummte er, schnitt meine Haare von da an ohne ein Wort, sagte auch nichts, als ich bezahlte, außer einem resignierten kleinen »Auf Wiedersehn«, als ich das Lokal verließ, und uns beiden war klar, dass ich in diesen Frisiersalon nie wieder einen Fuß setzen könnte. Das ist eigentlich traurig, ich habe mir hier viele gute Schnitte geholt, Roller ist ein tüchtiger Friseur, aber jetzt ist es eben vorbei. Ich gehe die wenigen Meter weiter zu Heine, zur Heinrich Heine Buchhandlung, wo ich für 24 Euro zum Besitzer von Arthur Fenkels letztem Roman werde, ich schnappe mir »Sonnenlieder« vom Stapel auf dem Tisch mit den Neuerscheinungen und bezahle an der Kasse. Nicht, weil ich vorhätte, dieses Buch selbst zu lesen, da können Gott und Fenkel Gift drauf nehmen, dass ich das nicht tun werde, sondern weil Nina Klaasen, Klaus Klaasens bessere Hälfte, auch nach dem Vierzigsten noch etwas zum Lesen braucht, vielleicht, wenn sie zu Weihnachten in ihrer Kabine liegt, oder in einem Liegestuhl auf dem Deck der MS Europa, irgendwo in der Karibik. Ich gehe rasch in Richtung Grindelberg und Grindelhochhäuser weiter, kurz darauf gehe ich *zwischen* diesen Häusern durch, gehe durch die grüne Lunge, über die Wege und über das duftende Gras, unter den Bäumen, und die Hochhäuser sind plötzlich so schrecklich hoch, so unüberwindlich, sie machen mich so klein, so klein – und zum ersten Mal an diesem Tag, zum allerersten Mal an diesem Tag, denke ich an SIE, an Astrid P., und an ihren kleinen Sohn. Sie wohnen hier, denke ich. Hier wohnen sie.

Nicht mehr. Genug.

Der Innocentia Park ist jetzt ein anderer als der Park, den ich am selben Morgen verlassen habe. Jetzt hat er sich in die Unschuld verwandelt, die die meisten kennen, in den Park mit den vielen Menschen und Hunden. Ich setze mich auf die Bank unter der Kastanie. Hier sitze ich immer, ich habe eine Vorliebe für just diesen Kastanienbaum, er hat nichts Besonderes an sich, aber dennoch ... er ist krank. Alle Kastanienbäume in der ganzen Stadt sind krank, hier ist die Rede von zweihunderttausend, sie sind schon im zweiten Jahr krank. Zuerst dachte ich, es handele sich um irgendeine Pest, eine Kastanienpest, ich hatte dieses Wort monatelang im Kopf, Kastanienpest, ich habe keine Ahnung, woher ich dieses Wort hatte, und jetzt habe ich gelernt, dass es gar nicht existiert, dass es keine Kastanienpest gibt. Es geht hier um irgendeine Larvensorte. Eine Larve, die die dunkelgrünen Kastanienblätter frisst und die großen Kronen verwelken und schon jetzt im Spätsommer braun werden lässt. Das ist alles schrecklich traurig, denn gegen diese Larve ist kein Kraut gewachsen, gegen diesen Schädling, das heißt, es gibt schon ein Mittel, Gott hat einen Vogel erfunden, der diesen Fall übernehmen könnte – nur lebt dieser Vogel leider irgendwo in Afrika und nur dort. Er könnte, anders als sein Lieblingsessen, nicht überleben, weder im Innocentia Park noch sonst irgendwo in Deutschland. Offenbar ist er in Europa überhaupt noch nie gesichtet worden, wenn ich den Ornithologen im Fernsehen glauben darf. Es handelt sich wohl um einen Sänger. Sein Gesang ist nur in Afrika zu hören. Schluss, aus. Ich schließe die Augen und spüre die geschwächte Seele des Baumes. Höre außerdem Geräusche vom Fußweg her und von dieser Minisavanne mitten im Herzen Hamburgs, die Hunde, die in der brütenden Hitze heulen wie unschädlich gemachte Hyänen, das Heulen und Lachen des Menschenstammes, oder zum Beispiel: »Komm heeeer!« Als ich die Augen wieder öffne, kann ich nach Hause schauen. Ich sehe das Haus, in dem ich wohne, zwischen den Baumwipfeln, sehe Giebel, Balkon und ein Wohnzimmerfenster. Es ist ein gutes Haus, denke ich. Vor dem Gartentor gibt es keinen goldenen Pflasterstein.

Auf der anderen Seite des Parks, im Schatten unter der großen Eiche, kann ich die Esoterikerin sehen. Sie steht da in ihrer ganzen batikenen Pracht und hebt die nackten Arme gen Himmel. Sie grüßt den Norden. Sie grüßt den Osten. Sie grüßt den Süden und sie grüßt den Westen. Sogar auf diese Entfernung kann ich die dunklen Büschel unter ihren Armen sehen, und gerade dieser Anblick erfüllt mich mit Sympathie, sie lässt die Natur ihren Lauf nehmen. Sie hat den Kopf in den Nacken gelehnt, ein Wirrwarr aus schwarzen Haaren hängt herab und streift fast den Boden. Ja. Sie lässt sie wachsen. Wer das will, kann sich sicher leicht ihren Schritt vorstellen. Ich gehöre nicht zu diesen Menschen, denn dann muss ich an das Gespräch bei meinem ehemaligen Friseur denken. Ich belasse es bei einem kurzen Funken von Phantasie.

Schritte im Kies. Sehr rasche Schritte im Kies, Schritte an der Grenze zum Joggen, zum Laufen, es sind die Männer von der Haspa, die Bankmänner, sie sind jeden Tag nach Feierabend hier unterwegs. Sie sind verrückt, sie haben nicht einmal ihre Schlipse gelockert, sie tragen selbst bei dieser wahnwitzigen Hitze, bei ihrem tödlichen Tempo, ihre Jacketts. Jung, denke ich. Junge Männer, die es für schwierig halten, zu sterben. Ich habe mit ihnen über Finanzen gesprochen, das ist lange her, aber ich habe mit diesen Herren ökonomische Fragen erörtert. Jetzt erkennen sie mich nicht mehr, und ich kann mich auch nicht an ihre Namen erinnern, sie sind ganz und gar in ihrer eigenen Welt, und als sie an mir vorüberkommen, höre ich diese Worte: »Nichts. Rein gar nichts.«

Nichts?

Als sie den sanften Hang hochgehen, vorbei an dem längst stillgelegten Pissoir, dem mit Graffiti beschmierten Haus, das ich durch die Büsche nur ahnen kann, erhebe ich mich ebenfalls und gehe los. Vier Runden, vielleicht fünf oder sechs, dann will ich nach Hause. Als ich an der Eiche vorüberkomme, der eigentlichen Königin des Innocentia Parks, registriere ich, dass die Esoterikerin ihr Lieblingsritual hinter sich gebracht hat. Jetzt steht sie da als Statue, ganz still, den Kopf schräg gelegt, lauschend. Wie Uncan vielleicht immer noch, ebenfalls den Kopf schräg gelegt, unten in Planten un Blomen steht, möglicherweise besteht zwischen den beiden ja irgendeine metaphysische Verbindung. Ich gehe vorbei am Spielplatz, an den Wippen und den verschiedenen anderen Geräten, die zur Unterhaltung der Kinder dort aufgestellt sind. Die Kinder sind überall. Sie jagen johlend auf den Schaukeln durch die Luft, klettern auf Spielgeräten und Bäumen herum, rennen im Kreis hintereinander her, sie springen Seil, werfen Bälle und finden nicht eine Sekunde Ruhe. Ein kleines Mädchen hüpft auf der Stelle auf und ab, die Augen ganz fest zugekniffen. Und Mütter und Väter stehen im Schatten still und sehen sich das Ganze an. Sehen, dass die zukünftigen Verkäuferinnen, Bürokraten, Oberärztinnen und Junkies, die Lehrerinnen und Börsenmakler, in einem Tempo Kalorien verbrennen, dass der Schweiß nur so spritzt. Es ist schön, aber laut, ich steigere sofort mein Tempo, um hinter den Buchen auf der Nordseite in Deckung gehen zu können, auf der Seite des Parks, auf der ich selber wohne und wo ich mein Haus jetzt zwischen den silbergrauen Stämmen sehr gut sehen kann. Habe ich vergessen, die Balkontür zu schließen? Die Balkontür steht offen. Das macht nichts, es ist gut, dass die Balkontür offen steht. Falls wider Erwarten ein Windhauch kommen sollte, würde sich vielleicht ein träger Rest dieses Hauchs in das Wohnzimmer im ersten Stock verirren, ja, vielleicht. Die Bankmänner laufen weiter, sie vergrößern den Abstand, haben schon die Bank erreicht, auf der ich vor einigen Minuten gesessen habe, aber nichts. Nichts. Der eine gestikuliert wie ein Franzose, wie um eine Aussage zu betonen, und im selben Moment sehe ich eine von den alten Damen mit den Gehgeräten zusammen mit einem Zivi oder vielleicht auch einem freiwilligen Verwandten den Park betreten. Für diese Frauen habe ich eine ganz besondere Zuneigung. Hier in der Gegend gibt es viele von ihnen. Sie trotzen Wind und Wetter und begeben sich furchtlos in den öffentlichen Raum, mit oder ohne Hilfe schleppen sie sich zielstrebig um den Innocentia Park herum. Sie kommen aus den Hochhäusern oder aus den Villen im Umkreis. Die eine gebrechlicher als die andere. Ein Bein im Grab und drei Rädchen im Kies. Männer? Ja, die gibt es sicher auch, aber im Großen und Ganzen sind sie tot oder bettlägerig, es kann wohl auch sein, dass Einzelne zu stolz sind, um sich draußen mit einem Gehgerät zu zeigen, das würde mich überhaupt nicht wundern.

Ich beschließe, wenn ich das nächste Mal vorbeikomme, oben auf dem Hügel nach Astrid P. Ausschau zu halten, in der nächsten Runde, ich will unter den Müttern und Vätern nach Astrid P. Ausschau halten, nach ihrem Sohn, dem mit den abstehenden Ohren, es dürfte doch nicht schwer sein, ihn zu entdecken. Wie konnte ich ihn nur vergessen?

Es ist unbequem, mit der großen Tüte von Wormland herumzulaufen. Sie wippt in meiner Hand hin und her, sie hat ihren eigenen Rhythmus, auf und ab, schlägt mir gegen den Oberschenkel, ob ich sie nun mit der rechten oder mit der linken Hand halte. Sie besteht außerdem aus einer Art versteiftem Kunststoff, der knistert, und das ist ein enervierendes Geräusch. Ich bin im Moment überhaupt reichlich geräuschempfindlich, geht mir jetzt auf.

Sie sind nicht da. Damit hatte ich aber auch nicht gerechnet. Nicht um diese Zeit.

Ich bin fremd. Doch. Ich bin mir selbst fremd. Diese Erkenntnis habe ich nicht erst gewonnen, seit ich mein Leben in eine neue Phase gelenkt habe, seit ich mit dem Ausverkauf begonnen habe (wie es heißt), es ist überhaupt ein Mythos, dass aktive Geschäftsleute – wie zum Beispiel Immobilienspekulanten – nicht geistesgegenwärtig genug seien, um in existenzielle Nöte zu geraten. Wir können uns selbst ebenso fremd sein wie irgendein Maler, Musiker oder (zumindest ein mittelmäßiger) Philosoph. Das geht schnell vorbei, aber ab und zu bin ich mir ungeheuer fremd. Wie jetzt. Ich stehe zwar vor dem Spiegel, dem großen Spiegel in der Diele, und mustere mein neues Äußeres, aber was ich empfinde, hat wenig zu tun mit Bürstenschnitt, Hawaiihemd und kurzer Hose. Sondern mit den Augen. Die beobachten ... Die sich selbst sehen ... es ist so banal, dass es fast wehtut.

Wie Fenkel, wenn er es besonders schlimm treibt.

Ich gehe wieder ins Wohnzimmer, trinke Mineralwasser direkt aus der Flasche, gehe von dem einen Zimmer ins andere, dann zurück, hin und her zwischen den beiden Wohnzimmern, während ich Wasser trinke und an Fenkels letzte literarische Leistung denke, an das Buch, das ich auf einer Bank im Park liegen lassen habe, nicht auf irgendeiner Feld-, Wald- und Wiesenbank, sondern auf der einen Bank auf der Anhöhe über dem Pissoir, der Anhöhe, die ich in Gedanken inzwischen »Schwulenhügel« oder »Kifferhügel« nenne, der Bank, die um diese Jahreszeit nicht gesehen werden kann, und die man im Winter, wenn alle Bäume blattlos und nackt dastehen, auch nur ahnt. Jetzt habe ich dort

Fenkels letzten Roman ausgesetzt, ich kann ihn nicht Nina Klaasen geben, es hilft nichts, dass sie in einigen Monaten vierzig wird, es wird ein Fremder sein, der das Buch mitnimmt, einer, dem ich niemals in die Augen sehen, den ich niemals fragen muss: Was hat »Sonnenlieder« dir gebracht?

Die Türklingel geht.

Ich trete auf den Balkon. Über den Park senkt sich die Dämmerung.

Es ist Harald Bremer.

»Komme ich ungelegen?«

Er legt den Kopf in den Nacken, und für einen Moment sehe ich die Esoterikerin vor mir, ihre langen schwarzen Haare, die fast über den Boden streifen, wenn sie so dasteht.

»Renate ist in Frankfurt. Oder in München.«

»In Frankfurt. Das weiß ich.«

Er trägt Weiß, weiße Jeans und weißes T-Shirt, seine blonden Haare hat er zu einem Pferdeschwanz gebunden. Er steht da unten auf der Steinplatte und schaut zu mir hoch, seine Zähne leuchten in dem braunen Gesicht. Er hält eine Einkaufstüte in der Hand.

»Komm rauf.«

Ich gehe in die Diele und drücke auf den grünen Knopf neben der Tür. Höre das Schloss unten summen und bald darauf seine Schritte auf der Treppe.

»Was für ein Sommer, Thomas!« Er stellt die Einkaufstüte ab, dann reißt er sich Schuhe und Socken von den Füßen. »Das ist fast zu viel des Guten, aber abends ist es doch herrlich. Hast du schon gegessen?«

»Ja. Nein. Zu Mittag.«

»Dann rühr ich uns irgendwas zusammen. Ich habe frische Scampi und zwei reife Avocados. Wie siehst du denn übrigens aus? Das kann doch nicht wahr sein. Ist mir von unten schon aufgefallen.«

Er geht barfuß in die Küche. Ich gehe ins Wohnzimmer und lege das Esbjørn Svensson Trio ein, diesmal »Good Morning Susie Soho«.

»Die sind Klasse! Das ist doch EST, nicht wahr?«

»Ja«, sage ich.

»Jetzt komm schon her. Damit ich dich bei Licht betrachten kann!«

Ich tue wie geheißen. Gehe aus meinem eigenen Wohnzimmer in meine eigene Küche, damit er mich in Augenschein nehmen kann. Unter dem erbarmungslosen Deckenlicht.

»Ja, meine Herrn die Lerche! Sag jetzt nichts! Du hattest einen Sonnenstich, nicht wahr? Und als du dann wieder zu dir kamst ... weißt du was? Der Igelschnitt steht dir wirklich gut! Ich hatte ja keine Ahnung, dass du eine so harmonische Kopfform hast. Und die Ohren! Die sehen aus wie kleine Muscheln!«

Er fingert am Hemd herum.

»Aber ei der Daus, das ist ja Qualität!«

»Seide«, sage ich.

Er stößt einen Pfiff aus. »Ich muss schon sagen. Also, ich muss schon sagen.«

»Ich habe sechs Stück gekauft«, sage ich.

»Harald will auch!« Er hält sich die Hand vor den Mund und wirbelt auf einem Bein herum. *»Für so ein Hemd könnte ich ganz einfach sterben!«*

»Hast du heute mit Renate gesprochen?«, frage ich.

»Das sage ich dir erst, wenn ich auch so ein Hemd am Leib habe«, sagt er und leert dann die Tüte auf den Küchentisch. Scampi. Avocados. Zitronen und Knoblauch.

Ich gehe ins Wohnzimmer, wo meine Einkaufstüte auf dem Sofa liegt. Fische ein Hemd mit Leuchttürmen und Schildkröten heraus.

»Weißt du, was, Thomas, jetzt steht er mir aber wirklich!« Er ist mir gefolgt. »Das ist nicht mehr passiert, seit diese Hitze eingesetzt hat, aber jetzt ist das Messer voll aufgeklappt. *Und dann auch noch Leuchttürme!* Krieg ich das wirklich?«

Er reißt sich sein T-Shirt vom Leib und schleudert es unter den Fernseher. Öffnet die Knöpfe des Südseeparadieses. »Schau nur! Mir zittern ja sogar die Hände! Ich bin total ... naja. Essen wir erst mal was.«

Ich setze mich an den Küchentisch und sehe zu, wie er sich ans Werk macht. Olivenöl in die Pfanne. Dann die Scampi. Er mahlt Knoblauch und Avocados in der Küchenmaschine.

»Was machst du eigentlich so zurzeit, Thomas? Ganz ehrlich?«

»Ich gehe wie immer ins Büro.«

»Und da thronst du in einsamer Majestät?«

»Ich habe gefragt, ob du heute mit Renate gesprochen hast.«

»Das habe ich, weißt du. Mir kommt sie ja ein bisschen müde vor, Thomas. Nur so unter uns gesagt. Ich habe das natürlich nicht erwähnt, das gibt doch bloß Ärger …«

»Sie ist gern müde. So war sie immer schon. Jedenfalls, solange ich sie kenne.«

»Schon, schon. Aber trotzdem. Es kann zu viel werden, sogar für sie. Hast du gewusst, dass sie ein neues Stück von Claudia Moritz bekommen haben?«

»Nein«, sage ich. »Ist sie deshalb in Frankfurt?«

»Nein, nein. Du hast doch irgendwo weißen Pfeffer, oder?«

»Oberste Schublade rechts.«

»Ich kann ja verstehen, dass du nicht so ein blödes Gewürzregal willst. Die gehören in die achtziger Jahre, wenn du verstehst. Und kannst du dich an diese Knoblauchzöpfe erinnern, die an den Wänden hingen? Herrgott. Nein, es geht um Geld, wenn die Reise nach Frankfurt geht. Das hast du doch wohl nicht vergessen, Thomas?«

Ich sage, dass Geld nicht mehr als einen Tastendruck bedeutet.

»Dann muss sie sicher irgendwen überreden. Face to face. Wir essen hier, nicht wahr?« Er holt Teller und Besteck aus dem Schrank. Die Scampi fauchen in der Pfanne. Avocadocreme mit Knoblauch und einem Spritzer Sahne, das soll kalt verzehrt werden.

Es schmeckt gut! Mein Appetit kommt beim Essen. Das Fenster zum Hintergarten steht offen. Ein großer Schwärmer hat sich ins Zimmer verirrt, er wirft sich wütend gegen den Spot über dem Abzug. Kämpft im blauweißen Licht.

»Wir betrinken uns doch nicht richtig, wenn wir uns eine Flasche Sekt teilen?«, fragt Harald. »Es ist schon fast acht.«

Ich hole die Flasche aus dem Kühlschrank. Und Gläser dazu.

Wir prosten.

»Ich war so allein«, sagt Harald. »Nach Udos Tod. Ich dachte, ich müsste den Verstand verlieren. Wenn ich Renate nicht kennen gelernt hätte, hätte es böse enden können.«

Als er gegangen ist, überkommt mich wieder die große Unruhe. Warum schiebe ich alles dem unbequemen Sessel zu? Es ist eine Unruhe, die mich zu allen Tageszeiten durch Straßen und Parks treibt. Ich setze mich auf den unbehaglichen Stuhl. Stehe auf und gehe ans Fenster. Über den Bäumen des Innocentia Park steigt eine große Silbermünze auf. Vollmond. Liegt es vielleicht daran? Nein. Ich bin auch bei Halbmond unruhig. Jetzt muss ich wieder los. Ich bin müde. Müde in den Beinen, müde im Kopf, aber das hilft nichts. Ich muss los.

Ich gehe am Kanal entlang. Bäume und Büsche duften süß, und ab und zu quakt unten auf der schwarzen Wasseroberfläche eine Ente im Halbschlaf. Autogeräusche aus der Ferne. Woher kommt dieser Drang, stehen zu bleiben und eine Zigarette anzuzünden? Ich rauche nicht. Habe nie geraucht. Aber jetzt? Brauche ich vielleicht etwas, woran ich mich festhalten kann? Es muss eine Fehlkopplung irgendwo in der Dunkelheit meines Gehirns sein. Ein Ruf von Nirgendwo. Ich nehme den trockenen, festgetrampelten Boden unter meinen Füßen wahr, mein eigenes Gewicht auf dem Weg. Ab und zu kommt ein Rad vorbei, das Geräusch von Gummireifen auf dem Boden, den ich jetzt betrete.

Ich erinnere mich an die Nacht, genauer gesagt, an den frühen Morgen, als Renate nach Hause kam, nachdem sie Harald kennen gelernt hatte. Es sind solche Bilder, die jetzt wieder in mir auftauchen – es war Herbst, es regnete. Daran denke ich jetzt, während ich weitergehe und die Spätsommerdunkelheit immer dichter wird, Regen prasselte gegen die Fensterscheiben und ich selbst, ich saß da und ... nein, ich wartete nicht. Ich warte nie.

Wenn ich mich gefragt hätte, wo sie denn nur blieb, hätte ich sie anrufen oder ihr eine SMS schicken können. Stattdessen saß ich allein im Wohnzimmer und hörte Musik, einen ganzen Stapel CDs, während die Nacht sich in den Morgen verwandelte, mit Regen und Wind. Gegen halb sechs hörte ich draußen ein Auto halten, mir war klar, dass es ein Taxi war, dass jetzt Renate kam. *Warum bist du an diesem Morgen nach Hause gekommen?* Das Geräusch der Wagentür, die zugeschlagen wird, kurz darauf der Schlüssel unten im Schloss, dann Schritte auf der Treppe. Sie war fast ganz nüchtern, hatte nur ein leichtes Champagnerglühen im Blick, sie ging in die Hocke und legte mir den Kopf auf den Schoß.

Heute Nacht war es so schön, Thomas!

Ich gehe über die Brücke. In der Mitte steht ein eng umschlungenes junges Paar, sie achten nicht auf mich. Auf der anderen Seite bleibe ich stehen. War es nicht hier ... Ja. Hinter dem Spielplatz rechts lag einer von Hamburgs größten Bunkern, ein riesenhaftes Gebäude mit meterdicken Wänden aus armiertem Beton. Jetzt tritt der Bunker als moderner Wohnblock auf, hinter den Fenstern brennt Licht, ein Mann steht auf einem Balkon und blickt auf den Kanal. Wann war ich zuletzt hier? Lange kann das nicht her sein. Nein. Nicht lange. Ich bin oft hier unterwegs, aber diese Veränderung in der Stadtlandschaft habe ich nicht registriert. Auf der anderen Straßenseite liegt eine Kneipe. Durch die offenen Fenster wird ein Sommerhit gepumpt, mir geht erst jetzt auf, dass diese Melodie mir wie ein Albtraum durch den Kopf zieht, seit es richtig heiß geworden ist. Ich kann Popmusik nicht ausstehen, ich habe dieses Stück seit zwei Monaten verdrängt, lasse es erst jetzt an mich heran. Die Kneipe ist noch geöffnet, im Garten sitzen Leute, die Musik wird durch Lachen und Rufe gefiltert. Ich überquere die Straße und gehe vorbei.

Heute Nacht war es so schön!

Die Kneipe ist eine von der alten Sorte, eine »Drei-Stufen-nach-unten-Kneipe«, das Licht des Kellerraums legt sich wie ein gelber Läufer über den Asphalt. Ich kann durch die weit aufgerissenen Fenster in das halb volle Lokal blicken. In der ganzen Stadt, in Wohnungen, Restaurants und in Kneipen sind die Fenster unter dem Sommerhimmel geöffnet.

Sie steht zusammen mit Bekannten an dem langen Tresen, dem blanken Zink, das hinten im Lokal verschwindet. Ich habe sie noch nie mit anderen zusammen gesehen, aber jetzt ist sie mit Bekannten hier, mit jungen Männern und Frauen. Sie stehen im Halbkreis am Tresen. Die anderen trinken Bier, sie trinkt Mineralwasser und raucht eine Zigarette.

Ich habe Durst.

Geht man nicht deshalb in Kneipen?

Ich setze mich auf den dem Fenster nächststehenden Barhocker, ich kann draußen nackte Füße in Sandalen vorübergehen sehen, Turnschuhe, weiche Hundepfoten, zwei halbe Räder eines Fahrrades.

Ich bestelle eine Flasche Mineralwasser.

Und zum Gott weiß wievielten Mal an diesem Tag sehe ich mein Gesicht, meine eigene Erscheinung in einem Spiegel. Diesmal ist der Spiegel im Regal hinter dem Tresen angebracht, ich beobachte mich selbst, meinen Oberkörper und meinen Kopf zwischen den Schnapsflaschen, zwischen Wodka und Cognac, Whisky und Gin. Und wenn ich meinen Blick weiter zum Spiegel unten im nächsten Regal gleiten lasse, dann sehe ich sie, Astrid P., die mit einem Glas Mineralwasser in der einen und einer Zigarette in der anderen Hand dasteht.

Ist sie schön? Nein.

Ich komme von einer Insel im Meer. Einer Hallig. Das ist meine Herkunft. Ein Flecken aus Sand und Erde, die Gott vorübergehend in das graublaue Salzwasser gestreut hat. Eine Hallig, eine Insel ohne Felsen, knappe zwei Meter über dem Wasserspiegel, bei Springflut presst das Vieh sich zitternd an die Hauswände. Eine Hallig ist ein Ort, an dem man eine provisorische Existenz aufbauen kann, sie dauert sechs oder sieben Generationen, dann tragen Wind und Wetter Sand und Erde weiter. Oder spülen das Ganze hinaus ins Nichts. Nirgendwo auf der Welt hat der Ausdruck »das Meer gibt, das Meer nimmt« eine solche Bedeutung wie hier auf den

Friesischen Inseln, dieser Reihe von provisorischem Land, das sich von den Niederlanden an der gesamten deutschen Nordseeküste entlang bis hinauf nach Dänemark hinzieht. Fast schon Land: die großen Inseln Amrum, Föhr, Sylt. Helgoland. Wir draußen im Meer betrachteten diese Sandhaufen als sichere Festungen, wenn das Unwetter einsetzt; das Festland war eine andere Welt, eine Welt jenseits unserer Welt fast ohne Bäume. Warum denke ich jetzt daran? Vielleicht, weil ich eben noch unter den duftenden Baumkronen am Kanal gegangen bin, mit dem Gefühl, dass ich mich niemals daran gewöhnen werde, dass es jedes Mal neu ist, jeden Tag und jede Nacht. Ich bin im Kopf ein Inselbewohner, nein, mehr noch, ein Halligbewohner, einer mit Salz im Blut. Ja, Salz im Blut. Das bringt ein Gleichgewicht, das sich in Ungleichgewicht verwandelt, wenn man Festland unter den Füßen hat, es ist ein Phänomen, das der Unruhe des Seemannes auf Landurlaub ähnelt. Wenn ich die Augen schließe, kann ich hören, wie sich das Stimmengewirr im Lokal in das Geräusch des Windes da oben verwandelt, des ewigen Windes, und der Bass in den Lautsprechern wird zu den harten Stößen, die in einer Winternacht an den Hauswänden rütteln. Den Stößen, die ich unter der Decke fühlen konnte, als leichtes Zittern des Bettes. Und das war die Geborgenheit meiner Kindheit. Das zitternde Bett.

Das zitternde Bett. Nein, es muss dieses Gesicht im Spiegel sein, das mich in Bewegung setzt, das mich in der Zeit rückwärts zieht, nicht mein eigenes Gesicht, sondern das Gesicht dieser Frau, die ich Astrid P. nennen möchte. Sie erinnert mich an jemanden, das weiß ich schon lange, und jetzt fällt mir plötzlich ein, an wen. Macht das Unterbewusstsein sich auf diese Weise lustig über uns? Stimmt es denn wirklich? Hier wähnt man sich als Spielball der Zufälle …

Ich betrachte Astrid P., diskret natürlich. Ich habe sie über den Spiegel die ganze Zeit in der Linse, ihr Porträt erhebt sich vor mir in der blank polierten Fläche zwischen einer Glasschüssel mit Streichhölzern und einer kleinen Leninbüste. Sie lacht, immer lacht sie, aber wie sagt man noch gleich … dass das Lächeln die Augen nicht erreicht? Ich wende meinen Blick wieder meinem eigenen Spiegelbild zu. Lächele. Es kommt eine Grimasse dabei heraus.

Die Flasche ist leer.

Ich bestelle noch eine. Schnippe mit den Fingern, zeige auf die leere Flasche, sehe, wie der breite Rücken des Wirtes sich bückt, wie er mit der einen Hand den Kühlschrank öffnet und mit der anderen auf dem Tresen nach einem sauberen Glas greift, dann passiert etwas. Ein leises Flüstern. Plötzlich. Und in den Sekunden, ehe ich begreife, was dieses Flüstern bedeutet, woher es rührt, denke ich an Pompeji. An den Augenblick, als es geschah. An das Geräusch, das sich ungefähr gleichzeitig mit Lava und Asche einstellte. Es ist der Wirt, der erstarrt, als er sich gerade aufrichten will, er erstarrt mit einer Flasche Mineralwasser in der einen und einem sauberen Glas in der anderen Hand, und alle Stimmen verstummen jählings, alle stehen oder sitzen für einen Moment wie gelähmt da.

Es regnet.

In Sekundenschnelle wird das Flüstern, werden die ersten behutsamen Tropfen auf dem warmen Asphalt zum Rauschen eines Wasserfalles, eine Wand aus Wasser erreicht die Straße, es spritzt in die Fenster, läuft die Treppe herunter, eine Frau draußen heuuuult, es ist ein glückliches Heulen, und es pflanzt sich fort, steckt uns an, wir alle heulen, sogar ich, obwohl ich mich normalerweise nicht an kollektivem Wahnwitz beteilige, jetzt heule ich mit den anderen um die Wette.

Wir stürzen hinaus. Wir werden zu Kindern. Ich stehe in dem engen Eingang, dicht zusammen mit den anderen, ich spüre ihre warmen Körper an meinem, hier stehen wir und sehen zu, wie die Straße sich füllt, wie sie überläuft, wie die Gullideckel im Asphalt jetzt nur als schäumende Wirbel zu sehen sind, als Wasserräder, und immer mehr Wasser kommt vom Himmel, Schmutz und Staub werden an den Hausmauern einen Meter hoch geschleudert, und die ganze Zeit lachen wir, denn was wir sehen, ist so unglaublich, wir sehen zum ersten Mal seit vielen, vielen Wochen den Regen. Was ist aus dem blanken Vollmond geworden? Hat er sich in den ovalen Straßenlaternen verkrochen, die jetzt mit einer bläulichen, fast überirdischen Glut leuchten? Schnickschnack, aber so denke ich, und es sind übrigens keine Gedanken, sondern nur Fetzen, die durch mein Bewusstsein jagen, der Mond, der sich in der Straßenlaterne niederlässt und den Fluss auf der Straße in grelles Licht tunkt. Einige von den jungen Leuten, darunter auch Astrid P., waten in das Wasser hinaus, pfeifen auf alles und laufen hinaus in den strömenden Regen, die Arme ausgestreckt, die Gesichter gen Himmel gekehrt, offene Münder, geschlossene Augen. Erst jetzt sehe ich, dass sie ein etwas altmodisches Sommerkleid trägt, es reicht ihr bis zur Mitte der Wade, dünner Stoff, den der Regen wie einen Anstrich an sie klebt. Ich kann ihre Brüste sehen, ihre Brustwarzen, ich kann sehen, dass sie keine Unterhose trägt, aber schön ist sie nicht. Sie ist untersetzt und kräftig, ein Bärchen, und dann ist da noch etwas mit ihrem Unterkiefer. Da stimmt etwas nicht. Er ist genauso, wie Gott ihn an dem Tag erschaffen hat, als ihm nichts so recht gelingen wollte. Er ist ein wenig schwer, dieser Unterkiefer, er strebt der Erde zu, und jetzt legen sie einander die Arme um die Taille und tanzen da draußen im Kreis, schon jetzt sind sie triefnass.

Ich gehe ins Haus und hole das Wasser, das der Wirt an meinen Platz gestellt hat. Trinke ihm zu, er lächelt. Es ist seltsam, was ein kleiner Regen mit uns macht, wenn er nur zur richtigen Zeit an der richtigen Stelle fällt. Wir werden zu freundlichen Kindern, wir heulen und lachen, manche tanzen auf der Straße. Dann gehe ich wieder hinaus auf die Treppe, bleibe dort stehen und nippe an dem kalten Wasser, denn das hier will ich aus irgendeinem Grund nicht verpassen, ich will Astrid mit den anderen tanzen sehen, den jungen Männern und den jungen Frauen, und dann ertappe ich mich dabei. Dass ich jetzt plötzlich nur Astrid gedacht habe. Nicht Astrid P. Ein Wagen fährt langsam durch die Straße. Regentropfen prasseln auf Dach und Motorhaube, das Wasser stiebt in weißen, schäumenden Säulen auf, alle Fenster sind heruntergekurbelt, und aus diesen Fenstern hängen nackte Arme, junge Arme, sie schlagen auf Türen und Dach, trommeln den Rhythmus eines Technostückes, das aus dem Wageninneren strömt. Und als das Auto Astrid und die anderen erreicht, fangen auch sie an, auf Dach und Motorhaube zu trommeln und zu schlagen, sie fallen in diesen Rhythmus ein, in das Lachen, in die Rufe, stolpern in irgendeine andere und neue Freundschaft hinein, dann ist das Auto vorüber, nur die roten Rücklichter sind noch zu sehen, als es in der Nacht versinkt.

Und dann, ebenso jählings, wie der Regen eingesetzt hat, ist Schluss.

Ohrenbetäubende Stille.

Mir geht auf, dass der Regen einen Höllenlärm veranstaltet haben muss. Ich bin wie gelähmt. Und da bin ich nicht der Einzige. Ich stehe hier in dieser Menge, dieser Clique, die sich in der Kneipentür versammelt hat, auf der Treppe, und wir bleiben hier noch einige Sekunden stehen und schnappen nach Luft (als ob hinter uns eine sportliche Leistung läge), ehe alle wieder im Lokal verschwinden, zu ihren Getränken, den Biergläsern, den Spielkarten, vielleicht der Zeitung.

Es war großartig.

Und als ich später nach Hause gehe, ist die Stadt wie erneuert, verwandelt. Die feuchte Erde und der ebenso feuchte Asphalt geben einen herben Geruch ab. Eine Woche lang hat die Sonne den Staub gewärmt, hat ihn aufgeheizt, jetzt lässt der Staub seine Düfte frei, sie fließen ineinander zu dem, was zum Geruch von Spätsommer wird, von nasser Spätsommernacht. Und wie durch Zauberhand reißt der Wind (ja, der Wind!) einen Spalt in die Wolkendecke und entblößt abermals den Mond, den großen silbrig schimmernden Vollmond, jetzt leuchtet er silbern und blau im Fluss auf der Straße, und da gehe ich und platsche in meinen schwarzen Mokassins, triefnass und ziemlich glücklich. Ja, denn mehr ist dazu nicht nötig. Man begegnet einem kleinen Braunbären von Frau, den man einige Tage nicht gesehen hat, und schon öffnet der Himmel seine Schleusen. Man steht in der Tür einer Kneipe und sieht sie auf der Straße tanzen, während der Regen herunterschäumt. Astrid. Ohne P. Sie, die ich niemals berühren werde.

AN SCHWANHEIDE VORBEI

Im Zug nach Berlin gehe ich direkt in den Speisewagen. Es ist früh am Morgen, sieben Uhr fünfzehn, und ich habe nur zwei klamme Stunden geschlafen, den Rest der Nacht habe ich unter der Dusche oder im Innocentia Park verbracht. Ich bin müde, aber es ist eine schöne Müdigkeit; außerdem habe ich Hunger, ich bitte um Frühstück und es wird sofort serviert. Gekochtes Ei. Käse und Schinken. Schwarzbrot und frische Brötchen, Kaffee und Mineralwasser. Gut. In den ICEs funktioniert außerdem die Klimaanlage, es ist wirklich angenehm, fast schon kühl hier, wo ich sitze, die Haare an meinen Unterarmen sträuben sich, ich ertappe mich dabei, dass ich dieses Phänomen studiere, ich betrachte die schwarzen Haare, die auf ihren kleinen Erhöhungen aus Haut und Fett stehen, ist das Fett, was sich da direkt unter der Haut befindet? Unterhautfett? Ja. Und es tut gut, hier in dem kühlen Wagen zu sitzen, einfach hier zu sitzen und Brot und Ei und Käse und Schinken zu kauen, aufzulösen, zu schlucken, Kaffee und Wasser zu trinken, eigentlich ist es hier ein bisschen kalt, ich schaudere und bestelle mehr Kaffee, noch einen Kaffee bitte, und dann lasse ich mich in den wunderbaren Rhythmus des Zuges sinken, tackatunk, tackatunk, schneller und schneller, und draußen jagt die flache norddeutsche Landschaft vorbei, und die Wiesen dampfen nach dem nächtlichen Regen, es ist schön, ja, Herrgott, ich sehe sogar Regenbögen und Rehe.

Sonnabendmorgen. Der Zug nach Berlin ist fast menschenleer. Im Speisewagen sitze ich allein mit zwei weiteren Fahrgästen und dem Kellner, der die meiste Zeit gähnend an seinem eigenen

Tisch hinten bei der Küchentür sitzt und langsam in der Zeitung blättert. Eine Frau von Mitte dreißig liest ein Taschenbuch, vor ihr auf dem Tisch steht eine Tasse Tee, ist es, kann es sein, nein, Fenkel ist es nicht, Fenkel ist das jedenfalls nicht. Ich selbst lese nicht im Zug, höchstens Unterlagen, wenn das sein muss, ich schaue gern aus dem Fenster und lasse die Hummel sausen, wie man sagt. Ich fahre mit dem Zug, wann ich kann. Das habe ich immer schon so gemacht. Mein anderer Mitreisender ist ein Mann in meinem Alter, gut angezogen, so, wie ich sonst auch aufgetreten bin, heller Anzug; er lächelt wehmütig sein Mobiltelefon an, sicher eine SMS, die ihn ein wenig umwirft, ihn auf irgendeine Weise rührt. So, wie sich die Verwendung der mobilen Dienste entwickelt hat, kann es sich gut um das siebenjährige Kind zu Hause in Kiel handeln, das Papa per SMS eine uneingeschränkte Liebeserklärung macht. Ein kleiner Junge. Ein kleines Mädchen. Und ich muss an den Sohn von Astrid P. denken, den kleinen Jungen mit den abstehenden Ohren und den großen blauen Augen, der, den ich zum ersten Mal gesehen habe, als er ganz allein im Sandkasten im Innocentia Park spielte, während die Mutter auf einer Bank saß, untätig, wartend – es war an einem Tag im Mai. Dort saß sie, während ich meine Runden drehte, rund und rund, ich war einer von mehreren, von einer Mannschaft aus Joggern und Powerwalkern, und sie war die Einzige im ganzen Park, die still auf einer Bank saß, während der Junge im Sandkasten beschäftigt war, glücklich konzentriert auf eine Burg aus Sand und Stöckchen. Jedesmal, wenn ich vorbeikam, konnte ich sehen, wie seine kleinen Hände arbeiteten und wie das Sonnenlicht durch seine großen Abstehohren schien und sie leuchtend rot färbte. Er erinnerte mich an mich selbst. Nicht, weil ich in seinem Alter zu irgendeinem Zeitpunkt in einem Sandkasten gesessen und Burgen aus Sand und Stöckchen gebaut hätte, sondern, weil ich allein gespielt hatte, ganz allein, ja, einsamer als er, da meine Mutter sich unmöglich die Zeit nehmen konnte, sich hinzusetzen und gar nichts zu tun. Ich lief zwischen Wohnhaus und Stall an einer Leine hin und her. Wie ein Hund. Es klingt so erbärmlich, so armselig und grau und trist und öde, aber das war es nicht. Es war grün und blau und weiß, es gab saftiges Gras und hohen Himmel, es gab die raue Rinde des Apfelbaums und tausende von freundlichen Blumenaugen, die mich ansahen, wenn sich im April die Knospen öffneten. Und die ganze Zeit hörte ich das Meer und die Insekten, den Wind und die Möwen, die Schafe, die auf dem Deich blökten. Es waren die Erinnerungen an das alles, die in mir aufbrachen, während ich ging und ging, eine Runde im Innocentia Park nach der anderen, während diese allein stehende Mutter, die noch namenlos war, auf der Bank saß und nichts anderes tat als da zu sein, für ihr Kind. Wurde ich sentimental? Nein. Ich wurde nicht sentimental. Ich wurde nicht einmal böse auf mich selbst, weil ich in der Kindheit meines eigenen Sohnes nicht zur Stelle gewesen war. Darüber haben sich im Laufe der Jahre andere aufgeregt. Ich ging und ging einfach nur und war eigentlich ziemlich gedankenleer; es waren nur diese Erinnerungen, die in meiner Erinnerung aufflackerten, ich selbst an einer Laufleine auf einer Insel weit im Norden im Meer, Bilder, die sich mit dem Hier und Jetzt vermischten, mit dem Jungen im Sandkasten.

Aber jetzt bin ich unterwegs nach Berlin, ich bin gern unterwegs nach Berlin, ich sehe die Sonne draußen auf den Feldern brennen, auf den längst gemähten Kornfeldern mit kurzen gelben Stoppeln, Gruppen aus grauen Häusern und niedrigen Blocks in dem, was seinerzeit Dörfer und Gehöfte in der DDR waren, dem Arbeiter- und Bauernparadies, der Bastion von Lügen, Hass und Denunziantentum, bis die Schandmauer per Hand eingerissen wurde, während der Rest der Welt staunend zusah. Und ich bestelle ein Bier. Ich merke es kaum, aber ich drehe mich um und errege die Aufmerksamkeit des Kellners, winke ihn aus der Welt der Bildzeitung und bitte um ein Bier, das ich eigentlich gar nicht brauche, die ganze Bestellung ist vermutlich nur ein Reflex, das tun wir Deutschen eben, wenn wir nicht genau wissen, was wir wollen, dann bestellen wir uns sicherheitshalber ein Bier, und dann fährt der Zug durch Schwanheide, die Kontrollstation im

Osten, wo wir immer eine halbe Stunde oder länger standen, während die Grenzer mit Hilfe von Schäferhunden die Unterseite des Zuges untersuchten, wir waren unterwegs *in* die DDR, aber sie untersuchten trotzdem mit Schäferhunden die Unterseite des Zuges, und wenn die Lakaigenossen der untersten Schicht sich davon überzeugt hatten, dass kein Westflüchtling (auch diesmal kein Westflüchtling) versuchte, sich selbst aus der BRD nach Berlin zu schmuggeln, dann machten sie sich daran, das Gepäck von uns zu durchsuchen, die in den Wagen saßen, und unsere Pässe zu studieren, die Pässe aus der westlichen Welt. Sie blätterten mit trockenen, steifen Fingern in den Pässen hin und her, Auge in Auge, Unfreundlichkeit gegen Unfreundlichkeit, während die Stacheldrahtzäune vor den Zugfenstern die ganze Zeit von Scheinwerfern angeleuchtet wurden, die Stacheldrahtzäune, die bellenden Hunde und die Genossen, die auf dem Bahnsteig hin und her wanderten wie SS-Soldaten in einem Filmausschnitt aus dem letzten großen Krieg, dem Krieg, der doch das Ziel hatte, allen Zuständen dieser Art ein Ende zu setzen. Aber jetzt gleiten wir also durch diesen Albtraum von gestern, den Bahnhof, und die noch vorhandenen Gebäude stehen da wie ausgeplündert, Fenster und Türen eingeschlagen, der ganze Dreck verfällt allmählich zu Staub, keine blank gewienerten Stiefel, keine Uniformen und Hunde, die Stacheldrahtzäune abgerissen und weggeräumt, die Scheinwerfer machen sich an einem anderen Ort nützlich, ja, vielleicht machen sie jetzt endlich etwas Nützliches.

Und dennoch, denke ich, dennoch reist die Hoffnungslosigkeit wie eine unsichtbare Passagierin mit in diesem Zug, trotzdem ziehen Zäune und Sperren sich hin und her, nicht länger dort draußen auf den gequälten und vergifteten Feldern, sondern in unseren Köpfen, in einem Paralleluniversum aus Gedanken und Gefühlen, Vorurteilen und Frustrationen, Grenzwachen und Schäferhunden und schwarzen Engeln sowie rechthaberischen Reisenden aus Hamburg.

Aber das Bier ist gut! Das Bier schmeckt nach Getreide und Hopfen, es ist erfrischend, auch wenn ich mich in einem Wagen mit abgekühlter Luft befinde und also – streng genommen – diese Erfrischung gar nicht brauche oder mich zumindest mit einem Mineralwasser hätte begnügen können, einem ganz und gar alkoholfreien Getränk. Aber auf halber Höhe des Glases geht mir auf, dass ich einen halb gedachten Gedanken auf Lager habe, es ist gut möglich, dass der Alkohol mich dazu bringt, noch einmal an diesem Faden zu ziehen, daran weiterzuspinnen. Denn ich stand doch in dieser Kneipe am Tresen und hatte das Gefühl, dass Astrid P. mich an irgendetwas erinnerte. Doch. Ich hatte mir gerade überlegt, dass Astrid P. durchaus Ähnlichkeit mit Bettina Kabelsberg aufwies. Was Gemüt und geistige Fähigkeiten anging, hatte ich natürlich keinerlei Grundlage für einen Vergleich, Astrid P. konnte durchaus eine Analphabetin sein, aber in Bezug auf Körperbau und Haltung waren die beiden sich sehr ähnlich, jedenfalls, wenn ich mich auf meine Erinnerung verlassen wollte, und das tut man doch gern. Beide hatten jedenfalls die gleiche kräftige Kinnpartie, und dann war da wohl noch etwas mit dem Blick, der Ausstrahlung, etwas Direktes, Furchtloses, fast Herausforderndes. Als ich in dieser Kneipe Astrid P. zum ersten Mal aus der Nähe gesehen hatte, und später, als sie im Regen tanzte, tauchte Bettina Kabelsberg in meiner Erinnerung auf. Sie, die über das Meer ruderte, um mir Wissen zu bringen. Natürlich ruderte sie gar nicht über das Meer, sie wurde zweimal pro Woche in Peder Sönkes Motorboot vom Festland zu uns herübergebracht, so sah mein Schulalltag in den ersten sieben Jahren aus, ich konnte es ja sehen, und deshalb wartete ich schon am Anleger. Peder Sönke war es, der Bettina Kabelsberg auf unsere Insel brachte, wo der einzige Schüler der Insel bei jeder Art Wetter auf sie wartete. Aber wenn ich abends im Bett lag, ja, und auch, wenn sie nicht anwesend war, hatte ich diese Vorstellung, dieses Bild meiner Lehrerin, die Wind und Wetter trotzte, die mit ihrem kräftigen, ein wenig molligen Körper in einem winzig kleinen Boot die Reise vom Festland zu unserer Insel antrat, Bettina Kabelsberg, die an den Riemen saß und mit festen Zügen ruderte. Dieses Bild, genauer gesagt, meine Bearbeitung dieses Bildes, wurde zu meiner ersten sexuellen Phantasie. Ich kann noch immer eine gewisse Sehnsucht verspüren, wenn ich es heraufbeschwöre. Nicht, weil ich noch immer davon träume, meinen Piepmatz in die schweißnasse Achselhöhle dieser Frau zu schieben, sondern, weil ich ein gutes Gedächtnis habe, ich weiß noch, wie es war. Wie ich da am Küchentisch saß, während Mutter im Stall und Vater auf dem Feld oder auf dem Meer war. Gebeugt über deutsche Grammatik oder vielleicht Cicero und Karl den Großen, während die Uhr an der Wand tickte und Bettina Kabelsbergs weiche bayerische Stimme den Raum füllte. So dazusitzen und alles in mich aufzunehmen, was sie über die Welt und die Wirklichkeit wusste, ihren Bericht darüber zu hören, wie es an allen anderen Orten als diesem hier aussah, mit einer winzigkleinen Latte, die ich in ihre warme Achselhöhle hineinträumte, während sie also an den Riemen saß und rhythmisch ruderte, Ruder vor, Ruder zurück, hin und her, und an den sonnigen Sommertagen vor den Ferien sah und roch ich diese schweißnassen Achselhöhlen, denn dann trug sie oft ein ärmelloses Kleid. Ich verstand das nicht. Dass sie für mich so nackt sein wollte. Konnte sie mich nicht riechen, so, wie ich sie roch? Das befürchtete ich, aber ich konnte nichts tun, konnte mich nicht beschützen, konnte nicht das abwehren, was hier und jetzt geschah, wenn sie den Arm nach einem Buch ausstreckte oder, schlimmer und besser, wenn sie den Arm ausstreckte, um mich zu berühren, mich anzufassen, und dabei diesen schweren, süßen Duft von frischem Schweiß ausströmte, den ich in meine Nasenlöcher einsog, der in mir versank, aber ich schämte mich nie, ich hätte nur gern gewusst, ob sie mich riechen konnte, ob sie es wusste.

Aber ich schämte mich, weil sie über das Meer kam, um mich zu unterrichten. Ich war ihr einziger Schüler. Ich begriff schon früh, dass ich dann auch der Beste in der Klasse sein musste, aber gerade das war unmöglich.

Mein Mitreisender erhebt sich. Als ich sehe, wie er sich bewegt, kommt er mir bekannt vor. Das liegt an seinen zielbewussten Schritten, daran, wie er im Gehen die Arme hebt. Trotzdem bin ich sicher, dass ich ihn nicht kenne. Und nicht mit einer Miene verrät er, dass er weiß, wer ich bin, als er auf dem Weg zu Bistro oder Toilette an mir vorbeikommt.

»Vergessen Sie Ihr Telefon nicht«, höre ich mich sagen.

Wortlos macht er kehrt und holt es, steckt das Telefon in die Hosentasche und geht weiter zur Toilette oder auch ins Bistro, wo Rauchen erlaubt ist.

Habe ich etwas gesagt? War ich das, der ihm geraten hat, sein Telefon nicht zu vergessen? Oder habe ich das nur gedacht? Hat dieses kleine Glas Bier mich aus allem herausgeworfen, hinüber in etwas anderes? Nein. Nicht ein winzigkleines Glas Bier.

Dann klingelt das Telefon der Frau, die auf der anderen Seite des Ganges an einem Zweipersonentisch sitzt und liest; plötzlich bohrt sich die Schicksalssymphonie in meine Gehörgänge.

»Ja?«

Über den Stoppelfeldern draußen segelt ein Schwarzmilan, die Frau erzählt, dass sie im Zug nach Berlin sitzt, sie will Matti besuchen, sie sagt, wo die Schlüssel sich befinden, die können im Blumenladen an der Ecke abgeholt werden, das wissen nun auch ich und der Kellner. Ich sehe den Schwarzmilan an, bis er aus meinem Blickfeld verschwindet, während die Frau wiederholt, dass die Schlüssel im Blumenladen an der Ecke geholt werden können, dann jagen wir an einigen unschönen Blocks hinter einem weiteren stillgelegten Bahnhof vorbei, es geht so schnell, dass ich den Namen nicht lesen kann. Ich schließe die Augen und sehe vor mir, wie irgendwo im Land eine vage Gestalt sitzt, steht oder geht, während sie, oder vielleicht er, mit dieser Frau spricht, die im Zug nach Berlin sitzt, um Matti zu besuchen, wie sie oder er sich das Wissen darüber aneignet, wo die Schlüssel sich befinden, wo sie abgeholt werden können, wie die Gestalt beschließt, hinzugehen, in den Blumenladen an der Ecke. Ich muss eingeschlafen sein, für einige Sekunden eingenickt, denn als ich die Augen aufschlage, ist das Gespräch beendet, mein Mitreisender nimmt wieder Platz. Er zieht das Telefon aus der Hosentasche und legt es auf die weiße Tischdecke, winkt dem Kellner und bittet um die Rechnung, in hohem Tempo passieren wir Spandau. Und jetzt muss auch ich bezahlen. Während ich die Münzen hervorfische, stelle ich mir vor, wie es wohl wäre, im Bahnhof Zoo aus dem Zug zu steigen, irgendein eiskaltes, vitaminreiches Getränk zu konsumieren und mich dann einfach in den nächsten Zug zurück nach Hamburg zu setzen. Ich spiele ein wenig mit diesem Gedanken.

DIE TURMSUITE

Für mich wird das Hotel am Alexanderplatz, das Hochhaus, der Silo, immer Forum heißen, auch wenn es diesen Namen schon lange nicht mehr trägt, auch wenn das Hotel bei jedem zweiten meiner Berlinbesuche Namen und Besitzer gewechselt hat. Forum. Und als ich im Fahrstuhl stehe, der blitzschnell in den 36. Stock hochjagt, registriere ich träge, dass ich vergessen habe, wie das Hotel derzeit heißt, obwohl ich erst vor ein oder zwei Minuten eingecheckt habe, aber das kann ja auch egal sein. In der Turmsuite, die nach dem Mauerfall angelegt worden ist, bleibe ich stehen und schaue auf die Stadt hinunter. Ich bin ein Mann der guten Aussichten, jetzt stehe ich wieder da und blicke hinaus über Dächer und Straßen, aber hier gibt es keine Elbe, keine Schiffe, nur einen Zipfel Spree zwischen den Gebäuden, und wenn ich mich auf dem Bett zurücksinken lasse – das tue ich nicht, aber wenn ich das will –, kann ich mich zurücksinken lassen und wissen, dass mein Bett dasjenige ist, das sich dem Himmel über Berlin am nächsten befindet, und ich bin bereit, für dieses Wissen mehr zu bezahlen. Das ist vielleicht kindisch, aber so ist es nun einmal mit mir, ich nehme immer dieses Zimmer, wenn es frei ist. Ich schaue hinauf zum Prenzlauer Berg und ahne das Dach der alten Synagoge, dann weiter zur Friedrichstraße und Unter den Linden, und wenn ich zum Eckfenster gehe, kann ich auf den Alexanderplatz hinunterblicken, auf dieses Gewimmel von Menschen mitten im Herzen dessen, was einmal die DDR war, das Arbeiter- und Bauernparadies, die Lüge, die von der anderen Lüge aufgefressen wurde, der mit dem kapitalistischen

Vorzeichen, der Lüge, von der ich selbst ein Teil war und noch bin, der Lüge, die ich vorziehe. Und ich versinke in Gedanken, ja, das tue ich, wann immer ich hier stehe, versinke ich in Gedanken, bin fast sprachlos angesichts der seltsamen Tatsache, dass ich mich hier hoch oben über dem Bahnhof Alexanderplatz befinde, ganz oben auf dem Stolz der Parteibonzen, und auf die Friedrichstraße hinunterblicken kann, auf diesen einstmals so heruntergekommenen und stinkenden Bahnhof, der Ankunftshalle der Dekadenz aus dem Westen, den Ort, wo wir zuerst unsere Füße auf kommunistischen Boden setzten, genauer gesagt, Beton, wir, die wir aus unterschiedlichen Gründen – damals wie heute – nicht allzu häufig der ostdeutschen Hauptstadt einen Besuch abstatteten. Mein Grund hieß Onkel Otto, und wie oft habe ich Onkel Otto in der nach Niedrigoktan stinkenden, senfgelben Ankunftshalle warten sehen, nachdem ich die diversen Kontrollposten passiert und die elenden fünfundzwanzig Ostmark zwangseingewechselt hatte, die uns dann später an diesem Tag zu Herren über die Stadt machten, ja, uns beide in einen Zustand von Verantwortungslosigkeit und Völlerei erhoben, wie oft – wie gesagt: nicht zu oft, denn das machte nur Ärger. Für Onkel Otto, der nicht mein echter Onkel war, sondern ein Nennonkel, ein Kriegskamerad meines Vaters, ein Blutsbruder, denn die beiden hatten ihr Blut gemischt, während sie beide unter Rommel im Afrikakorps dienten. Da stand er, Onkel Otto, sommers wie winters gekleidet in Kollektionen, die an die fünfziger Jahren denken ließen, immer mit schräg gerücktem Hut und einer rauchenden Karo im Mundwinkel. Und immer gingen wir zu ihm in die geräumige, aber trostlose Wohnung in der Dimitroffstraße, der Wohnung, die nach seinem entsetzlichen Tabak stank, nach altem Mann und längst gerauchten Zigaretten, nach längst verzehrten Mahlzeiten, die hauptsächlich aus Kohl bestanden haben mussten; dort saßen wir am Küchentisch und schauten einander an oder hinunter auf den Hinterhof, während wir eine halbe Flasche DDR-Korn tranken, nicht mehr, nicht weniger, ehe wir hinaus auf die Straßen gingen, durch die Straßen, um dann schließlich in einem Lokal zu enden, wo wir in neun von zehn Fällen Broiler aßen, ein seltenes Mal Kohlrouladen, die wir mit großen Mengen guten und nahrhaften Bieres hinunterspülten. Wir sprachen nie über Politik. Wir sprachen über Jazz und Frauen.

Und wenn es dann halb elf wurde, gingen wir zum Hotel am Bahnhof Friedrichstraße, wo wir einen oder zwei Johnny Walker tranken, dann begleitete er mich zum Tränenpalast, dem Palast des Abschieds, wo wir ganz ohne Tränen oder irgendeine andere Form von Sentimentalität Abschied nahmen und ich einen Platz im letzten Zug auf die andere Seite der Mauer einnahm, dem letzten Zug, ehe die Uhr eins schlug und es Leuten wie mir verboten war, sich im Arbeiter- und Bauernparadies aufzuhalten. Haben wir es jemals geschafft, diese fünfundzwanzig Ostmark zu verprassen? Nein. Niemals. Immer, wenn ich zurück in den Westen kam, zurück zum Bahnhof Zoo, wo ich in der Regel ausstieg, hatte ich in den Taschen eine Hand voll von diesem Spielgeld, diesen Nickelmünzen, die zu nichts zu gebrauchen waren, die ich aber aus purem Anstand Onkel Otto nicht anbieten konnte, denn er hatte seinen Stolz und außerdem ein solides Monatsgehalt als Bibliotheksangestellter, er brauchte Jazzplatten, kein Geld. Und ich denke, als ich einen Apfel aus dem Obstkorb nehme und die Zähne hineinbohre, dass wir trotzdem über Politik gesprochen haben. Aber warum vertiefe ich mich hier überhaupt in Erinnerungen an Onkel Otto, einen längst verstorbenen Nennonkel, mit dem ich im Grunde außer dem Interesse an Jazz nichts gemeinsam hatte? Vielleicht, weil er sich nur wenige Monate nach dem Mauerfall aufhängte, ohne auch nur ein einziges Wort zur Erklärung zu hinterlassen, kein Wort, weder geschrieben noch gesprochen, nur dieses Nylonseil um den Hals, den Knoten, die blauschwarze Zunge, die wie ein Hohn gegen alles Mögliche aus seinem Mund fiel. Ich war es, der ihn fand, und das in einem Mietshaus, das mir gehörte, in Hamburg, der Stadt seiner Kindheit.

Er muss entsetzlich enttäuscht gewesen sein. Tödlich enttäuscht.

Und ich denke, dass ich niemals so enttäuscht sein darf, über gar nichts, die Enttäuschung ist gefährlich, die uns plötzlich und unerwartet überkommt, die uns lähmt, wenn wir etwas verlassen wollen, das wir für ein Gefängnis gehalten haben, um endlich unsere Vorstellung von Freiheit zu betreten. Wie ein Echo des Vortages höre ich Bruchstücke eines Satzes, es sind die beiden Bankmänner, die beiden Haspa-Angestellten, die im Innocentia Park, dem Park der Unschuld, an mir vorbeigehen: » ... *rein gar nichts ...*«

Mit anderen Worten, ich darf mir nicht einbilden, frei zu sein.

Ich lege mich aufs Bett, noch immer mit dem säuerlichen Apfelgeschmack im Mund, lege mich aufs Bett und schalte mit der Fernbedienung den Fernseher ein. Und das darf doch nicht möglich sein! Arthur Fenkel im Gespräch mit Jutta Weber vom NDR 3, zum Glück habe ich den Ton ausgedreht. Natürlich ist es möglich, es ist sogar eine schmerzhafte Realität, aber ich würde ja doch lieber glauben, dass ich ein wenig übertreibe, wenn ich oft denke und sage, dass dieser Mann derzeit in den Medien allgegenwärtig ist, um Haaresbreite geschlagen nur vom noch allgegenwärtigeren Dieter Bohlen. Arthur Fenkel auf seine übliche zurückgelehnte Weise, zur Feier des Tages in einen sahnefarbenen Anzug gewandet, um nicht zu sagen, *verkleidet*, denn der Anzug passt zu dem Sessel, in dem er sitzt, einem Sessel aus hellbraunem Leder, und es liegt nahe zu glauben, dass er in der Garderobe des NDR angekleidet worden ist, dass er mit fremden Federn antritt, sozusagen, halb liegt er, halb sitzt er in diesem Sessel, während sein Mundwerk geht und eine träge rechte Hand seine Aussagen unterstreicht, belehrend winkt, gebieterisch von einer Seite zur anderen, eine sonnenbraune Hand im scharfen Licht. Gott weiß, worüber er heute doziert, ja, Gott allein soll es wissen, ich fasse den Lautstärkeregler nicht an. Und ich habe das Gefühl, nein, die pure Zwangsvorstellung, dass ich ihn auf allen Sendern finden würde, sollte ich mich aufs Zappen verlegen, dass er in allerlei Studios zu sehen wäre, gewandet in allerlei Anzüge und Kostüme, oder auf einem Pferderücken, am Steuerruder einer Hochseeyacht, hinter dem Lenkrad eines Cabrios, oder ganz einfach schlendernd über einen Strand am Mittelmeer, während er dem deutschen Fernsehpublikum von Sexualität in der postmodernen Gesellschaft erzählt, seinem eigenen Genie, den auf dem Balkan wirklich begangenen Fehlern, den modernen Kriegen in historischer Perspektive, den Vor- und Nachteilen biodynamischer Landwirtschaft, Kants unzureichendem Weltbild, dem Sand der Sahara, Sonnenstürmen oder Sadomasochismus. Aber vor allem redet er wohl auf allen Kanälen über sich selbst und sein neues Buch, sein letztes Werk, diese literarische Offenbarung.

Ich schalte den Fernseher aus und gehe. Meine Beine fordern ihr Recht, außerdem tickt die Uhr sich unerbittlich auf zwölf und das Mittagessen mit Leon von Bon zu.

Und an diesem Tag sind es in Berlin vierzig Grad, in Berlin sind es *wirklich* vierzig Grad, in Berlin sind es immer zwei Grad extra, wenn es in Hamburg achtunddreißig sind, sind es in Berlin vierzig, in Berlin ist es immer wärmer oder kälter, es ist das Landklima, das sich hier geltend macht. Auf der Minusseite kommt im Winter dann noch der beißende Wind dazu, der durch lange Unterhosen, Mark und Bein dringt, in der Hitzewelle jetzt im Sommer haben wir den Smog. Atmen ist so gut wie unmöglich. Ich gehe durch die Karl-Liebknecht-Straße, dann hinüber zur Spree und weiter Unter den Linden, ich betrete ein Café und kaufe mir ein Eis. Das Thermometer hängt vor dem Café an der Hausmauer, später schnappe ich es in ganzen und halben Sätzen von den Vorübergehenden auf, dass jetzt wirklich im Treibhaus der Bär los ist, jetzt ist es ernst, vierzig Grad in Berlin und Smogalarm, Warnungen in Radio und Fernsehen, vielleicht hat Arthur Fenkel darüber seinen Vormittagsvortrag gehalten, die übertriebene Angst vor der Klimaveränderung unter den breiten Bevölkerungsschichten, die Angst, über die er selbst erhaben ist. Es ist wirklich eine entsetzliche Luft beziehungsweise eben keine Luft in Berlin an diesem Tag, stillstehende, vor Hitze flirrende Abgase, es brennt im Hals, auch wenn das Zitroneneis kühlt. Jetzt taucht er wieder auf, der Gedanke, den ich mir eigentlich verboten habe, die Vorstellung, dass die Hitze sich immer weiter steigern wird, dass diese Hitzewelle kein Ende nimmt, oder besser gesagt, dass sie damit endet, dass alle das Bewusstsein verlieren, auf Straßen und Plätzen umfallen, die Alten und Herzkranken haben ja schon damit angefangen, bereits im Voraus, sozusagen. Zu meinem Glück verliere ich nicht so leicht die Kontrolle, ich bekomme nur selten Panik, ich bin solide in meiner Vernunft verankert, es ist unmöglich, vierzig Grad über null davonlaufen zu wollen, ich gehe weiter und ärgere mich lieber über Arthur Fenkel, das hat überhaupt keinen Sinn, aber vielleicht hat es gerade deshalb eine positive Auswirkung auf die Psyche. Dieser ... eingebildete ... Trottel. Und Jutta Weber vom NDR 3, die ihm gegenübersitzt, mit einer Miene, als hätte sie nach viel Mühe und Anstrengung endlich Buddha ins Studio locken können. Ich muss lachen, jetzt lache ich, spucke Zitroneneis aus und lache laut.

Gehe den ganzen Weg bis zum Kurfürstendamm, bin schweißnass, kaufe mir bei Hennes & Mauritz zwei neue Seidenhemden, dazu Socken und sechs Unterhosen, dann gehe ich ohne anderes Gepäck als die Einkaufstüte ins Hotel Kempinski, lege mich in die Badewanne, während das kalte Wasser aus dem Hahn strömt, der eigentlich vergoldet sein müsste, wenn man den Zimmerpreis bedenkt.

Ich rufe Leon von Bon an und sage ihm, wo ich bin. Dass wir auf der 412 zu Mittag essen werden.

412

Natürlich schlafe ich in der Badewanne ein. Das Wasser ist kalt, aber ich schlafe trotzdem, ich habe zwei Stunden schnellen Gehens in den Beinen, eine Stunde für jedes Bein, außerdem habe ich in der vergangenen Nacht fast nicht geschlafen, ich habe mich im Bett von einer Seite auf die andere gewälzt, ich habe im Innocentia Park eine Runde nach der anderen gedreht, lange, ehe der erste Hundebesitzer aufgetaucht ist, also schlafe ich jetzt in der Badewanne ein und erwache mit dem Mund voller kaltem Badewasser, es ist das entsetzliche Gefühl, zu ersticken, zu ertrinken, und ich höre die Ermahnungen meiner Eltern in meiner Kindheit. Sie waren die eigentliche Grundlage der Kindererziehung auf der Insel, von der ich stamme: Dass man auf keinen Preis ertrinken darf, dass man das Meer ernst nehmen muss. Ich spucke Badewasser aus und höre zugleich das trockene Geräusch von Fingerknöchel an Tür, jemand klopft an, es ist Leon von Bon, der anklopft, das kann ich deutlich durch meine eigenen Würgegeräusche hindurch hören, Leon von Bons knochigen Zeigefinger auf der Türplatte. Ich brülle, »Einen Moment!«, erhebe mich in der Badewanne, schnell und wütend, zu schnell, ich rutsche auf dem glatten Boden aus, kippe um, knalle mit der Hüfte auf, während ich versuche, mich abzustützen, bohre die rechte Hand in den Wasserhahn und höre, dass mein Ringfinger bricht. Na gut. Hätte schlimmer sein können, hätte mein Hinterkopf sein können. Ich beschließe, es so zu sehen. Der Vorteil mit einem so noblen Hotel wie dem Kempinski, wo sich die oberen Zehntausend tummeln, ist, dass man in allen Badezimmern einen kreideweißen Bademantel vorfindet, wo das Monogramm des Hotels auf die rechte Brustseite gestickt ist, dazu die passenden Pantoffeln, und ich lege Bademantel und Pantoffeln an, ehe ich für Leon von Bon die Tür öffne.

Der sich als das Zimmermädchen entpuppt, sie kann mitteilen, dass Leon von Bon unten im Foyer wartet, ich bitte sie, ihn zu holen, so ist es hier im Hause, man kann nicht einfach hereinspazieren und behaupten, eine Verabredung mit zum Beispiel Brad Pitt oder Nicole Kidman zu haben, man kann sich nicht einmal zu Thomas Mader hochschleichen.

Soll ich mich anziehen? Nein. So ist es angenehmer. Ich lasse die Tür angelehnt und setze mich aufs Sofa. Mein Finger wird jetzt schon dick, aber bisher tut es noch nicht weh, das kommt schon noch, das kommt schon noch, jetzt herrscht die Stille vor dem Sturm, aus irgendeinem Grund finde ich das ein wenig erregend. Dass irgendetwas ganz bestimmt kommen wird …

»Herr Mader?«

»Ja, hereinspaziert!«

Leon von Bon ist den Verhältnissen entsprechend angezogen. Weite Leinenhose und T-Shirt. Die roten Haare stehen gerade nach oben, halb Haare, halb Gel, er hat sich seit ein oder zwei Tagen nicht rasiert. Er stellt seine braune Aktentasche aufs Sofa und streckt die Hand aus, aber ich zeige ihm meinen Finger, der sich jetzt verfärbt.

»Haben Sie sich verl…«

»Reden wir nicht darüber«, sage ich. »Ich zeige ihn nur vor, damit Sie mich nicht für unhöflich halten. Sie haben doch sicher Durst? Ich habe die Minibar noch nicht untersucht, aber sicher werden Sie da etwas finden. Oder soll ich unten anrufen?«

Er geht in die Hocke und öffnet die Tür. »Kein Problem. Ich glaube fast, ich traue mir ein Bier zu. Ich kann einfach kein Mineralwasser mehr sehen. Und Sie?«

»Ich nehme auch ein Glas Bier.«

»Glas?«

»Nein, gleich aus der Flasche. Und lassen Sie uns doch gleich Essen bestellen, ich habe wirklich ein bisschen Hunger.«

Wir sitzen also bei unserem Bier und vertiefen uns in die Speisekarte. Wir entscheiden uns für Krabbensuppe und Salat mit knusprig gebratener Entenbrust. Ich rufe unten an. Jetzt kommt der Schmerz. Ein feiner, pulsierender Schmerz, er passt sich dem Herzrhythmus an.

»Sie hatten schon Recht«, sagt er. »Viel hat sie nicht. Nach Abzug der festen Kosten weniger als fünfhundert Euro im Monat.« Er streckt die Hand nach seiner Aktentasche aus.

»Reden wir beim Essen darüber«, sage ich. »War das schwierig?«

Er lacht und stellt die Tasche wieder weg. »Nein. Das war leichte Arbeit. Ich an Ihrer Stelle würde etwas für den Finger tun. Bestimmt haben die hier im Haus einen Arzt.«

Bestimmt, aber es ist nun einmal so, dass er nicht einmal annäherungsweise an meiner Stelle ist. Ich begnüge mich mit einem Nicken. Alles zu seiner Zeit.

»Ich beschäftige mich ja vor allem mit Leuten, die etwas zu verbergen haben«, sagt er nun. »Und hier lag alles ganz offen.«

»Ich verstehe«, sage ich. »Aber aus verschiedenen Gründen wollte ich mich nicht selbst damit befassen.«

Er nickt. »Ich stelle keine Fragen, Herr Mader. – Es gibt soviel Dreck«, fügt er dann hinzu. »Sie würden es nicht glauben! Sie würden nicht glauben, was da draußen so alles vor sich geht! Vor zwei Monaten musste ich einen Burschen ausfindig machen, der einer Frau mit Knochenmarkkrebs die Ersparnisse abgeluchst hatte. Sie war ganz sicher, dass sie einen Liebhaber gefunden hatte, aber ihre alten Eltern wurden misstrauisch. Was glauben Sie, was es für ein Gefühl ist, so einer Frau reinen Wein einschenken zu müssen? Ihr die Zahlen vorzulegen? Was ich ihr nicht erzählt habe, war, dass das sein Beruf war. Sterbende auszunehmen. Ich hatte keine große Lust, ihn der Polizei zu überlassen, das kann ich Ihnen sagen. Es gibt doch andere Methoden ...«

»Das weiß ich«, sage ich. »Ich komme auch nicht gerade aus der Sonntagsschule.«

Ich habe auch schon zweimal auf »andere« Methoden zurückgreifen müssen, aber das sind Umstände, über die ich schweigen, die ich mit ins Grab nehmen muss.

»Die Gesellschaft, die wir kennen, wirft jetzt Risse«, sagt er und leert seine Bierflasche. Bleibt sitzen und rollt sie zwischen den Händen. »Ich gehe davon aus, dass Sie wissen, was gerade in Kassel passiert. Ein Neunzehnjähriger steht unter Anklage, ja, er hat zugegeben, dass er drei Tage lang eine Zwölfjährige vergewaltigt hat, er hatte sich mit Amphetamin voll gepumpt. Und dann hat er ihr die Kehle durchgeschnitten.«

Ich nicke. Ich sehe viel fern.

»Ihre Eltern sitzen Tag für Tag im Gerichtssaal und fragen sich, warum niemand das Kind erwähnt, das sie verloren haben. Warum alles sich darum dreht, wie dem Täter nach Verbüßung seiner Strafe eine neue Chance gegeben werden kann. Wie das alles für ihn *arrangiert* werden soll! Diese Eltern sind friedliche Menschen. Sie werden alles hinunterschlucken, sie schlucken alles hinunter und dann gehen sie daran zugrunde. Aber können wir denen, die zu ›anderen‹ Methoden greifen, Vorwürfe machen? Die keinen Glauben an Polizei und Anklagebehörden haben?«

Dazu gibt es nicht viel zu sagen. Man kann ein wenig den Kopf schütteln und es dabei bleiben lassen. Oder man kann sagen, dass man zustimmt, eventuell kann man Widerspruch einlegen, kann sich auf die Seite von Ordnungsmacht, Justizapparat stellen, kann vielleicht sogar zu Wörtern wie »Zivilisation« und »Demokratie« greifen.

Wieder dieses Gefühl von Sinnlosigkeit, wann immer ich mit einem anderen Menschen in ein Gespräch gerate, seien es nun Klaus Klaasen, Harald Bremer, meine eigene Frau, die Freundin meines Sohnes oder mein Friseur. Dasselbe passiert, wenn ich das Gespräch ablehne, wenn ich es in der Startphase abwürge oder es auf halbem Weg abschneide – Reden oder Schweigen, alles endet in einer Art von resigniertem Reingarnichts. Und während Leon von Bon seine großen Zukunftsphantasien vorführt, während er eine Art Rede darüber hält, wie alles, woran wir geglaubt hatten, was wir für wahr, gut und richtig gehalten hatten, zu Bruch geht, sitze ich da und betrachte seinen Mund, seine Lippen, die sich bewegen, während er immer neue Wörter findet und sie ins Zimmer strömen lässt.

Es wird an die Tür geklopft, endlich, das Essen wird gebracht, das Essen, auf das ich keinen besonderen Appetit habe, denn es stimmt nicht, was ich eben gesagt habe, dass ich Hunger habe, ich habe keinen Hunger, aber trotzdem stehe ich auf und gehe, um die Tür zu öffnen, ich öffne die Tür und lasse einen Pinguin herein, einen Knaben im Smoking. Er schiebt einen Teewagen vor sich her, schiebt ihn ins Zimmer, wo Leon von Bon mit der leeren Bierflasche in der Hand sitzt, jetzt stellt er sie auf den Boden und macht Platz, räumt die Speisekarten weg, damit der Pinguin den Tisch decken kann, danach gebe ich ihm einen Zehner, ehe ich die Tür schließe, dann sind wir wieder allein, Leon von Bon und ich.

»Sie wurde am 14. April 1968 geboren«, sagt er und hebt den Suppenlöffel an den Mund. »In Husum. Sie kennen doch Husum, die graue Stadt am Meer?«

»Erzählen Sie mir lieber von einem ganz normalen Alltag in Hamburg«, sage ich.

Das tut Leon von Bon.

Und jetzt haften die Worte, jetzt finden sie in mir Niederschlag, ich sehe beide, genauer gesagt alle drei, zuerst Leon von Bon, der in seinem Wagen in der Hallerstraße sitzt, sicherheitshalber seit halb vier Uhr morgens, und darauf wartet, dass Licht gemacht wird, in der Küche im dritten Stock eines der Blocks, die die englische Besatzungsmacht 1945 errichtet hat, nachdem sie die Stadt zuerst, wenn nicht zurück in die Steinzeit, dann doch in die Zeit des verbrannten Staubes bombardiert hatte, die Hochhäuser am Grindelberg, die geliebt und gehasst werden, die auf den

Ruinen des Alten errichtet wurden, damit die englischen Offiziere und die englische Verwaltung in diesem Ödland, dieser Gespensterstadt an der Elbe, leben und arbeiten konnten. Ja. Zuerst die englischen Offiziere, dann die Reste der städtischen Prominenz, Schauspieler, Rundfunkreporter und so weiter, und so fort, ehe die moderne Zeit diese unschönen Silos mit Studierenden, Sozialklientelen, Rentnern und Asylanten füllte. Und mit allein stehenden Müttern. Das Licht da oben im dritten Stock wird um sieben Uhr vierunddreißig eingeschaltet, Leon von Bon ist einer, der Notizen macht, und jetzt erhalte ich seine Notizen aus einem normalen Alltag, wie bestellt. Was sie dort oben machen, was Astrid P. und der kleine Max da oben machen, ist weder Leon von Bons noch meine Sache, sicher das Übliche, die Badezimmerroutine, Dusche, Waschbecken, Toilette, Frühstück mit Frühnachrichten im Radio, vielleicht Fernsehen, sie verlassen das Haus, den Block erst nach halb elf, jeden Tag um kurz nach halb elf, und damit habe ich die Erklärung dafür, warum ich ihnen niemals im Innocentia Park begegne, wenn ich meine Morgenrunden drehe, sie kommen erst, wenn ich meine Nicht-Arbeit verrichte, meine Fernsehschauerei, mein Studium von Wind und Wetter durch meine Bürofenster. Aber dann gehen sie auch tatsächlich – wie angenommen – in den Innocentia Park, das heißt, sie geht mit dem Jungen, mit Max, in der Karre die wenigen Meter über die Straße und betritt den Park dann von der Südseite, durch den Eingang, den ich normalerweise als Ausgang benutze, wenn ich jeden Tag die lange Strecke in Angriff nehme, die Dreiviertelstunde zum Büro, nachdem ich mich zuerst mit acht, zehn Runden auf dem Spazierweg unter den alten Bäumen warm gelaufen habe, immer wieder um den Spielplatz herum, wo Astrid später schweigend ihren Sohn dabei beobachtet, wie er das tut, was Kinder tun, er backt Sandkuchen, baut Sandburgen, läuft auf dem Rasen ziellos hin und her. Genauso sehe ich sie nach der Arbeit, nach dem, was ich noch immer als Arbeit betrachte. Leon von Bon sagt, dass er sie während dieser Wochen kein einziges Mal bei irgendeinem Gespräch oder zusammen mit anderen gesehen hat. Es gibt dort andere Frauen, Frauen mit Kindern, aber die beiden sind allein. So wie ich sie auch allein gesehen habe, immer allein. Ansonsten wandert sie am Kanal entlang. Oder durch den Stadtpark. Sie kauft bei Aldi ein, das hätte ich mir auch denken können, dahin geht man, wenn man im Monat mit weniger als fünfhundert Euro auskommen muss, wenn sie nicht zu Aldi ginge, wäre sie verantwortungslos, und diesen Eindruck habe ich nicht. Leon von Bon kann außerdem von äußerster Bescheidenheit berichten, was Ess- und Trinkgewohnheiten angeht. Im Laufe der aktuellen Woche hat er sie nicht beim Kleiderkauf beobachtet. Jeden Nachmittag gegen vier oder fünf geht sie nach Hause, und danach geht sie nicht mehr aus, sie sitzt zu Hause im Block und liest oder sieht fern, Leon von Bon ist ihr einmal in die Bücherhallen gefolgt, sie ist einwandfrei eine Leserin, sie liest schwere Literatur. Kafka. Dostojewski. Der Vater des Kindes heißt Horst Borck, er fristet als drogensüchtiger Penner in Frankfurt sein Leben und bezahlt für den Jungen keine fünf Cent.

»Ich finde nichts ... nichts irgendwie Auffälliges«, sagt Leon von Bon. »Sie lebt mit dem Kleinen still und ruhig vor sich hin. Sie lebt unter sehr beengten Verhältnissen, wie so viele andere.«

»Schicken Sie die Rechnung mit der Post«, sage ich.

Als er gegangen ist, sitze ich in meinem Sessel und drücke mit dem linken Daumen und Zeigefinger immer wieder leicht auf den rechten Ringfinger. Es ist wie elektrische Stöße. Aus irgendeinem Grund schießt der Schmerz zu einem Punkt im Hinterkopf empor.

WIE

Man läuft im Alltag ja nicht umher und fragt sich, wie man zu dem geworden ist, der man ist, welche Beweggründe zu dieser oder jener Entscheidung geführt haben, zu Entscheidungen, die einen daraufhin in verschiedene Stellungen und Rollen geschoben haben. Aber jetzt gehe ich wieder, Gehen tut gut, ich werde den ganzen Weg zum Hotel Forum zurückgehen, und während ich zunächst den Kurfürstendamm entlanggehe, besetzt folgender Gedanke mein Bewusstsein: Wie hat das alles angefangen, das, was jetzt vor dem Abschluss steht, was war es seinerzeit, vor fast dreißig Jahren, das mich dazu gebracht hat, Wohnungen und Ladenlokale zu mieten, Ferienwohnungen und Häuser, leere Räume zwischen vier Wänden, zwischen Decke und Fußboden zu kaufen und zu verkaufen? Ist es wirklich so banal, wie Vera von Halle an jenem Sommermorgen vor fünf Jahren mehr als nur angedeutet hat, während wir in der Luft über Hamburg hingen – dass alles den beengten Wohnbedingungen meiner Familie während meiner Kindheit entspringt? Ich muss ja zugeben, dass ich mich an diese beengten Verhältnisse sehr gut erinnere, an die niedrigen dunklen Zimmer, den Geruch von Menschen und nasser Kleidung. Ich war zwar ein Einzelkind, aber was hilft das, wenn man das Zimmer mit einem Großvater und einem schwachsinnigen Vetter teilen muss? Trotzdem: Viel deutlicher, mit einer ganz anderen Stärke, erscheinen mir die Erinnerungsbilder aus meiner Jugend, aus meinen Studienjahren in Hamburg und Zürich. Ein Kind träumt sich sein Zuhause trotz allem nicht anders, als es ist, zumindest nicht, solange man so wohnt wie alle anderen, die man kennt. In allen Häusern auf den Inseln herrschten dieselben Verhältnisse, die Menschen drängten sich in der Enge gegen Wind und Wetter zusammen, aber als junger Mensch, als Student, sehnte ich mich nach Platz und Raum. Ich ging, nicht wie jetzt, nicht, um mir Dinge wegzugehen, nicht wegen des Rückens, wegen der Gesundheit, sondern trieb mich nachmittags, abends und nachts auf den Straßen herum. Ich ging durch Straßen und Gassen und sah die Lichter in den Wohnungen und Häusern, an denen ich vorüberkam, und ich dachte, dort will ich wohnen, nein, dort, denn in all diesen Jahren, in denen ich studierte und mir Wissen und Kenntnisse über die Stadt zulegte, war es mein Schicksal, in den elendsten Löchern und überfülltesten WGs zu hausen, nur ein einziges Mal, für einen Zeitraum von sechs, sieben Monaten, verfügte ich über eine Zweizimmerwohnung, die lag im Keller, ganz hinten an einem engen Gang, zwei schmale Fenster in der Mauer, hinter den Johannisbeersträuchern im Garten. Es war nicht zu ertragen, ich ertrug es nicht, ich ging durch die Straßen und träumte mir alles anders, sah vor mir große helle Räume, mit Parkett belegte Steppen und weiß angestrichene Wände. Und jetzt, nachdem Träume und Phantasien schon längst in Erfüllung gegangen sind und ich diese Träume wieder einreiße, jetzt, da ich Wohnflächen von der Größe von Fußballplätzen verkaufe, bin ich noch immer wie damals, es hat sich in mir festgesetzt, ich gehe den Kurfürstendamm entlang, Berlins Prachtstraße, und lebe mich hinter offene Fenster und Balkontüren hinein, denke, da will ich wohnen, nein, dort! Das stimmt ja gar nicht, ich wohne genau dort, wo ich wohnen will, mir gehört eine der alten Villen am Innocentia Park in Hamburg, dort will ich alt werden und sterben, aber trotzdem denke ich diese Gedanken aus der Vergangenheit, sie tauchen auf beim Anblick eines Vorhangs, den der Wind in ein Zimmer weht, von Topfblumen auf einer Fensterbank ... Wind? Ja. Es weht ein Wind durch den Kurfürstendamm, er ist nicht stark, nicht kühlend, aber er ist eine Bewegung bei vierzig Grad über null, die Luft streicht wie lauwarmes Wasser über Waden und Oberschenkel, ist es Glück, was ich hier verspüre? Nein, aber vielleicht Erleichterung über dieses Wetter, das trotz allem, trotz meiner schlimmsten Vorstellungen darüber, in einer Sauna eingesperrt zu sein, eine Fähigkeit zur Veränderung zeigt. So müssen die alten Seefahrer empfunden haben, wenn sie Woche für Woche still gelegen hatten, die Erleichterung, wenn endlich Wind aufkommt, wenn er sich wie eine plötzliche Rose auf der ölglatten Meeresoberfläche zeigt, oder wie ein zaghaftes Flattern der Segel.

Bei einem Briefkasten bleibe ich stehen und lasse den frankierten Briefumschlag in den dunklen Spalt gleiten. Sechshundert. Ich erhöhe um hundert.

AUFTAKT

Stimmt es, was Leon von Bon gesagt hat? Dass die Gesellschaft zerbricht, dass wir auf dem Weg in die Barbarei sind? Und wenn dem so ist – liegt das dann nicht daran, dass wir eben in der Barbarei an der richtigen Adresse sind? Dass wir dort etwas lernen können? Nein, denke ich, während ich in der Turmsuite hin und her laufe, her und hin, und sehe, wie die Dunkelheit sich draußen über Häuser und Straßen senkt, nein, nein, nein. Wenn sie sich auflöst, wenn der Boden herausbricht, dann weil ... wir sie nicht festhalten konnten. Es ist schon zweimal passiert, denke ich dann, und ich weiß, dass das Unsinn ist, sowie ich den Gedanken gedacht habe, es passiert doch dauernd, die Glasur wirft Risse und dann steht das Ungeheuer in Menschengestalt vor uns. Wir haben auf dem Balkan gesehen, wie dünn diese Glasur war. Wie wenig belastbar. Irren ist menschlich, sagt man, es klingt so unschuldig, man denkt dabei an eine unbedachte Bemerkung, an eine Bagatelle im Alltag. Aber was, wenn wir diese Aussage Wort für Wort so nehmen, wie sie ist, also, dass Irren menschlich ist, dass die Fehlhandlung zum grundlegenden Wesen des Menschen gehört? Dann wird es grauenhaft. Dann kommt der Holocaust. Dieser kleine »Irrtum« im menschlichen Gehirn, der uns dazu bringt, jeden Tag zur Arbeit zu gehen, einer Arbeit, die zufällig industriell angelegtes Morden umfasst, Schikanen, Vergewaltigung, Totschlag, Vergasung, Verbrennung, alles läuft im wahrsten Sinne wie geschmiert, und dann gehen wir nach Hause und essen zu Abend, um später vor dem Einschlafen Goethe zu lesen. Oder man steht auf und sieht es geschehen, und so lautet nun einmal das Urteil über die deutsche Bevölkerung, dass wir dabeigestanden und zugesehen haben, wir haben die Schlächter zuschlagen sehen, dass das Blut nur so spritzte, ich rede hier von meinen eigenen Eltern, meiner eigenen Mutter, da Vater und Onkel Otto ja auf einem fremden Kontinent Dienst taten, in Afrika. Das ist die Schande, die ich mit mir herumschleppe, die ich mit mir herumschleppen werde, solange ich noch atmen kann, die Schande, dass meine Eltern ihre Würde verloren haben, ich werde ihr niemals entgehen können, ich mache nicht einmal einen Versuch. Unter den jungen Leuten gibt es jetzt einen neuen Sport. Ein hübsches Spiel. Es geht so: »Mein Opa war kein Nazi.« Und ich kann sie verstehen. Ich verstehe die jungen Leute, weil ich selbst am besten weiß, dass die Alternative unerträglich ist. Ich ertrage dieses Unaussprechliche nun, seit ich sprechen gelernt habe. Seit ich gelernt habe zu verstehen, was die anderen sagen. Ich lebe in einer Stadt, wo alle, die durch die Straßen gehen, oft sogar mit wenigen Metern Zwischenraum, goldene Pflastersteine finden, eingelassen in Asphalt oder Beton oder einfach zwischen grauen, braunen und schwarzen Pflastersteinen angebracht. Und wenn man sich dann ein ganz klein wenig bückt und nicht ganz und gar kurzsichtig ist, kann man lesen, was in diese goldenen Steine eingraviert ist. Namen und Daten. Hier wohnte ... Bis die Nazis kamen und ihn geholt haben. Bis sie sie verschleppt haben, nach Osten, nach Auschwitz, und nach Bergen-Belsen, Birkenau und Dachau. Ja, es ist deutlich zu lesen, denn Staub und Schmutz der Straße, die Hinterlassenschaft von Mercedes und VW, haben sich in der Gravur festgesetzt, heben diese Mitteilungen der Schande gut lesbar hervor. Sie haben die Juden nachts oder in den frühen Morgenstunden abgeholt, sie haben sie aus den Betten gezerrt und Haus und Hab und Gut annektiert, und in denselben Mietshäusern und in den Mietshäusern auf der anderen Straßenseite standen Menschen und sahen, wie es passierte, sahen, wie das Ungeheuerliche geschah, sie standen in kleinen Gruppen auf dem Bürgersteig oder in verdunkelten Zimmern und sahen dieses Ungeheuerliche geschehen, sahen es

Wenn ich sie als Teil einer Wirklichkeit in mich aufnehmen soll, dann muss das durch Gespräch oder Kommunikation geschehen, das war immer schon so, es kann sein, dass meine isolierte Kindheit daran schuld ist, wie an so vielen anderen unangenehmen Seiten meiner Person, das ist zumindest Renates Theorie, ein Teil ihres Traums von der Welt. Aber ich habe auch Träume, so schlicht diese Träume vielleicht auch sein mögen. Dafür ist Astrid P. das beste Beispiel. Eine Kommunikation ohne Dialog, und so soll es auch bleiben. Wir werden weitergehen und schweigen.

Ich bestelle einen Gin Tonic und ein Glas Eiswürfel.

»Eiswürfel?«

»Ja, Eiswürfel.«

Eine seltsame Bestellung. Sie bleibt ein oder zwei Sekunden stehen und stutzt, auch, nachdem ich das bestätigt habe, sie ist so jung, fast noch ein Kind, ihre langen blonden Haare gebunden zu einem Zopf, der über ihren Rücken fließt, ich sehe diesen Zopf, als sie sich entfernt, ich bleibe sitzen und schaue hinter ihr her, als sie zum Tresen geht. Der lange Zopf reicht bis zu der bloßen Fläche zwischen Bluse und Hosenbund, und zu der obligatorischen Tätowierung, die unter dem Stoff verschwindet, damit man sich fragen kann, wo die schwarzen Striche wohl enden werden. Und trotzdem: Ich frage mich nicht. Es kann mir doch egal sein, wie weit dieses Muster reicht oder nicht. Ich bin nicht neugierig. Hinter den großen Glasfenstern, der Glaswand, senkt sich die Dunkelheit, der Himmel verdichtet sich, wird blaugrau. Es ist halb sieben. Ich überlege, dass ich ein Taxi nehmen will, ich werde warten, bis es halb acht wird, und dann werde ich mir für den ganzen Weg ein Taxi nehmen.

Sie bringt mein Getränk, ich nehme einen großen Schluck und bohre zugleich meinen gebrochenen Finger in das Glas mit dem Eis. Es tut so weh und so gut, dass ich am liebsten brüllen würde.

»Haben Sie sich verletzt?«

Ich muss an etwas denken, was mein Opa immer gesagt hat, immer wieder, obwohl Mutter ihn bat, das nicht zu tun, trotzdem sagte er: »Wenn man schon mal Pech hat, kann man sich den Finger im Arschloch brechen.«

»Nicht doch«, sage ich.

»Sind Sie sicher?«

»Nein, ganz sicher kann man ja wohl nie sein. Ich würde auch gern gleich bezahlen.«

Setzen Sie es aufs Zimmer, ich signiere mit links, eine unbegreifliche Krickelei. Wühle in meiner Tasche und gebe ihr einen Fünfer als Trinkgeld. Und sie macht einen Knicks! Sie macht doch wirklich einen Knicks, und ich registriere, dass dieses leichte Nachgeben ihrer Knie, unklar aus welchem Grund, mich ein ganz klein wenig erregt, gerade so sehr, dass ich mir vorstellen kann, wie entsetzlich weh es tun würde, die Hand unter ihren Hosenbund zu schieben, ihrer Tätowierung zu folgen, sozusagen. Und bei der Vorstellung, was später passieren wird, wird mir schwindlig. Was mich auf diesen Gedanken bringt, sind der zerknüllte Geldschein und die Kniebewegung.

Das mit dem Finger im Glas erweckt eine gewisse Aufmerksamkeit, das lässt sich wohl nicht verhindern. Die Leute schauen, man hat doch Manieren, sie schauen nur für einen Moment, einen kurzen Seitenblick, dann noch einen, um sich davon zu überzeugen, dass sie richtig gesehen haben, dass dort am Nachbartisch wirklich ein Kerl in kurzer Hose und Hawaiihemd sitzt mit einem Glas in der linken Hand und den rechten Ringfinger in ein Glas voller Eiswürfel tunkt. Wenn jetzt bloß nicht irgendein Idiot kommt und sich als durchreisender Arzt vorstellt, ich weiß wirklich nicht, was ich dann vielleicht tue oder sage. Warum diese schlechte Laune? Ich weiß nicht. Sie ist einfach über mich hereingebrochen. Übrigens passt sie ziemlich gut zu meiner Situation. Damit gebe ich mich zufrieden. Dass ich später an diesem Abend noch sehr viel Verwendung für eine richtige Scheißstimmung haben werde.

Der Regen kommt nicht. Die ganze Zeit warte ich darauf, dass der Himmel Risse wirft, dass Donner, Blitz und Regen die Luft läutern, aber als ich auf die Straße hinauskomme, weiß ich, dass das nicht passieren wird. Dieses Wetter kenne ich aus Hamburg, es handelt sich um eine Art meteorologische Verstopfung, ein Phänomen, das sich durch eine so dichte Schwüle auszeichnet, dass das Atmen fast unmöglich wird, der Himmel ist gesättigt, aber Gottes Krallen sind nicht scharf genug, um ein Loch in diesen Scheiß zu kratzen.

Ich bitte den Taxifahrer, mich nach Friedenau zu fahren, in die Taunusstraße.

Und ich habe Glück mit meinem Fahrer, das begreife ich, sowie er mich fragt, wo Friedenau liegt, und als ich keine Antwort gebe, blättert er sofort im Stadtatlas, ohne auch nur zur nächsten roten Ampel zu fahren, mit anderen Worten, er hat nicht einmal Ahnung von der Richtung.

Er blättert und blättert. Sein fetter Zeigefinger fährt im Register auf und ab.

»Ich finde keine Taunusallee«, sagt er.

»Versuchen Sie mal Taunusstraße«, sage ich. »Dahin will ich. In die Taunusallee können Sie danach immer noch fahren.«

Nach 4 Euro 20 wirft er mit zufriedenem Grunzen den Stadtatlas weg und fährt aufs Geratewohl los. Mein Telefon klingelt, ich kann sehen, dass mein leiblicher Sohn per Satellit sein Glück versucht, ich schalte es aus.

Das hintere Seitenfenster ist geschlossen, es ist ein Seitenfenster, das nur vom Fahrer geöffnet werden kann, ich bitte den Fahrer, es um circa vier Millimeter zu öffnen.

Das tut er.

»Übrigens«, sage ich. »Ich glaube fast, ich muss Sie darum bitten, es ganz zu öffnen. Ich kann ja Bescheid sagen, wenn es auf den Sitz schneit.«

Heißluft strömt in die Heißluft.

Ich könnte noch weitergehen, ich könnte noch sehr viel weiter gehen, normalerweise mache ich das auch, wenn ich in dieser Stimmung bin, ich könnte ihn zum Beispiel bitten, die ganze Taunusstraße zu vergessen, ihn bitten, mich in eine Bar zu bringen, vielleicht zu einem ganzen Haus voller williger Frauen, und er würde es tun, wenn alle Taxifahrer in allen Städten der Welt eins wissen, dann den schnellsten Weg zum nächsten Bordell, sie kennen vielleicht nicht den Unterschied zwischen Norden und Süden, links und rechts, aber sie wissen, wo Geld gegen Geschlecht eingetauscht werden kann. Und am Ziel, im Bordell, in der Bar, im Park oder in der neongrellen Straße, kann ich sagen, dass es mir nicht um *solche* Nutten geht, ich wünsche Mädels mit Hidschab, mit Kopftuch, ja, am liebsten gänzlich verhüllt, aber darunter nackt, und noch nie von Männerhand berührt, hat er nicht vielleicht eine kleine Schwester?

Aber nicht heute Abend. Es ist zu heiß, und mit diesem vor Schmerz pochenden Ringfinger kann ich mich nicht richtig verteidigen, ich muss die Provokationen in einem angemessenen Rahmen halten, und deshalb denke ich lieber ein wenig über kulturelle Unterschiede und Äpfel im Schlafrock nach. Ich verfüge wie gesagt nur über eine begrenzte Phantasie, wenn nicht von Finanzen die Rede ist, aber dennoch gibt es Ausnahmen.

Eine solche Ausnahme, ein plötzliches Aufblühen meiner schmutzigen Phantasie, machte sich einige Wochen zuvor an einem Nachmittag bemerkbar. Ich sitze in der U-Bahn, in der U 3 Richtung Hoheluft. Und dann steigt eine junge Frau ein, zusammen mit ihrem Mann oder vielleicht einem älteren Bruder, einem Mann, der seine Frau beschützt wähnt vor christlicher, um nicht zu sagen, weltlicher Wollust. Ich kann es ihm ansehen. Er wähnt sich in Sicherheit, er ist ganz sicher, dass diese Frau, bei der es sich aller Wahrscheinlichkeit nach um seine Frau oder Schwester handelt, von Schleiern ganz und gar verhüllt, in Allahs sicheren Händen ruht. Und er könnte sich gar nicht mehr irren. Wie ein Stoß durchläuft es den Wagen, eine Unruhe, die sich von Mann zu Mann fortpflanzt, beim Anblick dieser verhüllten Frau. Im Wagen wimmelt es nur so von halb nackten Frauen, von Brüsten, die sich unter Oberteilen und T-Shirts mehr als nur ahnen lassen, von Hüften, Unterhosenkanten, Hinterbacken in Miniröcken, die so mini sind, dass sie kaum noch als Rock bezeichnet werden können, bis jetzt habe ich einfach nur gegähnt und träge aus dem Fenster geschaut, aber als ich nun diesen dünnen, dünnen Stoff sehe, dieses verdichtete Spinngewebe, so schwarz, so schwarz ... Ich würde bereitwillig in der Hölle brennen, um dieses florleichte Stoffstück zwischen den Fingern zu spüren, und sei es nur für wenige Sekunden, und dann dreht sie sich um und ich sehe ihre Augen, diese dunklen Juwelen, und darüber die leichte Wölbung der Brauen, und die schmalen braunen Hände mit den rosa Nägeln, einen Streifen von einem Fuß.

Ach ja.

Der Fahrer spricht Türkisch oder vielleicht Persisch in sein Mobiltelefon, während er den Wagen in eine Kurve von hundertachtzig Grad reißt. Anscheinend hat ihm jemand Anweisungen erteilt, der mehr über diese Stadt weiß als er selbst, vielleicht sogar der Mann, der eigentlich diese Taxilizenz besitzt. Und meine schlechte Laune verfliegt, zumindest für eine gewisse Frist, ich habe es nicht eilig, es tut außerdem gut, so auf dem Rücksitz eines Taxis in Berlin zu sitzen und Menschen und Häuser draußen in der Dunkelheit vorüberjagen zu sehen.

Ich denke: *Ich habe mir den Ringfinger gebrochen!*

Liegt darin nicht etwas zutiefst Symbolisches?

Wohl angekommen, denn wir kommen seltsamerweise tatsächlich an, will er den Preis senken. Dagegen lege ich Widerspruch ein, eben, weil dieser Vorschlag von ihm stammt und nicht von mir, ich will hier verdammt noch mal keinen Rabatt, bloß weil er zufällig keine Ahnung von seinem Job hat, genauer gesagt dem Job seines Bruders, Onkels oder Vetters ersten, zweiten oder dritten Grades. Auf diese Weise entwickelt sich ein etwas seltsamer Streit zwischen zwei freundlich gesinnten Personen; ich lasse erst locker, als ich ihm den Preis aufgezwungen habe, der vom Taxameter angezeigt wird, dazu etwas mehr als zehn Euro Trinkgeld, ich kaufe seine Ehre und sein Gewissen, gebe ihm gegenüber das zu, von dem er weiß, dass ich es anderen gegenüber, Angehörigen meines eigenen weißen Klans, niemals zugeben würde.

Mir kommt das gemein und wunderbar vor.

Dann stehe ich da und sehe das Auto im Verkehr verschwinden.

Das Restaurant liegt teilweise draußen auf dem Bürgersteig, teilweise drinnen in einem rot gestrichenen Lokal. Die Fenster sind entfernt worden, vermutlich in die Wände geschoben, für so etwas gibt es sinnreiche Systeme. Draußen sind alle Tische besetzt; ich gehe hinein, das hat sie ja auch tun müssen. Ich sehe sie zusammen mit einer anderen Frau an einem Ecktisch sitzen, es handelt sich vermutlich um irgendeinen geschäftlichen Kontakt. Ich gehe hinein, es ist ein in jeder Hinsicht elegantes Lokal, ich war noch nie hier, trotzdem kommt es mir irgendwie bekannt vor, die dunkelroten Wände, der Flügel in der Ecke, die hohen Grünpflanzen in den Terrakottatöpfen, die Kerzenleuchter und Aschenbecher aus massivem Messing, die weißen Tischdecken, das schwere Silberbesteck, die exklusiven Gläser. Edith Piafs Stimme legt sich sanft über den Raum.

»Eine Person?«

Er sieht aus wie eine Mischung aus Orang-Utan und bayrischem Gewichtheber, zur Feier des Tages gewandet in schwarze Hose, T-Shirt und eine knöchellange Schürze.

»Ja«, sage ich. »Eine Person.«

Und mir wird ein Tisch für zwei Personen zugewiesen, das ist perfekt, denn in einem Spiegel am Tresen kann ich die beiden Frauen im Profil sehen. Sie haben soeben ihre Vorspeise beendet, ich sehe sie im Spiegel, brauche mich nicht umzudrehen, da sitzen sie und ziehen kleine Brotstücke durch das Öl auf ihren leeren Tellern. Sie sind ganz und gar in ihrer Welt, und ich denke, dass sie tüchtig ist. Tüchtig, wenn es darum geht, sich nichts anmerken zu lassen. Wie so oft habe ich keinen Appetit, es ist zu heiß, aber etwas muss ich ja bestellen. Ich entscheide mich für Kalbsleber, nein, keine Vorspeise, nur ein Stück Kalbsleber mit Zubehör, Brot und eine kleine Karaffe mit dem Rotwein des Hauses, dazu Wasser, sehr viel Wasser, ja, und ein Glas mit Eis. Ich zeige ihm den Finger, und im Spiegel sehe ich, dass auch sie das registriert, dass sie meinen gebrochenen Finger sieht, ein rascher Seitenblick, dann ist sie wieder in ihr Gespräch vertieft. Was denkt sie jetzt wohl? Der Kellner ist ein Profi, von einem gebrochenen Zeigefinger lässt er sich nun wirklich nicht beeindrucken, er macht sich auch keine Notizen, er nickt nur kurz und ist dann verschwunden.

Die Kanne mit dem Wasser und das Glas mit dem zerstoßenen Eis stehen als Erstes auf dem Tisch. Ich trinke und stochere mit dem Finger in der Eissuppe herum, der Finger ist während der Taxifahrt weinrot geworden und weist außerdem gelbe und blaue Sprenkel auf.

Es tut so weh, so weh, hier sitze ich, warte auf die Leber des Kalbes, und alles ist ganz wunderbar, während der Schmerz mich durchjagt, ich sitze hier an diesem verdammt heißen Abend, der bald in eine ebenso verdammt heiße Nacht übergehen wird, eine Nacht zum Durchwachen, gut, dass ich in der Badewanne eingeschlafen bin, wie lange ich geschlafen habe, weiß ich nicht, aber ein wenig Schlaf ist besser als gar kein Schlaf. Seltsam, dass dieses Lokal mir so bekannt vorkommt. War ich vielleicht doch schon einmal hier, vielleicht irgendwann spät nachts, am Ende einer Kneipentour, damals, als solche sportlichen Leistungen mich nicht für eine Woche umgeworfen haben? Nein. Ich war noch nie hier. Damals endete man an anderen Orten, Nachtklubs, Eckkneipen, aber nicht in solchen Restaurants. Liegt es an der roten Farbe, den roten Wänden, vielleicht sind es vage Erinnerungen an ein Bordell ... ja, vielleicht. Oder an einen Traum ...

Der eine Drink im Forum hat mir gut getan, das merke ich, die vorsichtige Berührung zwischen Alkohol und Nervensystem lässt meine Gedanken leichter fließen, ich trinke große Schlucke eiskaltes Wasser und widme den beiden Hotelzimmern, in denen ich mich für diese Nacht einlogiert habe, ein wenig Dankbarkeit. Ich sehe die Zimmer vor mir, jetzt leer, 412 im Kempinski weist außerdem noch nicht einmal Gepäck auf, nicht einmal eine Zahnbürste, nur die leeren Bierflaschen, die Leon von Bon und ich hinterlassen haben, die leeren Bierflaschen und die leer gegessenen Teller, das unberührte Bett. Das Brot wird gebracht.

Und der Wein. Ich paddele in der Eissuppe, während ich mit der linken Hand versuche, ein Stück Brot mit Knoblauchbutter zu bestreichen, mit einer dicken Schicht Knoblauchbutter, dafür wird sie mich bestimmt hassen, ich muss den Finger aus dem Eis ziehen, das Stück Brot mit der rechten Hand stützen, sonst schaffe ich es nicht. Ich sehe, dass den beiden das Hauptgericht serviert wird, Fisch, fast niemand in diesem Land isst noch Fleisch, derzeit gibt es nur noch Fisch und Schalentiere, aber ich selbst nehme also nicht nur Fleisch zu mir, sondern sogar Eingeweide, Leber vom Kalb, bei der bloßen Vorstellung, mit diesem Finger vielleicht eine Dorade zerlegen zu müssen, wird mir schon schwindlig.

Ich winke dem Kellner, den gebrochenen Finger wie eine Art erstarrtes und geschwollenes Fragezeichen erhoben.

»Ich glaube fast, ich muss Sie bitten, mir die Leber in passende Stücke zu zerschneiden«, sage ich.

»Natürlich. Und ich würde Ihnen auch gern auf Kosten des Hauses einen Calvados servieren. Das da sieht wirklich nicht gut aus.«

»Dann sage ich herzlichen Dank.« *Schnaps bei dieser Hitze!*

Ich halte ihn auf, als er schon das ausführen will, was er sicher für einen Gefallen hält. »Noch eins. Ich gehe davon aus, dass Sie guten Champagner führen? Also nicht Sekt, sondern echte Ware?«

»Das tun wir. Wie wäre es mit einer Veuve Cliquot?«

»Das klingt ausgezeichnet. Setzen Sie es auf meine Rechnung, aber servieren Sie es ...« Ich nicke zu den beiden hinüber, die jetzt ihren Fisch verzehren.

»Sehr gut. Soll etwas ausgerichtet werden?«

»Danke, aber ich halte es für besser, mit Schweigen zu beginnen.«

»Dann ist das abgemacht.« Er entlockt sich ein kleines Lächeln.

»Nicht wahr?« Ich stecke den Finger wieder ins Eis. »Wir lassen das Schweigen reden.«

Und das tun wir, auch wenn ich, im Spiegel, bemerke, dass er kurz in meine Richtung nickt, als er die Flasche in einem Kühler bringt, er nickt in meine Richtung auf die Frage, die die beiden natürlich stellen müssen, natürlich müssen sie fragen, woher diese edle Flasche kommt, es ist sogar möglich, dass sie fragen, *warum* diese Flasche an ihren Tisch gebracht wird. Jetzt drehen sie sich zu mir um, aber ich drehe mich nicht zu ihnen um, ich sehe sie im Spiegel, und jetzt hebe ich mein Rotweinglas, was sie mit ihren hohen Champagnergläsern erwidern, sowie der Orang-Utan aus Bayern sie gefüllt hat, sie heben die Gläser mit leicht nervöser Miene, sie lächeln, aber leicht nervös, und jetzt, gerade jetzt drehe ich mich zu ihnen um, na, denn mal Prost, Mädels!

Doch, ein wenig nervös sind sie schon. Egal, worüber sie gesprochen haben, es ist klar, dass diese Flasche, diese tief grüne Flasche in ihrem Kühler, ihr Gespräch auf eine andere und neue Spur bringt, denn wer in aller Welt ist diese lächerliche Gestalt da hinten beim Flügel, dieser leicht untersetzte Mann mit Hawaiihemd und kurzer Hose, der sie betrachtet, der ihnen Aufmerksamkeit entgegenbringt, ja, der auf eine dermaßen abwegige Idee kommt, wie eine Flasche Champagner zu bestellen und zu ihrem Tisch zu schicken, als handele es sich bei allem um eine Szene aus einem nicht ganz geglückten Film, einem echten Hollywoodschinken?

Das kleine Glas mit dem Calvados trifft gleichzeitig mit der Kalbsleber ein, ich kippe es mir mit der linken Hand hinter die Binde, es gleitet mir durch die Kehle wie Sahne mit Tabasco.

Das Essen tut weh, obwohl der Kellner, eventuell der Koch, meine Bitte erfüllt und die Leber in Würfel zerschnitten hat. Die Gabel drückt auf den gebrochenen Finger, Blitze jagen aus dem Finger zu einem Punkt in meinem Hinterkopf. Wieder tut es weh und gut zugleich, jetzt sind es Schmerz und Geschmack, die Leber zergeht auf der Zunge, gut und ekelhaft zugleich, wie das Leben selbst.

Sie rühren den Champagner nicht an. Das sehe ich. Sie trinken den Weißwein, den sie selbst bestellt haben, aber die Champagnergläser stehen unberührt auf der weißen Decke. So weit ist es gekommen, denke ich und merke, dass gerade dieser Gedanke mich ein wenig traurig macht. Seit Generationen lernen Kinder, dass sie von Fremden keine Süßigkeiten annehmen dürfen, schon gar nicht von fremden Männern. Und jetzt ist es so weit gekommen, dass sogar erwachsene Frauen sich dazu gezwungen sehen, eine leckere Flasche Veuve Cliquot zu verschmähen, wenn die ihnen von einem Mann spendiert wird, über dessen Vorstrafenregister sie sich nicht zu hundert Prozent im Klaren sind. Und wieder denke ich, dass sie tüchtig ist, denn ich weiß ganz genau, welche von den beiden der anderen die Zweifel eingegeben, sie daran erinnert hat, dass die Welt nun einmal so beschaffen ist, dass auf niemanden Verlass ist, auch wenn die Flasche an ihrem eigenen Tisch geöffnet wurde. Es gibt so viele neue Gifte, so viele scheußliche Möglichkeiten.

Ich esse alles auf. Es kostet mich so viele Schmerzen, dass ich wirklich jeden Bissen und jeden Krümel verzehre. Ich merke, dass es da irgendwo einen Zusammenhang gibt. Zwischen dem, was es kostet, und dem, was man schafft. Wenn ich nur ein wenig mehr Phantasie hätte, jetzt wüsste ich ein wenig mehr Phantasie wirklich zu schätzen, denn dann könnte ich diese Zeit, diese Wartezeit benutzen, um mir vorzustellen, was Astrid P. in diesem Moment macht. Aber nein. Alles ist leer, sie ist tot für mich. Ich kann sie nicht einmal in ihrem Sessel vor mir sehen, mit einem Buch auf den Knien, und noch viel weniger ...

Jetzt bekommt jede einen Cappuccino, und ich merke, dass ich aufstehe, ja, das merke ich, plötzlich bin ich auf den Beinen, gehe zwischen den Tischen hindurch zu dem Tisch für zwei Personen, an dem den beiden Frauen jetzt ihr Cappuccino serviert worden ist.

»Es tut mir Leid!«, sage ich. »Das war wirklich dumm von mir. Aber ich hatte etwas zu feiern, und ich war ganz allein ... Ich habe nicht daran gedacht, dass das missverstanden werden könnte.«

Sie wechseln einen Blick, sehen ihre vollen Champagnergläser an, und dann schauen sie zu mir auf, wie ich in voller Montur vor ihnen aufrage, wie ein schlichtes Gemüt, das in Berlin hängen geblieben ist, nachdem es den Flieger nach Hawaii verpasst hat.

»Nehmen Sie es bitte nicht übel«, sagt Renate. »Aber wir hatten verabredet, eine Flasche Wein zu teilen, und damit Schluss. Es liegt an dieser entsetzlichen Hitze. Und wir müssen morgen beide früh raus.«

»Das war nett von Ihnen«, sagt die andere. »Wirklich nett.«

»Was haben Sie denn zu feiern?«, fragt meine Frau.

»Ach«, sage ich. »Nichts Großes. Aber ich habe manchmal Glück mit Pferden.«

Sie sind so schön, das fällt mir erst jetzt aus der Nähe auf. Meine Frau, na ja, das weiß ich ja, sie wurde mit kastanienbraunen Haaren geboren, wegen ihrer Haare ist sie mir damals gleich aufgefallen, hob sie sich von der Menge ab, jetzt denke ich an die Kastanienseuche im Innocentia Park, genauer gesagt, an kleine Larven, die die Blätter, die Haarpracht der Bäume, zerstören. Sie trägt ein moosgrünes Kostüm, das ich noch nie gesehen habe. Bei der anderen, der Unbekannten, fallen mir zuerst die Handgelenke auf, als ich sie jetzt aus der Nähe sehe. Schmale, fast magere Handgelenke, ihre Haut ist kreideweiß, sie geht einwandfrei nicht vor Sonnenuntergang aus dem Haus, und auf eine weitere Beschreibung ihrer Person muss ich verzichten, da sie in letzter Zeit als nicht unbedeutende Künstlerin an die Öffentlichkeit getreten ist, ich will sie einfach die »Spitznäsige« nennen, da sie einwandfrei eine spitze Nase hat. Aber jetzt sieht sie mich über diese Nase hinweg an, die ich also als spitz bezeichnen würde, es ist ein freundlicher Blick, anders kann ich das nicht ausdrücken, und seither, seit ich von ihrer Begabung in mannigfacher Hinsicht erfahren habe, habe ich mir überlegt, dass sie zu diesem Zeitpunkt möglicherweise mich und das, was hier vor sich ging, als etwas ansah, was sich in Theater oder bildender Kunst verwenden lässt. Der Clown und die Flasche.

Und der Clown kehrt an seinen Platz am Zweipersonentisch zurück, während die Flasche wieder in die Küche gebracht wird, und die beiden Frauen, meine Frau und die Spitznäsige, verlassen das Lokal mit einem Tschüs, nachdem sie zuerst bezahlt haben, meine Frau übernimmt die Zeche.

»Die setzen wir nicht auf die Rechnung«, sagt der Kellner. »Die Flasche.«

»Es war den Versuch wert«, sage ich. »Finden Sie nicht?«

»Doch«, sagt er. »Vor allem, wenn Sie es auf die Brünette abgesehen hatten.«

Wir können jetzt sehen, dass die beiden draußen auf der Straße ein Taxi heranwinken.

Jetzt kein Alkohol mehr. Ich halte mich an das Eiswasser. Trinke Eiswasser aus einem Glas und kühle den Finger in einem anderen. Wird sie die Spitznäsige behalten? Ich hatte damit gerechnet, Renate allein anzutreffen, aber wo sie nun schon diese andere mitgenommen hat? Mir kann es egal sein. In den letzten zwei Jahren war es eben so. Da ist mir das Allermeiste ziemlich gleichgültig. Bei meiner Frau ist das anders. Sie brennt, sie glüht vor Leben, es sprüht Funken. Und trotzdem denke ich, trotzdem kann auch ihr wohl vieles und so manches reichlich egal sein. Ich kenne sie so lange, dass ich die Leere hinter dem lauten Lachen und den bissigen Bemerkungen spüre, sie lacht manchmal zu laut, um glaubwürdig zu sein, und wenn es um Zynismus geht ... Aber das weiß man ja. Was sich hinter dem Zynismus verbirgt. Aber sie hat etwas, das ich nicht habe, ich kann nicht ganz erklären, warum ich es nicht behalten konnte, sie hat eine aufrichtige Liebe zur Arbeit. Wenn sie, vielleicht alle paar Monate einmal, ein Stück findet, das wirklich stimmt, bei dem sie schon beim ersten Lesen weiß, dass es großartig ist, Gewicht und Wert besitzt, dann ist sie glücklich, und dann strahlt sie echtes Glück aus. Da bin ich mir sicher. Früher ging es mir auch so, es ist nicht einmal sehr lange her, ein halbes Menschenleben oder so. Ich empfand ein Glück dabei, wenn mir Dinge gelangen, nicht in erster Linie wegen des Reichtums, der über mich hereinbrach, sondern weil ich das Spiel zum Laufen gebracht hatte. Ich war glücklich, weil ich richtig gedacht hatte, im Bezug auf die Ziele, die ich mir setzte. Aber das mit dem Glück ist sicher auch ziemlich übertrieben. Jedenfalls finde ich das Leben schon in Ordnung, so wie es für mich im Moment aussieht. Ich habe aufgebaut, jetzt reiße ich ein. Ist es nicht auch ein Privileg, das selbst zu machen? Doch. Ist es. Ich hätte warten können, viele warten zu lange, ich persönlich hätte zum Beispiel so lange warten können, bis mein Sohn mir diese Arbeit abnähme. Er hat diese Fähigkeiten, es ist schon eine Begabung, wenn es darum geht, eine gesunde Firma in eine Wüste zu verwandeln. Aber er hätte natürlich in einem Aufwasch auch das Kapital aus dem Fenster geworfen, und das ist kein unwichtiger Unterschied, nein, das ist es nicht, da ist die Grenze.

Ob ich einen Nachtisch wünsche?

Nein.

Ich will nach draußen, ich will gehen.

Ich kenne den Weg. Es ist jetzt so dunkel, wie es das an diesem Abend, in dieser Nacht, überhaupt nur werden wird, und ich gehe gern durch eine Straße nach der anderen und bilde mir dabei ab und zu ein, dass ich durchaus nicht zu irgendeinem Ziel unterwegs bin, dass ich einfach aus Lust und Laune umherwandere. Der Wind vom Mittag ist jetzt ganz verschwunden, aber es ist trotzdem nicht mehr so drückend heiß. Immer wieder komme ich an Restaurants und Kneipen mit sperrangelweit aufgerissenen Türen vorbei, ich höre Lachen und Musik, habe das Gefühl, mich in einem Meer aus großer *Freundlichkeit* zu bewegen, das Gefühl, dass Berlin, die Großstadt, an diesem Abend von einer freundlichen Atmosphäre gesättigt ist. Das ist wahrlich nicht oft der Fall, und vielleicht ist es auch jetzt nicht so, es ist sehr gut möglich, dass ich einfach dieser Stadt gegenüber freundlich gestimmt bin, und nicht die Stadt mir gegenüber, es kann sein, dass mein bescheidener Alkoholkonsum der Sache zugrunde liegt, jedenfalls ist es eine Tatsache, dass meine schlechte Laune verflogen ist, jetzt würde ich wohl kaum einen Taxifahrer anpöbeln. Mit meinem gebrochenen Finger verhält es sich derweil so, dass er bei jedem Schritt, mit dem ich mich von dem Glas mit der

Eissuppe in dem soeben verlassenen Restaurant entferne, immer deutlicher seinen erbärmlichen Zustand kundtut. Im Moment tut es schrecklich weh, sich im Besitz dieses Fingers zu befinden. Und dann ist da noch eins: Werde ich in dieser Kleidung überhaupt ins Schantil gelassen, oder werde ich mit einem Taxi ins Kempinski fahren müssen, wo ich selbst zu dieser späten Stunde noch einen dunklen Anzug mieten kann, eventuell einen Smoking. Nein. Es muss ja wohl Grenzen geben. Wir haben – wenn auch keine vierzig – doch immerhin fünfunddreißig Grad, und das Schantil ist trotz allem nur eine hippe Bar, so ungefähr auf halber Höhe der Skala im Bewusstsein der üblichen Barszene.

Ich überquere die Straße vor einer Kneipe, die sich auf keiner Skala befindet, und auch nur haarscharf im Bewusstsein derer, die sie frequentieren, es ist so eine Kneipe, von der vierzehn aufs Dutzend gehen, eine dunkelbraune, fast schwarze Kneipe, deren Fensterbänke mit sterbenden Yuccapalmen vollgestellt sind. Hier steht die Tür nicht offen, nicht einmal einen Fingerbreit, die Türen in solchen Kneipen stehen niemals offen, und das Gesetz der immer geschlossenen Tür gilt unverrückbar, es gilt als absolutes Tabu, auch nur einen Kubikmillimeter Luft mehr als unbedingt nötig beim Betreten des Lokals in den Zigarettenrauch zu lassen. Es gibt noch eine andere Regel, die ebenso unausweichlich zuschlägt, nämlich, dass die, die sich bereits im Lokal aufhalten, am Tresen und an den Resopaltischen, sich in einer kollektiven Bewegung zur Tür umdrehen, mit beleidigter, ja, missbilligender Miene, wenn jemand hereinkommt, jedenfalls dann, wenn es sich wider alle Vermutung herausstellen sollte, dass hier ein Fremder einen Versuch macht, einer, der nicht Lunge, Leber und Nieren auf dem Altar dieses hervorragenden Etablissements zum Opfer gebracht hat. Das Seltsame ist, dass man nie riskiert, in solchen Kneipen zum Krüppel geschlagen zu werden. Hier herrschen einfach totale Verachtung und Abweisung, die stumme, aber klare Sprache der zugekehrten Rücken.

Ich zeige dem Tresenmann meinen Finger und erkläre die Situation. Ich muss ein Glas mit zerstoßenem Eis haben, ich muss das Glas mitnehmen können, und ich bezahle natürlich, was immer das kosten mag. Ich füge hinzu, dass es nicht unbedingt ein Glas der oberen Preisklasse sein muss. Ich kann mir diese Bemerkung nicht verkneifen, auch wenn ein weiteres der ungeschriebenen Gesetze für Eckkneipen dieses Kalibers besagt, dass Sprücheklopfen hier nichts bringt. Es ist nicht verboten, Sprüche zu klopfen, aber es gehört sich nicht und vor allem ist es sinnlos. Der Wirt mustert deshalb meinen Finger, ohne auch nur eine Miene zu verziehen, und ich finde, es sieht aus, als betrachte er einen winzigkleinen Bruder, denn auch der Wirt ist rot und blau und gar nicht wenig aufgedunsen.

»Wollte sie ihn zurückhaben? Den Ring?«

Das sagt irgendwer zu meiner Rechten.

Spaß ist also doch erlaubt.

»Nein«, sage ich. »Ich hab selbst versucht, ihn runterzureißen. Bin in Panik geraten. Nach fünfundzwanzig Jahren bin ich plötzlich in Panik geraten.«

Man steckt doch voller Vorurteile, zumindest tue ich das, wenn es um Orte und Leute wie diese hier geht. Es ist so leicht, sich vorzustellen, dass diese Typen hier seit dem Tag sitzen, an dem sie zufällig hier hereingeschneit sind, nachdem sie auf der Volksschule sitzen geblieben waren. Aber jetzt wird im Nebelmeer um mich herum freundlich gekichert, denn das war ein Witz, der bei denen, die kein Zuhause mehr haben, voll zu Hause ist; sie kennen sich aus mit Trauringen, die abgerissen werden, sei es nun von anderen oder von ihnen selbst. Ja, es ist eine unerwartete Freundlichkeit! Die Freundlichkeit, die ich bisher draußen auf den Straßen wahrgenommen habe, scheint auf wundersame Weise durch die grauen Mauern dieses Hauses gedrungen zu sein, sich in die Risse des versteinerten Fensterkitts eingeschlichen zu haben.

Der Wirt grunzt und dreht sich um. Zieht ein leuchtend weißes Geschirrtuch aus einem Schrank, breitet es neben den Zapfhähnen aus. Dann schiebt er die Hand, seine Schinkenpranke, in den Kühlschrank und holt die glitzernden Stücke gefrorenen Wassers heraus. Das hier ist kein Ort für Drinks mit fertig zerstoßenem Eis, das hätte ich wissen müssen, aber natürlich gibt es in Notfällen wie diesem einen Rat, der Mann hinter dem Tresen ist ja trotz allem eine Art Eisbrecher. Und jetzt wickelt er die Eisstücke ein, faltet mühselig das Handtuch zu einem festen Paket zusammen, um dann unter dem Tresen mit geübtem Griff einen Hammer hervorzuziehen und loszuklopfen, dass der Boden nur so bebt.

Bald darauf verlasse ich das Lokal mit einem in ein Senfglas getauchten Zeigefinger, es ist kein Problem, mit Hilfe von Daumen, Zeige- und kleinem Finger das Glas zu tragen. Nur der Mittelfinger zeigt ziellos vor sich hin, übrigens fungiert er als eine Art Locksignal, die menschliche Hand ist ein Wunder, ein unglaublich unterschätztes Werkzeug.

Ohne es zu wollen (das liegt daran, dass ich den Arm ein Stück vom Körper abspreizen muss, um mir nicht mit dem Oberschenkel das Glas aus der Hand zu schlagen), lege ich mir einen breitbeinigen Gang zu. So ging Onkel Otto. Breitbeinig und mit abgespreizten Armen. Ich habe versucht, ihn mir als marschierenden Soldaten in Rommels Afrikakorps vorzustellen, aber das klappt nicht. Ich kann ihn einfach so nicht vor mir sehen. Übergewichtig, eins achtundsechzig auf Socken und mit schwarzem Schopf, war er das absolute Zerrbild von Hitlers Rassephantasien. Onkel Otto sah eher aus wie ein Krebs, auch wenn er sich nur selten seitwärts bewegte (er tat es aber doch, wenn er betrunken war). So erlebte ich ihn ab und zu bei meinen Ostbesuchen. Aber das optimale *Krebsbild* von Onkel Otto sah ich trotzdem erst, nachdem die Mauer gefallen war, genauer gesagt, zwei Wochen später, und zwar auf der Kirchenallee in Hamburg, also auf meiner Spielfeldhälfte des geteilten Deutschlands, das jetzt durch Versprechungen und Beteuerungen zusammengeflickt werden sollte, dazu mit Helmut Kohls geschenktem Scheinchen für alle Ossis, dem Hundertmarkschein, den man auch Bananenschein nennen könnte, aber wohl eher noch Pornoschein, da die meisten Ossis Bananen Bananen sein ließen und lieber in die dunklen, feuchtwarmen Säle der Pornokinos stürzten. Als ich an jenem Dezembertag 1989 Onkel Otto erblickte, war die Stadt schon längst weihnachtlich hergerichtet, überall waren Weihnachtsmänner und Engel aufgestellt und aufgehängt, rote und weiße Kerzen standen auf den Kneipentischen, überall hingen Styroporglocken, und die Fenster der Restaurants waren mit falschem Schnee besprüht, der Himmel hing schwer und bleigrau über der Kirchenallee und über Dach und Türmchen des Hauptbahnhofs, und dann kam also Onkel Otto seitwärts wie ein Krebs aus dem Nagel und ging in Richtung Schauspielhaus, nicht betrunken, aber doch ziemlich erfrischt, beide Hände in den Hosentaschen, ein Zipfel seines knallgelben Nylonhemdes lugte aus seinem Hosenschlitz hervor, er lächelte von einem Ohr zum anderen, wobei er nicht mich anlächelte, er sah mich gar nicht, denn er war ganz und gar in seiner eigenen Welt, und die ewige Karo war einer Filterzigarette gewichen, einer Marlboro, wie ich später feststellte, da kam der neue Marlboromann, arm wie eine Kirchenmaus, mitten in dem kapitalistischen Geschrei um Jesu Christi Geburt, und ich ging dicht hinter ihm her. Ich mochte mich nicht zu ihm bekennen, ich schämte mich, nicht seinetwegen, Onkel Ottos wegen, des Kriegskameraden meines Vaters wegen, sondern meiner selbst, das hier war alles so elend, so unbegreiflich, ich selbst war elend und unbegreiflich.

Später versuchte ich, alles gutzumachen, das Beste für Onkel Otto zu tun, aber dann kam es doch so, wie es eben kam. Und ging so schief wie überhaupt nur möglich.

Es besteht kein Grund zur Beängstigung. Soviel ich sehen kann, steht vor dem Schantil nicht einmal ein Aufpasser. Dagegen kleine Menschengruppen mit Cocktails und Zigaretten, sie genießen die Sommernacht, ich sehe zwei Anzüge, aber vor allem werden hier Jeans und T-Shirts getragen, ja, sogar kurze Hosen sind dabei. Die Hitzewelle hat das Schantil in ein Komm-wie-du-bist-Lokal verwandelt, jetzt können alle, die Geld oder Karten haben, nach Belieben hineinschauen.

Ich warte eine oder zwei Minuten auf der anderen Straßenseite.

Dann stelle ich mein Glas auf die Treppe eines stillgelegten Reisebüros, wandere über die Pflastersteine und gehe hinein.

Als Erstes fällt mir der Knick in ihrem Handgelenk auf. Ich sehe Gedränge, Körper, die sich aneinander lehnen, die Lachsalven ausstoßen, die zueinander sinken, sehe den blauen Rauch, der durch das Licht der Spots an der Decke schwebt, mitten im Lokal steht eine dunkelhäutige Frau mit geschlossenen Augen, sie tanzt mit sich selbst, ein kleiner Hund (!) sitzt auf einem Barhocker, er trägt einen grünen Papierhut, und dann gibt es noch alles andere, was zu einem solchen Ort eben gehört, die Flaschen im Spiegelregal, die Gläser und Zapfhähne, an der Wand hängen Lithographien von John Milles, in den Gläsern schwappen Longdrinks; das hier ist ein Ort mit zerstoßenem Eis im Kühlschrank, hier kann ich einfach bestellen, was ich am dringendsten brauche, aber das tue ich nicht, jetzt möchte ich ein wenig leiden, ja, ich sehe das alles, die jungen Menschen, die nackten Arme und die starken Hälse, ein Fahrrad ist zu den Spots an der Decke hochgehievt worden, es hängt da in den blauen und grünen Lichtkegeln, es ändert die ganze Zeit seine Farbe, vermutlich ist es bei Tageslicht weiß, weiß, wenn die türkische Putzfrau gegen sieben Uhr morgens die Tür aufschließt und die Sonne durch die schrägen Jalousien hereinlässt, aber jetzt ändert es zusammen mit den Spots im Takt der Musik seine Farbe, mit Zigarettenglut, die in insistierenden Bögen durch das Halbdunkel geschwenkt wird, Hör-mal-her-Zigaretten, Gläsern an den Lippen, Flüssigkeit, die aus den Gläsern über die Lippen in die Mundhöhlen läuft, die gerade in diesem Moment Wörter ausstoßen, die genau in diesem Moment, in genau dieser Szenerie aus Promille und Droge Gewicht und Sinn haben, die später aber zu Boden fallen werden, genauer gesagt, die an Sabber auf einem Kopfkissenbezug erinnern, was habe ich da nur gesagt, habe ich das wirklich gesagt, ich kann das alles vor mir sehen, kann mir sogar meinen Teil über andrerleuts Tag danach denken, ich Mann ohne Phantasie! Unter einem Tisch liegt ein Handschuh auf dem Boden (ein Handschuh hier, jetzt?), weiß zwar, dünn, brüchig wie Zigarrenasche, aber was mir vor allem auffällt, was ich durch alle anderen Geräusche und Gerüche bemerke, ist der Knick im Handgelenk meiner Frau, so, wie er mir jetzt erscheint, wie eine – ich will nicht sagen, Offenbarung, aber vielleicht doch wie eine winzigkleine Überraschung, aber hallo!

Der kleine träge Knick im Übergang zwischen Handrücken und Unterarm, so, wie ich ihn hier zwischen allem anderen entdecke, wie ich ihn im Halbdunkel registriere, als zwei Körper auseinander gleiten, dort sitzt meine Frau. Dort sitzt Renate mit einem Zigarillo zwischen den Fingern am Tisch hinter diesen beiden Körpern, die auseinander gleiten. Und als ich mich durch das Gedränge zum Tresen zwänge, sehe ich auch die Spitznäsige, an ihrem Tisch sitzen noch viele andere, und die ganze Zeit kommen neue Fremde dazu und setzen sich, sowie ein Stuhl frei wird, sowie ein Fremder geht, kommt eine neue Unbekannte dazu, das ist eine Art Reise nach Jerusalem für Erwachsene. Ich bitte über die nackte Schulter einer jungen Frau um ein Glas frisch gepressten Orangensaft, ich sehe den feinen Haarflaum in ihrem Nacken, während ich auf mein Getränk warte, die fast unsichtbaren Haare und die winzigen Schweißperlen, die im elektrischen Licht glitzern, und bei diesem Anblick muss ich an den frühen, frühen Morgen auf meiner Heimathallig denken, an den Tau im Gras. Ich bitte nicht um ein Glas Eissuppe.

Und dann kann ich einfach nur noch zirkulieren.

Haben sie mich entdeckt? Das spielt keine Rolle. Das hier ist ja schließlich ein Zufall, ein etwas komisches Zusammentreffen, so etwas kommt vor, hier setzen sie sich in ein Taxi und fahren in ein anderes Stadtviertel, und da taucht doch tatsächlich dieser leicht untersetzte Mann in kurzer Hose und Hawaiihemd auch hier auf, es ist schon seltsam, aber so ist das Menschenleben sogar in Berlin, vielleicht gerade in Berlin. So etwas kommt vor.

Ich setze mich ihnen gegenüber, sowie sich eine Gelegenheit bietet, sowie der Stuhl frei wird.

Sie haben mich schon längst gesehen, vermutlich schon, als ich gekommen bin, außerdem haben sie über mich gesprochen, das sehe ich dem Blick an, den sie wechseln, dem leicht resignierten Blick, den Frauen ihr Leben lang auf Lager haben, diesem Blick, mit dem sie einander bedenken, wenn Der Unerwünschte seinen Einzug hält, es ist derselbe Blick unter Frauen auf der ganzen Welt, unabhängig von sozialem Status, Konfession und politischer Ausrichtung. *Gerade jetzt, wo es so nett war!*, sagt der Blick, während sie sich zugleich auf die Bemerkung gefasst machen, von der sie annehmen, dass sie gleich fallen wird, an der fast kein Weg vorbeiführt, die idiotischen Worte, die die Dummheit und frauenfeindliche Unbeholfenheit des allein daherkommenden Mannes unter Beweis stellen, des angetrunkenen Mannes, der sich setzt und sagt: *Aber seid ihr denn ganz allein heute Abend?*

Das sage ich also nicht.

Sage erst mal gar nichts, sondern begnüge mich mit einem Nicken. Bemerke, dass meine Frau verstohlen meinen Finger mustert, ab und zu ein rascher Blick, während sie weiter miteinander reden, es geht um irgendein Stück, natürlich geht es um irgendein Stück, aber ich stelle auch fest, dass ihre Sätze jetzt etwas Gezwungenes haben, und also lasse ich mich an die Wand zurücksinken, wippe mit meinem Stuhl hin und her und nippe an meinem Saftglas. Am Ende kann die Spitznäsige sich nicht mehr beherrschen. Sie zündet sich eine Zigarette an, dreht sich zu mir hin und fragt: »Sie verfolgen uns doch hoffentlich nicht?«

Nicht unfreundlich. Sie lächelt, als sie das sagt.

»Nein, um Himmels willen! Sicher war es das Schicksal.«

Mehr nicht.

Und um zu betonen, dass sie wirklich unbesorgt sein kann, bis auf Weiteres zumindest, stelle ich mein Glas auf den Tisch und ziehe Notizbuch und Kugelschreiber aus der Brusttasche. Als sei mir plötzlich ein Gedanke gekommen, den ich sofort schriftlich fixieren muss, ehe die Vergesslichkeit ihn mir entreißt. Es ist nicht leicht, zu schreiben mit diesem Ringfinger, der wie eine erstarrte Kralle in die Luft ragt, der Kugelschreiber liegt nicht richtig an, hält kein Gleichgewicht, aber ich schreibe, es gelingt mir, langsam und unter Schmerzen schreibe ich immer wieder meinen eigenen Namen, während ich ab und zu Pausen einlege und konzentriert in die Luft starre, durch alles hindurch.

»Wenn wir an das rein Dramaturgische denken«, sagt Renate, »dann sollten Helmuth und Eva zu einem viel früheren Zeitpunkt auftauchen. Wir müssen sie nicht unbedingt kennen lernen, aber ...«

»Ich habe doch mit Wilhelm gesprochen«, sagt die andere. »Und natürlich auch schon daran gedacht. Aber ich habe es so gelassen, weil ich die Vorstellung hatte, dass das dem Publikum einen Widerstand bietet, etwas, das überwunden werden muss, um dann ...«

Renate hebt die Hand. Wieder dieser Knick im Handgelenk, ihre Bewegung hat etwas Gebieterisches. »Ich weiß genau, was du meinst. Und wie gesagt: Es kann durchaus klappen. Aber ehe ihr mit den Proben anfangt, finde ich, du solltest eine andere Möglichkeit skizzieren, einen anderen Weg. Das bedeutet ja nicht, alles auf den Kopf zu stellen. Du darfst mich nicht missverstehen.«

Und. So. Weiter.

Ich klappe mein Notizbuch zu und schiebe es zusammen mit dem Kugelschreiber zurück in meine Brusttasche.

»Ich hab das eben mal durchgerechnet«, sage ich. »Wenn ich fünfzehnhundert Euro sage, was sagt ihr dann?«

»Wie beliebt?« Meine Frau wendet sich mir als Erste zu.

Die Spitznäsige lacht und hält mir die rechte Handfläche hin. »Dann sage ich tausend Dank. Nur her damit!«

»Wir machen das natürlich ganz normal«, sage ich. »Und eine von euch soll nur zusehen.«

Die Spitznäsige, der das Kinn jetzt auf die Brust hinuntergeklappt ist, fragt entgeistert: »Wovon reden Sie da eigentlich?«

Renate starrt mich an, so, als sei aus dem Boden etwas Schleimiges und Stinkendes aufgestiegen.

»Wovon reden Sie da eigentlich?«, fragt die andere noch einmal.

»Okay«, sage ich. »Dann gehe ich eben. Ich geh ja schon.«

»Ja, darauf können Sie sich verlassen«, sagt meine Frau voller Abscheu. Sie wendet sich ab und sagt, halb zu sich und halb zu der Spitznäsigen: »Herrgott, die müssen hier doch eine Art Rausschmeißer haben …«

»Keine Panik«, sage ich. »Ich sag doch, dass ich gehen werde.«

Renate fährt zu mir herum. »Nein, das haben Sie nicht gesagt. Sie haben gesagt: Ich geh ja schon.«

»Sechzehnhundert«, sage ich.

Die Spitznäsige zu meiner Frau: »Weißt du was, das ist doch einfach nicht zu glauben. Ich weigere mich, das zu glauben.«

Renate zu mir: »Würden Sie sich bitte an einen anderen Tisch setzen, dann vergessen wir diesen Zwischenfall. So! Jetzt machen Sie, dass Sie fortkommen.«

Darauf reagiert niemand.

»Na«, sagt Renate. »Dann gehen wir eben.«

Blitzschnell packt die andere ihren Oberarm. Wieder fällt mir auf, wie schmal ihr Handgelenk ist. Warum fallen mir heute Abend andrerleuts Handgelenke so auf? »Nein, du kannst verdammt sicher sein, dass wir das nicht tun werden.«

Schön.

»Wir wollen doch versuchen, uns wie Erwachsene zu benehmen«, sage ich. »Also echt! Das ist ja wohl kein Grund, sich so schrecklich aufzuregen.«

Meine Frau: »Das finden Sie also nicht?«

»Nein«, sage ich. »Das finde ich durchaus nicht. Ich habe ganz freundschaftlich nur eine höfliche Frage gestellt. War ich vielleicht grob? Unhöflich?«

Jetzt lacht die Spitznäsige. Als Künstlerin hat sie keine besonders große Lust, sich als prüde aufzuspielen, denke ich, sie kommt sicher von irgendeiner öden Straßenkreuzung, aber jetzt wohnt sie in Berlin, der Weltmetropole. Hier ist trotz allem der Bär los, hier passieren schlimmere Dinge als das eben, und zwar rund um die Uhr.

»Wenn die Not so groß ist«, sagt meine Frau, »dann müssten Sie doch hier in Berlin die Möglichkeit haben, noch die wildesten Phantasien auszuleben, vor allem, wenn Sie bereit sind, sechzehnhundert Euro für den Spaß zu bezahlen.«

»Warum nehmen Sie nicht einfach ein Taxi zum nächstbesten Puff?«, fragt die Spitznäsige. »Das wäre doch das Einfachste? Und das Praktischste.«

»Weil ich nicht finde, dass man immer die einfachste Lösung anstreben soll«, antworte ich. »Und mir gefällt die Vorstellung nicht, eine gleichgültige Nummer in einer unendlichen Reihe zu sein. Mir ist es wichtig, dass ich nicht vergessen werde.«

»Ich glaube fast, dass Ihnen das schon gelungen ist«, sagt Renate. »Es ist mir wirklich noch nie passiert, dermaßen *hoch geschätzt* zu werden.«

»Moment mal«, sage ich. »Der, der vor mir auf diesem Stuhl saß, wirkte doch wie ein sympathischer Mensch, nicht wahr? Ihr habt mit ihm gesprochen, so, wie ihr jetzt mit mir sprecht?«

»Er war nicht so großzügig wie Sie!«, sagt die Spitznäsige.

Und ich denke, jetzt kommt der zweite Akt, etwas liegt in ihrem Blick, eine Neugier, die Dramatikerin in ihr ist erwacht.

Renate geht in eine ähnliche Richtung. »Machen Sie so etwas häufiger? Haben Sie ... ich sehe, Sie haben sich den Finger verletzt. Sie haben nicht zufällig heute schon einmal versucht, ihre Hand auf verbotene Bereiche zu legen?«

»Der, der vor mir hier gesessen hat, wollte genau dasselbe wie ich«, sage ich. »Aber hat er etwas von Bezahlung gesagt? Von einer winzigkleinen Gegenleistung?«

Die beiden wechseln einen Blick.

»Das wird doch immer absurder!«, sagt die Spitznäsige (die ich jetzt nicht mehr *die Spitznäsige* nennen mag, ich taufe sie also bis auf weiteres Katrin).

»Ich verstehe schon«, sage ich. »Aber worüber reden wir hier eigentlich? Wir sind erwachsene Menschen. Ich habe ein Bedürfnis, das ich schrecklich gern befriedigt haben möchte, und ihr seid genau das, was ich brauche, um das Bedürfnis zu befriedigen.

Ich habe seit Monaten keinen Sex mehr gehabt, es wird nicht lange dauern. Es ist sehr gut möglich, dass alles schon nach, sagen wir, zehn Minuten vorbei ist. Auf keinen Fall ist hier die Rede von mehr als einer halben Stunde. Na los! Wer von uns hat denn im Leben nicht schon mal sinnlosen Sex gehabt?«

Renate schnaubt.

»Na gut«, sage ich. »Vergessen wir's.«

Katrin schaut auf die Armbanduhr, die um ihr schlankes Handgelenk hängt, sie zeigt kurz nach halb elf.

Sie lässt die Sache auf sich beruhen. Halb elf ist wahrlich kein Grund zur Aufregung.

»Ich habe einen Bruder«, sage ich. »Einen kleinen Bruder, er ist knapp dreißig. Er ist ein hundertprozentiger Pflegefall. Er sitzt zusammen mit alten Leuten hier in der Stadt in einem Pflegeheim.«

»Ach Herrgott«, sagt meine Frau. »Jetzt halten Sie endlich den Mund.«

»Er braucht Hilfe bei absolut allem«, sage ich unangefochten. »Und da brauche ich ja nicht mit unfeinen Details zu kommen.«

»Ich glaube, wir verstehen, was Sie meinen«, sagt Katrin.

»Zweitausend«, sage ich.

»Gut, dass er endlich gegangen ist«, sagt meine Frau. »Ich hätte wirklich sehr wütend werden können.«

Ich lehne mich wieder an die Wand und bleibe ganz still sitzen.

Sie nehmen ihr Gespräch über das unfertige Stück wieder auf, ich höre nur mit halbem Ohr zu.

Ich hätte so gern einen Bruder!

Nein. Jetzt nicht mehr. Aber damals. Als ich noch ein Kind war und auf einer Insel draußen im Meer lebte, einer Sandbank mit einer dünnen Schicht aus mit Gras bewachsener Erde, wo ich Jahr für Jahr als einziges Kind umherlief, als einziger kleiner Junge; damals hatte ich Sehnsucht. Nach einem großen Bruder, der ab und zu vom Meer nach Hause kam, denn mit solchen Geschichten war ich aufgewachsen. Dass ein großer Bruder, ein Onkel oder Vater vom Meer zurückkam, von fremden Häfen, den Kopf voller

Geschichten, den Seesack gefüllt mit Schallplatten von Künstlern, von denen ich noch nie gehört hatte, mit fremder Schokolade und Kaugummi. Aber ich hatte keinen großen Bruder, keinen Onkel, und die Reisen meines Vaters beschränkten sich auf Stippvisiten auf Amrum und Föhr, ein seltenes Mal auf dem Festland, außerdem war er nicht der Typ, der sein Geld für Gegenstände aus dem Fenster warf, die nichts mit Hof und Haushalt zu tun haben, als Erwachsener weiß ich, dass er nur die Wahl hatte, vor die der Alltag ihn stellte. Er konnte es sich nicht leisten, den Weihnachtsmann zu spielen, doch, er hätte es gekonnt, aber er war wie ich, ein Mann mit begrenzter Phantasie, er lebte in einer Welt, in der Spielzeug- und Schallplattenläden nicht existierten.

Aber sie reichte tiefer, die Sehnsucht nach einem großen Bruder, viel tiefer als diese materiellen Träume, die Vorstellungen von Platten und Spielzeug und Sportartikeln. Ich sehnte mich nach jemandem, der zwischen mich und die Erwachsenen treten konnte. Oder, falls ich als Alternative einen kleinen Bruder hätte haben können: Nach einem, den ich selbst beschützen, für den ich möglicherweise selbst die Brücke zur Welt der Erwachsenen darstellen könnte.

Ich hatte eine nächtliche Phantasie. Die tauchte immer dann auf, wenn das Licht ausgeknipst wurde und der Schlaf langsam an mir zu zupfen begann. Sie war zweigeteilt, diese Phantasie, zwei Versionen, die große und die kleine. Die große war, im Arm eines älteren Bruders zu liegen, einem Arm, der nur selten zu Hause war, der ansonsten arbeitete, schwere Lasten hob, Segel hisste (ja, immer spielte sich das in der Segelschiffzeit ab) oder ... etwas mit Frauen. Viel mit Frauen. Aber es war ein Arm, der jetzt, in dieser Nacht, hier auf unserer heimatlichen Hallig weilte und als Kissen für meinen eigenen Hinterkopf diente, ein nach Schweiß duftender Stoßdämpfer für den Wirrwarr aus Gedanken und Sehnsüchten, den ein kleiner Junge eben hat.

Oder die kleine Version. Ein kleiner Junge in meinem eigenen Arm.

Du brauchst keine Angst zu haben.

Ich bin hier.

Ich fahre morgen, aber jetzt bin ich hier.

Jetzt bin ich hier. In Traum eines anderen Menschen, in einer anderen Phantasie. Ich betrachte meine Frau. Sie ist jetzt ins Gespräch vertieft, in ein Gespräch, das mich nichts angeht, das mich nicht interessiert, ich höre nur Bruchstücke, ich höre nicht zu. Ich erhebe mich und gehe zum Tresen, um mir neuen Orangensaft zu holen. Als ich zurückkomme, hat jemand anderes meinen Platz eingenommen, so ist es an solchen Orten, ich habe ja selbst den Platz eines anderen gestohlen, jetzt sitzt ein Fremder auf dem Platz, den ich für eine kurze Frist als meinen betrachtet habe, ein großer schwerer Mann in zerknittertem Anzug, er raucht eine Zigarre und tut so, als sehe er die Brüste meiner Frau nicht. Ich lehne mich hinter ihm an die Wand und registriere, dass beide Frauen, meine Frau und Katrin, mir jeweils einen Blick zuwerfen, ein Teil Nachsicht, zwei Teile schadenfrohe Verachtung. Sieh mal, wer gekommen ist. Und sich gesetzt hat. Während du weg warst.

»Hab ich Ihnen den Platz weggenommen?«, fragt er, ohne mich direkt anzusehen. Er sitzt eng eingezwängt zwischen Körpern, Tischen und Stühlen, außerdem hat er einen Umfang, der ihm das Umdrehen auf jeden Fall erschwert hätte. Sein Gesicht hat er halb zur Seite gewandt, so weit kommt er immerhin, und jetzt hat er außerdem beschlossen, Renates Melonen unter Aufsicht zu halten. Er trinkt etwas Farbloses. Mineralwasser ist das nicht.

»Nein«, sage ich.

Er ist Handelsreisender. Aus Wuppertal. Mit Wuppertal als Ausgangspunkt reist er durch das ganze Land und verkauft landwirtschaftliche Maschinen. Und ich denke: Hätte er das doch wenigstens mir erzählt, aber nein. Er erzählt es den beiden Frauen an dem Tisch, an dem er sitzt, einem Tisch, an den er sich eben gesetzt hat, weil dort zwei Frauen sitzen, mit denen er möglicherweise, mit etwas Glück, ein Gespräch in die Wege leiten kann, jetzt, wo er schon einmal in Berlin einen freien Abend hat. Er bricht in den Wortstrom zwischen den beiden Frauen ein, mischt sich zwischen Dramaturgie, Kostüme und Repliken, schiebt seine eigenen Repliken in diese künstlerischen, von Gott inspirierten, drängt sich auf mit einer Eröffnung, die es nicht einmal in einem Handbuch der Dinge gibt, die man in einer solchen Situation *nie und nimmer* sagen darf, er sagt: »Ich reise in landwirtschaftlichen Maschinen durch ganz Deutschland. Ich hatte heute einen guten Tag. Darf ich die Damen vielleicht zu einem Drink einladen?«

Sie lachen ihn aus, verspotten ihn, jetzt ist er wirklich in Berlin, falls er das vergessen haben sollte.

Und während sie sein Selbstbewusstsein in Fetzen schießen, beuge ich mich ein wenig vor und sage: »Die kriegst du nicht für weniger als fünfhundert pro Stück.«

Sofort sind sie auf der Hut. Sie haben nicht gehört, was ich gesagt habe.

Der Mähdreschermann grunzt etwas in meine Richtung.

»Nein, tausend Dank!«, sagt meine Frau.

»Können wir nicht woanders hingehen?«, fragt Katrin.

»Hast du nicht eben gesagt, dass wir hier bleiben?«, fragt Renate.

»Ja, gehen wir doch in ein Lokal mit richtiger Musik«, schlägt der Fremde vor.

Meine Frau legt ihm die Hand auf den Oberschenkel: »Nein, tausend Dank, mein Lieber. Tausend, tausend Dank.«

Sie zieht ihre Hand zurück und widmet sich wieder dem, was vorher war. Dem, was noch übrig ist von dem, was vorher war, das Gespräch gerät jetzt immer wieder ins Stocken, es gibt so viele Störungen, Männer mit Ideen, außerdem ist es zu einer kleinen Meinungsverschiedenheit gekommen, einer winzigkleinen Meinungsverschiedenheit, es geht um die Frage, hier bleiben oder das Lokal wechseln.

Ich gehe mit dem Glas in der Hand hinaus auf die Straße. Stehe dort in der Menge und feiere eine weitere Sommernacht.

Jetzt knallt es sicher bald.

Dritter und letzter Akt: Die digitale Uhr am Armaturenbrett zeigt 00:04, vorläufig schulde ich dem Fahrer 10 Euro 40, das Verdeck ist geöffnet, alle Fenster nach unten gekurbelt, und auf einzelnen langen Strecken zwischen den Ampeln ist bei Temposteigerung eine gewisse Abkühlung zu bemerken. Wie betrunken sie wohl sein mag? Schwer zu sagen. An ihr ist wirklich eine fähige Schauspielerin verloren gegangen. Sie hat ihr Gesicht zu mir hingedreht, mein Arm liegt um ihre Schulter, mit der Hand drücke ich ab und zu freundschaftlich zu, während Schmerzblitze aus meinem gebrochenen Finger zu dem geheimnisvollen Punkt in meinem Hinterkopf jagen. Sie hat Blut auf dem Kleid, ein feiner Spritzer zwischen Bauch und linker Brust, rostrote Flecken auf grünem Grund, außerdem hat sie in der Hitze des Gefechtes ein Veilchen davongetragen. Und mir geht auf: Sie behält ihren Stil bei. Egal, was sie unternimmt, egal, was ihr widerfährt, sie behält ihren Stil; jetzt passen die Farben zueinander, Haare, Blut, Kleid, Auge.

11 Euro 70, und die Spitznäsige kehrt dem Fahrer ihre stumpfe Nase zu und sagt zum dritten Mal, dass »der junge Mann«, also ich, im Kempinski abgesetzt werden soll, und dass die Damen dann weiter in Richtung Wilmersdorf fahren werden (was zum Teufel hat meine Frau dort zu suchen, hat sie sich privat einlogiert, ja, das würde ihr wirklich ähnlich sehen).

»Sie wollen nach Wilmersdorf?«, frage ich. »Sie wollen doch wohl nicht nach Wilmersdorf, oder doch?«

»Es war seine eigene Schuld«, murmelt Renate.

»Natürlich war es das«, sage ich.
»Sie hätten es aber auch sein können«, erklärt Katrin.
»Ich will nicht nach Wilmersdorf«, sagt Renate.
»Natürlich wollen Sie das nicht«, sage ich.
»Ich muss duschen«, sagt sie jetzt. »Sonst werde ich verrückt. Ich muss mir das abwaschen ...«
Ich feuchte meinen schmerzenden Finger mit der Zunge an und entferne einen winzigen Blutflecken von ihrer Wange, fast eine Sommersprosse.
»Du kannst in einer Stunde bei mir duschen«, sagt die stumpfnäsige Spitznäsige.
»Ich will eine Dusche ohne Schamhaare im Abfluss«, sagt meine Frau, richtet sich auf und spuckt aus dem Fenster, ja, das sagt sie, und jetzt scheint der, die vorn neben dem stummen Fahrer sitzt, jemand einen Stromstoß ins Rektum verpasst zu haben. Sie fährt zusammen.
»Ich muss mich in einem Spiegel ohne Zahnpastaspritzer und fettige Fingerabdrücke sehen«, sagt Renate. »Tut mir Leid, Sabine, aber du bist ein echtes Schwein.«
»Sei jetzt mal ganz ruhig. Du hast zu viel getrunken.«
»Sabine!«, sage ich, denn diese Karte hat meine Frau mir jetzt gegeben, sie hat sie mir gegeben, damit ich sie ausspiele, jetzt lege ich sie auf den Tisch, ich sage »Sabine«. Und dann bitte ich sie, hier nicht zu übertreiben. Es ist trotz allem erst kurz nach zwölf, und das in einer Stadt, die niemals schläft, die niemals dicht macht, ich meine es jetzt ernst. Wir trinken ein Glas, während die Dame duscht, und damit ist die Sache erledigt. Ich bitte sie, diesen Quatsch mit dem Geld zu vergessen. Nach Wilmersdorf können sie dann doch immer noch fahren.
Sie gibt keine Antwort.
Aber als wir vor dem Kempinski halten und der Idiot mit dem Zylinder herbeigeeilt kommt, um die Tür zu öffnen, sagt sie, während ich zahle: »Wenn du so betrunken bist, dass du mit diesem Blödmann mitgehst, dann verliere ich alle Achtung vor dir, Renate. Das ist mein Ernst!«

Ich reiche dem Fahrer noch einen Zehner dazu.

»Ja, aber dann kommen Sie doch mit und sorgen Sie dafür, dass nichts passiert«, sage ich. »Wenn Sie sich solche Sorgen machen.«

Damit bringe ich sie in eine Klemme, denn auch sie, vor allem sie, weiß nicht so genau, wie betrunken meine Frau ist.

Renate!

»Komm jetzt!«, sagt meine Frau.

»Sie hatte einen kleinen Unfall«, erzähle ich dem Zylinder. »Könnten Sie bitte zwei Flaschen Champagner auf Zimmer 412 bringen lassen? Ja, und einen ganzen Eimer voll Eis.«

Natürlich kommt die kleine Plattnase.

Wer soll denn ihr frisch geschriebenes Theaterstück bewerten? Die Betreffende hält sich jedenfalls nicht in Wilmersdorf auf.

Ich bin so uninspiriert. Am liebsten würde ich mich ins Bett legen, würde das alles hinter mir zurücklassen, würde mich verdrücken und mich in der unerträglichen Hitze in der Turmsuite im Forum von einer Seite auf die andere wälzen, würde ab und zu aufstehen und einen Blick aus dem Fenster werfen, würde Berlin tief unten liegen sehen, betäubt von Sünden und Lastern der Bevölkerung, ich will nichts damit zu tun haben, nicht noch einmal, aber jetzt schalte ich den Autopiloten ein und steuere *meine Frau* die mit Teppichen belegte Treppe hoch und durch das vornehme Foyer, während diese verdammte Katrin, die Spitznase, Sabine, mit allen ihren Verdächtigungen, Vorurteilen, bangen Ahnungen folgt, jetzt ist sie keine Künstlerin und Großstadtbewohnerin mehr, sondern eher eine Unschuld vom Lande, die sich in eine Situation gebracht hat, mit der sie einfach nicht fertig werden kann. Und eine Unschuld vom Lande bin ich ja im Grunde auch, nur vielleicht ein wenig zynischer, ein wenig kaputter als sie, eine ein bisschen *gemeine* Unschuld vom Lande.

(Mein geistesschwacher Vetter Ubbo: Was, wenn Gott böse ist, Thomas. Hast du dir das schon mal überlegt?)

Ja. Das habe ich mir überlegt. Ich überlege es mir, als wir hier alle drei im Fahrstuhl stehen, ich mit dem Schlüssel zu Nummer

412 in der Hand, wir drei, zwei Frauen und ein Mann in dem harten Licht, Bilder von uns aus unterschiedlichen Winkeln gleichzeitig, die blank polierten Spiegelflächen, ich stehe hier und sehe uns in drei Variationen, und dabei überlege ich mir, wenn es Gott wirklich gibt, dann besteht durchaus die Möglichkeit, dass sie wirklich böse ist, oder dass zumindest das Vorkommen der Menschen auf der Erde das Ergebnis experimenteller Forschung auf einem Niveau ist, das wir uns nicht einmal vorstellen können. So stehe ich da und betrachte meinen geschundenen Finger, sehe den Blutspritzer auf dem Kleid meiner Frau und ihr Veilchen, das fast ganz geschlossene Auge. Gibt es eine höhere Ordnung? Etwas, das ganz und wahr ist?

Auf Zimmer 412 geht meine Frau sofort ins Badezimmer und zieht mit einem Knall die Tür hinter sich zu, und dann sind wir zwei, die wir einander nicht sonderlich schätzen, allein miteinander, und was kann sie, Sabine, anderes sagen, als dass die Situation absurd ist? »Sie können das alles ja in einem Theaterstück verwenden«, sage ich. »Schreiben Sie nicht für die Bühne?« Ich nicke in Richtung Badezimmer. »Und wie kommt diese kleine Nutte mit ins Bild? Irgendeine Art von Agentin?«

Sie gibt keine Antwort. Wir hören, dass im Badezimmer die Dusche aufgedreht wird.

»Da stimmt etwas nicht mit dem Machtverhältnis zwischen euch«, sage ich. »Das ist die ganze Zeit deutlich.«

»Mischen Sie sich da nicht ein«, sagt sie und geht zum Fenster.

»Kommen Sie schon!«, sage ich. »Wir schaffen eine rasche Nummer, während sie duscht.«

Ich ziehe fünf Zweihunderter hervor und lege sie auf den Tisch.

Sie steht mit einem Sprung vor der Badezimmertür. »Renate! Jetzt gehe ich! Das lasse ich mir einfach nicht gefallen!«

Den Kopf an die Tür gedrückt.

Meine Frau antwortet nicht. »Jetzt regen Sie sich doch nicht auf«, sage ich. »Warten Sie noch eine oder zwei Minuten, dann bekommen Sie ein Glas!« Und um meinen guten Willen zu betonen, stecke ich das Geld in meine Brusttasche. »Niemand hier zwingt Sie zu irgendetwas. Frau Soundso duscht jetzt schnell, und dann werfe ich euch beide raus. Solche wie ihr interessieren mich nicht. Ich habe Geld genug. Ich habe die Wahl. Das mit der raschen Nummer können Sie einfach vergessen.«

Plötzlich fängt sie an zu lachen, es ist kein fröhliches Lachen, aber es ist immerhin ein Lachen, sie schluchzt vor Lachen, weint und lacht, lässt sich auf das Sofa fallen und schlägt die Hände vors Gesicht. »Dabei hat das doch mit einem netten Essen angefangen.«

»Ja«, sage ich. »Und dann wird es im Laufe des Abends mehr und mehr zur Hölle. Ihre Freundin hat ansonsten Recht. Das war wirklich allein seine Schuld. Er hat sie angetatscht, oder was?«

»Nein, das hat er wirklich nicht. Das war doch gerade ...«

»Spielt keine Rolle«, sage ich. »Hauptsache ist, dass sie das gesagt hat. Geschrien, damit alle es hören konnten. Als Handelsreisender hätte er doch wissen müssen, dass es in einer solchen Bar immer mindestens zwei Restjugoslawen mit steigendem Kokainrausch gibt.«

»Dann hätten Sie es auch sein können, der Prügel bezogen hätte, und nicht dieser arme Tropf.«

»Falsch!«, sage ich. »Ich betatsche keine unbekannten Frauen. Ich bringe einen geschäftlichen Vorschlag an und erhalte ein Nein. Das ist in Ordnung. Manchmal heißt es auch ja. Ich würde nie im Leben auf die Idee kommen, eine Frau zu belästigen.«

Ich glaube, sie murmelt ein »Herrgott« vor sich hin.

Es wird an die Tür geklopft. Es ist der Champagner, echte Ware, ich übernehme den Servierwagen und stecke der jungen Serviererin einen der fünf Zweihunderter zu. Glücklicherweise ist sie Profi genug, um nicht zu protestieren. Ich lasse die Tür offen stehen, als sie geht, und öffne die eine Flasche. Fülle zwei Gläser.

»Ich muss Sie bitten, das Zimmer zu verlassen, wenn Sie das hier getrunken haben. Ich will nicht, dass Sie sehen, was gleich passieren wird. Ich habe es mir anders überlegt. Ich glaube nicht, dass ich ihn hochkriegen kann, solange Sie anwesend sind. Also! Trinken Sie!«

Sie will antworten, das sehe ich, sie nimmt sozusagen Anlauf, aber dann öffnet sich die Badezimmertür und Renate kommt heraus, im weißen Morgenrock mit den passenden Pantoffeln des Hotels, sie betritt das Zimmer mit triefend nassen Haaren, außerdem hat sie ihre ganze Schminke abgewaschen, und das macht sie ... Wie soll ich sagen? Verletzlich? Irgendwie ein wenig nackt. Ja. Ein wenig nackt. Etwas nackter als vorher, als sie unter die Dusche gegangen ist, außerdem ist sie ganz nackt unter dem weißen Frottee, ihre rechte Brust ist für einen kurzen Moment zu sehen, dann zieht sie den Bademantel fester um sich zusammen. Ich gebe ihr ein Glas und sie leert es auf einen Zug. Ich schenke ihr wieder ein.

»Ach Gott, was hatte ich für einen Durst. Ist ...«

Sie leert auch das zweite Glas.

»Ich habe eben eine kleine Programmänderung vorgenommen«, sage ich. »Ihre Freundin muss jetzt leider gehen. Ich kann sie hier nicht mehr ertragen.«

»Was soll das eigentlich?«, fragt die Spitznäsige.

»Ja, ich werfe Sie natürlich nicht hinaus!«, sage ich. »Ich glaube nur nicht, dass es Ihnen Freude machen würde, dabei zu sein. Und dann ist da ja eben noch die Sache mit der Potenz.«

»Wenn ich versuchen soll, das, was ich jetzt empfinde, in Worte zu kleiden«, beginnt meine Frau und platziert ihr Hinterteil auf der Kante eines Sessels. »Dann wäre es ... dass das Ganze hier etwas Schmutziges hat. Obwohl ich gerade aus der Dusche komme. Ich muss aber einfach zugeben, dass es mich ein bisschen aufgegeilt hat, als die vorhin den Dicken fertig gemacht haben.«

»Okay«, sagt Sabine. »Dann danke ich für den reizenden Abend.«

»Er hat sogar mein Kleid bespritzt«, sagt meine Frau. »Aber das war Blut, nicht wahr? Heißes Blut. Eine feine Dusche.«

»Bis auf deine Wange«, sage ich. »Ich hab es mit Spucke abgewischt.«

»Er ist auf den Knien gelandet«, sagt sie. »Draußen auf der Straße.«

»Deine Freundin behauptet, dass er dich überhaupt nicht belästigt hat«, sage ich. »Dass er dich nicht angerührt hat.«

»Nein«, sagt Renate. »Nie würde meine Freundin so etwas behaupten. Oder doch?«

»Natürlich hab ich das nicht gesagt.«

Ich ziehe wieder die Banknoten hervor. »Wir sind jetzt auf achtzehnhundert heruntergegangen. Und wenn sie weiter lügt ...«

»Wer hat mich eigentlich geschlagen?« Sie lässt ihre Finger vorsichtig über ihr geschwollenes Auge wandern.

»Ich glaube, das war ein anonymer Ellbogen. Es war sicher nicht böse gemeint.«

»Ich bin zu betrunken, um den ganzen Weg nach Wilmersdorf zu fahren«, sagt sie und füllt ihr Glas aufs Neue.

»Ja, aber dann hör doch auf zu trinken, Mensch!«

Die so genannte Freundin.

»Zieh dich an, dann fahren wir. Wir nehmen ein Taxi, das ist kein Problem.«

»Ich glaube, du hast nicht ganz verstanden, was hier Sache ist«, sage ich.

»Achtzehnhundert«, sagt meine Frau. »Aber schlucken tu ich nicht. Das bringe ich nicht über mich.«

»Nimm das Geld«, sage ich. »Du tust einfach dein Bestes. Mehr verlange ich nicht.«

Sabine sitzt vornübergebeugt mit offenem Mund da, jetzt ist endlich die Dramatikerin in ihr zur Stelle.

»Morgen werde ich mich von hier bis in alle Ewigkeit schämen«, sagt Renate. »Und ich glaube, eben deshalb tue ich es. Weil ich nicht weiß, was Scham ist.«

»Und Sie?«, frage ich. »Kleine Spitznase. Wissen Sie, was Scham ist?«

»Spitznase?«

»Sie müssen jetzt gehen«, sage ich. »Sonst werden auch Sie erfahren, was Scham ist. Und ich glaube nicht, dass Sie dafür reif sind. Die da, dagegen …«

Meine Frau nimmt das Geld. Rollt die Scheine zu einer harten Rolle auf. »Ich werde sie die ganze Zeit in der Hand halten.«

Ich sinke vor ihr auf die Knie und lasse *meine* Hand über ihren rechten Oberschenkel gleiten, sie hat die Beine gespreizt. »Ja«, sage ich. »Halt das Geld fest. Lass das Geld nicht los!«

»O verdammt, so etwas Vulgäres, so etwas Schmieriges hab ich noch nie erlebt!« Sabine ist aufgesprungen, sie packt ihre Tasche und hält Ausschau nach ihrer Jacke.

»Geh jetzt nicht!«, jammert meine Frau, während ihr Morgenrock sich öffnet. »Lass mich nicht allein mit ihm.«

»Du bist verrückt!«, sagt die andere. »Ich habe ja schon von anderen gehört, dass du verrückt wirst, wenn du getrunken hast. Jetzt sehe ich es selbst. O, verdammt, das ist doch einfach unglaublich. Ich …«

Ich erhebe mich und öffne meine Hose.

»Witzig!«, sage ich. »Wirklich nichts auszusetzen an meiner Potenz. Habt ihr so was schon mal gesehen?«

Und nun geht sie. Die Freundin.

»Ich hätte es wirklich vor ihren Augen geschafft«, sage ich und höre die Verwunderung in meiner Stimme. »Ich hätte alles Mögliche mit Ihnen machen können, während sie zusieht. Und jetzt. Wo niemand zusieht. Was glauben Sie, was jetzt passieren kann?«

Der schmerzende Ringfinger versinkt in ihr, und ich weiß es, noch ehe sie es sagt. Dass sie es genauso haben will, in den Stunden, die jetzt vor uns liegen.

NEUE RUNDEN

Ich gehe. Füge eine Runde an die andere. Ich schaffe es jetzt in knapp vier Minuten, das ist verdammt schnell, das ist Power-Walking. Die Hitze hat – wenn auch nicht direkt losgelassen, so hat sie ihren erstickenden Zugriff doch ein wenig gemildert. Ein paar Jungen spielen auf dem versengten Rasen Fußball; Wolken aus Staub und losgetretenem Gras. Hunde aller Arten. Drei oder vier Jogger laufen die äußere Runde, die hinter den schattigen Bäumen vorbeiführt. Sie laufen lautlos über den festgetrampelten Boden zwischen Straße und Park, ich sehe sie die ganze Zeit zwischen den hohen Stämmen, durch Löcher in der Mauer aus Gebüsch und Unterholz. Ab und zu mache auch ich einen Abstecher auf den äußeren Ring, vorbei an den Glas- und Papiercontainern, um die nördliche Kurve und weiter auf der anderen Seite, wo unser Haus liegt; wo Renate auf dem Balkon im zweiten Stock mit einem Buch sitzt, vielleicht einem Manuskript. Sie sieht mich nicht, und ich biege wieder nach Süden ab, in den Park, neue Runden, neue Runden, ich bin fast schon seit zwei Stunden dabei, jetzt strömen die Endorphine wie Morphium durch mein Blut, jetzt bin ich auf legale Weise stoned, halb in Trance. Anfangs, nachdem ich wirklich mit Gehen angefangen hatte, als ich noch kein Training hatte und außer Atem geriet und mir schlecht wurde, konnte ich nicht denken. Genauer gesagt, ich dachte. Jetzt gehst du zu Boden. Jetzt fällst du um. Oder: Du vergisst das Gehen. Nur diesen zwanghaften Unsinn. Und dennoch hätte ich manchmal fast Recht behalten, ich hatte schreckliche Schwindelanfälle; ja, ich wurde von Zuständen von fast epileptischem Charakter überfallen, ich blieb stehen und schwankte, während es vor meinen Augen schwarz wurde, einmal habe ich tatsächlich das Gehen vergessen. Blieb einfach stehen, und es war noch dazu auf der langen Strecke ins Büro, meine Knie gaben nach, und da stand ich auf dem Bürgersteig und kam nicht weiter. Später ging es besser, ich stellte fest, dass ich bei jedem Dutzend Kilometer, das ich hinter mich legte, stärker wurde, nicht nur in den Beinen, im Rücken, sondern auch im Kopf. Nach einigen Wochen konnte ich an alles andere als an meine eigene Gebrechlichkeit, meine Begrenzungen denken, bald hatte ich keine Grenzen mehr, ich konnte Stunde für Stunde gehen, ich konnte jede Entfernung zurücklegen, und ich dachte an mein eigenes Leben, wie es gewesen war und wie es jetzt werden sollte, wie es werden könnte, nachdem ich alles in eine neue Richtung gelenkt hatte und verkaufte. Ich spielte mit dem Gedanken, mich von Renate scheiden zu lassen, aber dann dachte ich weiter, wozu sollte das gut sein? Es ist doch nicht nötig, mich von Renate scheiden zu lassen, ja, absolut unnötig, überflüssig, wir machen doch beide, was wir wollen, das heißt, manchmal mache ich zweifellos, was sie will, ein anderes Mal ist es umgekehrt.

Nun dachte ich – und das war ein Gedanke, der mich gestreift hatte und jetzt immer wieder auftauchte, seit ich die dritte Nachmittagsrunde begonnen hatte: Da sitzt sie. Da sitzt Astrid P., und neben ihr, neben der Bank, auf der sie sitzt, der Bank unter einer der Kastanien auf der Ostseite des Parks, in der offenen Karre neben der Bank, auf der Astrid P. sitzt, sitzt der Junge, Max, und schläft mit offenem Mund. Sie auf der Bank, er in der Karre, sie halten sich nicht an ihren Zeitplan, um diese Zeit sind sie sonst nicht hier, aber jetzt sind sie hier, der Kleine schläft im Schatten der kranken Blätter; die Mutter wacht, sie hat Stöpsel in den Ohren, Walkman. Der ist neu. Ich habe sie jedenfalls noch nie mit Walkman gesehen, sie sitzt in ihrer eigenen Welt und hört sich Musik an, ein Bein über das andere geschlagen, Jeansbeine, barfuß in Sandalen. Wieder und wieder komme ich in hohem

Tempo an ihr vorbei, das hat nichts Seltsames oder Auffälliges an sich, hier im Park geht und läuft man immer im Kreis, im oder gegen den Uhrzeigersinn, die ganze Zeit gibt es einen Strom von sich rasch bewegenden Personen unter den Spazierenden, Schlendernden, denen, die einfach zu zweit stehen bleiben, oder in kleinen Gruppen, die sich unterhalten, ich komme immer wieder an ihr vorbei, eben als der, der ich bin, ein hundert Prozent Anonymer, einer, der im Innocentia Park unterwegs ist, um »in Form zu kommen«, oben bei der Eiche steht die Esoterikerin und versucht, in ihre Form zu kommen, sie grüßt nach Süden, nach Westen, nach Norden und nach Osten, mit geschlossenen Augen und gehobenen Armen, und als ich zu ihr hochblicke, sehe ich den Schweiß, der aus dem Gebüsch unter beiden Armen strömt, und dort unten, auf der anderen Seite des Rasens, sitzt Astrid P. und hört Musik.

Nach fünfzig Runden kann ich nicht mehr, genauer gesagt, ich will nicht mehr: Als ich den Nordeingang ansteuere, der jetzt zum Nordausgang wird, durch den ich auf die Straße und dann nach Hause gehen will, sehe ich zwei Bankangestellte von Süden her den Gehweg betreten. Herr Haß steht mit Badehose und Schirmmütze in der Auffahrt und schrubbt Löcher in die Fensterscheibe, er reibt und wienert und der Seifenschaum strömt, auf der Treppe steht ein Transistorradio, das er auf irgendeinen Musiksender eingestellt hat.

»Naaaa?«

Ich schließe die Tür auf, renne die Treppe hoch, gehe unter die Dusche.

Mein Finger ist jetzt eingegipst, ich habe die Hand in einer Plastiktüte, mein Arm ragt aus dem strömenden Wasser heraus.

Danach gehe ich nackt aus dem Badezimmer, ohne mich abzutrocknen, ich nehme nur ein Handtuch mit, das ich in den unbequemen Sessel lege, den Rückenbrecher, ehe ich mich setze und den Fernseher einschalte.

Tennis.

»Wie war's denn in Berlin?«

Die Balkontür steht offen.

»Kannst du dich nicht zu mir setzen? Du kannst mir den Rücken einreiben. Was siehst du denn da?«

»Nichts«, sage ich. »Ich bin nackt.«

Zappe.

»Das macht doch nichts. Ist das Tennis?«

»Das *war* Tennis!«, sage ich.

»Warst du im Park? Hach, kannst du nicht rauskommen? Jetzt dreh doch die blöde Glotze aus.«

Ich lasse den Fernseher laufen und gehe in die Küche. Trinke kaltes Mineralwasser aus der Flasche im Kühlschrank. Ziehe saubere Boxershorts an und gehe zu ihr hinaus.

Sie mustert mich durch ihre Rauchglasbrille. »Du warst das doch nicht, der in Hawaiihemd und kurzer Hose da unten vorbeigelaufen ist? Was in aller Welt hast du mit deiner Hand angestellt? Und mit deinen Haaren? Herrgott. Aber kurz steht dir.«

»Ich laufe nicht vorbei«, sage ich. »Ich gehe.«

Ihr Veilchen ist kaum zu sehen. Sie ist genial, wenn es um Schminke geht. »Wir sind doch wohl nicht in eine Prügelei geraten?«, fragt sie. »Oder doch?«

»Ich bin gestolpert«, sage ich. »Und wollte mich mit der Hand abstützen. Das tut man doch, wenn man nüchtern ist.«

»Können wir nicht einfach ein Steak essen gehen?«, fragt sie. »Ich hab keine Lust ...«

»Wann bist du gekommen?«

»Vor einer Stunde. Ich habe heute Nacht fast nicht geschlafen.«

»Doch«, sage ich. »Natürlich können wir ein Steak essen gehen. Nicht, dass ich bei dieser Hitze besonderen Appetit hätte. Hast du nicht geschlafen?«

»Nein«, sagt sie. »Ich hab gefickt wie eine Blöde. Das tut mir wirklich Leid.«

Und dann erzählt sie von dem Fremden. Der Fremde, das ist einer, der immer zusieht, der die Hose auf den Knien hängen hat und onaniert, während sie sich auf dem Laken wälzt, mit der

Rolle aus Banknoten in der Hand, im Mund, im Haarwald, das hängt davon ab, wo der Hauptdarsteller sich gerade aufhält, wo er seine Aktivitäten betreibt, in und an ihrem Körper, das ist alles so schmutzig und erniedrigend, so ganz und gar Pornofilm, sie bereut es wie ein Hund, dass sie nicht wie ein Hund auf allen vieren dagestanden und geknurrt und geleckt hat, dass sie sich nicht wie eine Hündin hat bedecken lassen. Und während sie damit weitermacht – es wird eine Weile dauern, das Geständnis muss total sein, und es wird jetzt mit so lauter Stimme vorgetragen, dass Herr Haß noch die kleinsten Bruchstücke mitbekommt, während er dort unten steht und mit Wischlappen und seifentriefenden Schwämmen herumschlabbert –, denke ich an Astrid und den Jungen, an Astrid ganz ohne P und den kleinen Max mit den großen Ohren. Ich denke, dass sie vielleicht noch immer im Innocentia Park sitzen, sie mit dem Walkman, dem Discman, die Ohren voll von auserlesener Musik, dass sie vielleicht die Augen aufgerissen hat und sehen kann, wie die Abendsonne durch diese phantastischen Ohren scheint, durch das Netz von dünnen roten Adern unter der weißen Haut, während er mit Schaufel und Eimer beschäftigt ist, mit Spielzeugautos oder Plastikfiguren, und Renate leckt und wird selbst geleckt, ihr kommen vor Scham und Reue fast die Tränen, während das Bild von Astrid und dem Jungen mir und nur mir gehört, und niemals werde ich es mit irgendjemandem teilen, nicht einmal mit Leon von Bon, der aller Wahrscheinlichkeit nach glaubt, hier gehe es um Bettelei, nicht um Erpressung, sondern um schnöde Bettelei. Obwohl, Gott weiß. Wenn ich jedes Mal, wenn im Laufe der Jahre die Not angeklopft hat, zu Privatdetektiven hätte Kontakt aufnehmen sollen, dann hätte ich alle Hände voll zu tun gehabt, und im tiefsten Herzen ist ihm das wohl auch klar. Es ist sicher so, wie er sagt, es interessiert ihn nicht, er liefert die Ware und stellt keine Fragen. Aber ich frage: Was hat Astrid an dem Tag vor fast drei Monaten gedacht, als sie ihren Briefkasten geleert und den grünen Briefumschlag gefunden hatte?

»Hat er dich geschlagen?«, frage ich.

Und höre nicht einmal, was sie antwortet.

Nehme ihr das Manuskript aus den Händen. »Taugt das was?«

Sie steht auf und geht ins Wohnzimmer. »Es ist gerade so gut, dass ich es ganz lesen muss. Aber es wird niemals auf eine Bühne gelangen. Übrigens will ich doch kein Steak essen gehen. Mir ist ein bisschen schlecht. Ich zwinge mich dazu, ein Stück Brot zu essen. Schlimm, dass alles aus dem Ruder läuft, wenn ich ein paar Glas intus habe. Du musst besser auf mich aufpassen!«

Früher haben wir andere Spiele gespielt.

Aber daran will ich lieber nicht denken.

Es ist schön, durch die Dunkelheit zu gehen, die Gedanken schlagen in dieser weichen Spätsommerdunkelheit andere Wege ein, hier im Innocentia Park ragt die Dunkelheit wie eine Wand vor mir auf. Zwischen den Bäumen kann ich die gelben Lichter der Villen sehen, und diese Einblicke in fremde Wohnzimmer, fremde Küchen und Treppenhäuser verstärken den Eindruck, dass ich aus der Welt heraus bin, dass ich mich durch ein paralleles Universum bewege. Wenn ich so wie jetzt unterwegs bin, entsteht ein Bewusstsein, dass der Tod sehr nahe ist. Bei Tageslicht ist das anders. Dann stelle ich mir den Tod immer als etwas vor, das außerhalb meiner selbst steht, eine blinde Kraft in der Natur, die sich eines Tages über mich senken, mich fortheben wird – in etwas anderes hinein. Aber in dieser vor Hitze pochenden Dunkelheit, wo die Düfte des Tages in Gras und Baumkronen hängen, geht mir auf, dass der Tod hier ist, keine Handbreit von mir entfernt, sondern dass er in meinem Atem ruht, dass ich die ganze Zeit sterbe und sterbe, und dieses Gefühl, diese Erkenntnis, tut mir gut. Sie macht mich stärker. Ich habe Menschen, die den Tod fürchten, nie verstanden, ich hätte fast gesagt: Er ist das Einzige, wovor ich mich nicht fürchte. Das einzige hundertprozentig Sichere im Leben ist das Gesetz, dass das Leben aufhört, eines Tages, eines Nachts werde ich den anderen Raum betreten und dort ruhen. *»Die Toten wohnen im Wind.«* Ich weiß nicht, woher ich das habe, es kann sich um eine Zeile aus einem

Gedicht handeln, aus einem Lied, es spielt keine Rolle. Aber als jetzt ein behutsamer Nachtwind durch die Baumkronen über mir streift, denke ich an diese Worte, daran, dass die Toten mir zuflüstern, und dass ich mich bald an diesem Chor, diesem vorsichtigen Rauschen im Blattwerk beteiligen werde. Das war überhaupt mein erster Gedanke, nachdem ich im Büro meinen Angestellten gekündigt hatte und ernsthaft damit begann, das abzuwickeln, was ich doch mit einem gewissen Recht als mein Lebenswerk bezeichnen kann: Dass es jetzt im Grunde auch reicht. Dieser Gedanke hatte nichts Suizidales, ich empfinde überhaupt einen gewissen Unwillen, wenn es um Selbstmord geht. Ich dachte nur, dass ich in gewisser Hinsicht einen natürlichen Schlusspunkt erreicht hätte. Aufbauen und einreißen und vielen Dank, es war nett mit euch – das war ein Spiel, das mir viel gab, ich bediente mich eifrig an Materie und Macht, aber es war eine Leihgabe, eine Illusion, denn niemand kann besitzen, wirklich besitzen, das ist das Einzige, was ich nach all diesen Jahren als Immobilieninvestor mit Sicherheit weiß. Ich habe dieses Spiel gespielt, aber ich habe die ganze Zeit gewusst, dass es eben ein Spiel war. Ich will nicht behaupten, ich hätte die ganze Sache nicht ernst genommen, das muss man in der Branche, die meine war. Es war keine Spielerei, aber ich habe gespielt. Und gewonnen.

Jetzt betreibe ich meine Spielerei mit Renate, und niemand kann dabei gewinnen oder verlieren. Zum Glück.

Aber mit Astrid ist es ernst. Oder ist es auch eine Spielerei, bei der ich sie gewinnen lasse? Ohne selbst zu verlieren? Wenn ja, dann wäre es eine seltsame Spielerei. Ich gehe hier durch den Park, eine Runde nach der anderen, und ab und zu schließe ich die Augen, über lange Strecken schließe ich die Augen, so gut kenne ich den Gehweg um den versengten Rasen. Und wenn ich die Augen aufmache, passiert immer wieder dasselbe: Ich sehe Astrid, Astrid P., an diesem Vormittag vor einigen Monaten, sie geht die Treppe hinunter zum Briefkasten unten im Treppenhaus. Und findet den ersten grünen Umschlag mit ihrem Namen, geschrieben mit meiner nicht übermäßig deutlichen Schrift, einen altmodischen Brief in diesem Zeitalter der Elektronik, der E-Mails und der SMS; einen Brief ohne Absender, und als sie ihn am Küchentisch öffnet, ist es kein Brief, sondern ein Umschlag mit zehnmal fünfzig Euro. Nach dem Gespräch mit Leon von Bon weiß ich jetzt, dass der Inhalt des grünen Umschlages eine Verdopplung ihrer monatlichen Einkünfte bedeutet. Aber so etwas passiert nicht auf dieser Welt, sie ist alt genug, um das zu wissen, hier heißt es, Gabe gegen Gabe, und deshalb bilde ich mir ein, dass sie Tage vergehen lässt, ehe sie den ersten Fünfziger benutzt, denn noch ist nicht mitgeteilt worden, woraus die Gegengabe bestehen soll. Diese Mitteilung, vor der sie sich fürchtet. Von der sie ahnt, dass sie sich irgendwo dort draußen befindet. Von der sie im tiefsten Herzen weiß, dass sie eintreffen wird. Der Vorschlag. Die Ermahnung. Die Forderung. Oder vielleicht einfach nur die tiefsten Wünsche und Phantasien des schlüpfrigen Mannes.

Aber das Einzige, was passiert, ist, dass weiterhin diese grünen Umschläge kommen.

Jetzt habe ich auf sechshundert erhöht.

Ich höre Stimmen, ein leises Gespräch irgendwo auf dem Rasen, ab und zu leuchtet ein Feuerzeug auf, hier gibt sich die heranwachsende Generation der Gegend ein Stelldichein. Jungen und Mädchen. Die Toten geleiten den Wind von Norden über mein eigenes Dach in den Park. Als ich wieder um die Südkurve biege, nehme ich den Duft von Marihuana wahr.

Das Mobiltelefon vibriert in meiner Hemdtasche, es ist Renate.

»Wo bist du?«

»Näher, als du glaubst. Wenn du auf die Veranda gehst, kann ich dich sehen.«

»Ich muss los. Harald holt mich in einer Viertelstunde ab. Heute ist in der Speicherstadt das Premierenfest für Ralf Schröders neue Doku. Das hatte ich total vergessen.«

»Ich dachte, du fühlst dich nicht ganz wohl«, sage ich.

»Das tu ich auch nicht, aber du weißt ja, wie das ist.«

Wieder dieses Gefühl totaler Sinnlosigkeit. Natürlich weiß ich, wie das ist, genauer gesagt, wie sie glaubt, dass es ist. Aber warum ruft sie mich dann an?

Sie kommt auf den Balkon. Ihre Silhouette vor der offenen Tür. »Kannst du mich sehen?«

»Toll!«, sage ich. Das ist gelogen, sie ist zu weit weg, aber bestimmt ist sie toll. Ich bin mit einer tollen Frau verheiratet.

»Ich werde wohl bei Harald übernachten«, sagt sie. »Warte nicht auf mich.«

Ich warte nie.

Wir beenden das Gespräch und ich sehe sie ins Haus gehen, in die Villa am Innocentia Park, die Villa, in der ich dem Alter gegenübertreten will, falls der Tod noch einige Jahre zögert.

Ein Schatten gleitet lautlos vorüber. Jetzt riecht es nicht mehr nach Marihuana, sondern nach Exkrementen und Urin. Uncan biegt auf den schmalen Weg ab, der auf die Anhöhe hinter dem Pissoir führt.

Ich drehe dreißig Runden, ich gehe schnell, und danach bleibe ich unter der Dusche stehen, dusche kalt, solange ich das aushalten kann.

PREMIERENFEST

Ich weiß nicht, ob es richtig war, kein einziges Wort beizulegen, nicht einmal ein Zeichen, einen Hinweis darauf, was das bedeuten soll, aber das ist es ja gerade, was soll es eigentlich bedeuten, was ist die Absicht? Habe ich eine Absicht? Es ist möglich, dass die Antwort auf diese Frage ganz einfach nein lauten muss, oder dass meine Beweggründe so tief unten versteckt sind, dass ich nicht in bewusstem Kontakt zu ihnen stehe. Ich kann mir einfach nicht vorstellen, dass ich »gut« sein möchte, eine gute Tat begehen, Buße tun für alle weniger populären Entscheidungen, die ich im Laufe der Jahre treffen musste. Ich bin hart. Ich lasse mit einem ziemlich zufriedenen Lächeln meinen eigenen Sohn fallen, ich habe selbst am Heiligen Abend Menschen auf die Straße gesetzt, weil sie die Miete nicht bezahlt hatten, es ging um Prinzipien. Ich war ein Prinzipienreiter. Und als ich damit aufhörte, geschah das nicht, weil ich irgendeine Form von Reue verspürt hätte, ich halte die christliche Reue überhaupt für eine Verschwendung, nein, ich hörte auf, wechselte auf eine andere Spur über, weil ich einfach nicht mehr so weitermachen wollte. Ich hatte Lust, etwas anderes zu tun, so wenig wie möglich zu tun, ein wenig an der Börse zu spielen, an einem Vermögen zu nagen, das ich auch durch die wildeste Übertreibung meiner Lebensführung, meines Lebensstils, niemals ausgeben kann. Dazu kommt, dass ich ein nüchterner Mann bin. Ich habe keinen Sinn für Extravaganzen. Das liegt mir nicht. Astrid P.'s Lebensqualität zu erhöhen, hat sich auf meinen Konten nicht mehr bemerkbar gemacht, als wenn ich zwei Münzen in den Pappbecher eines Bettlers fallen lasse. Man merkt es nicht. Aber es besteht natürlich ein Unterschied zwischen diesen beiden Taten. Ein großer Unterschied. Denn während ich für den Bettler das Wechselgeld aus der Tasche fische, fast zerstreut, während ich an ganz andere Dinge denke, ist das mit Astrid P. eben doch eine geplante Handlung. Zuerst bemerke ich sie auf meinen täglichen Wanderungen durch die Nachbarschaft. Sie hat nichts Besonderes an sich, wie gesagt, schön ist sie nicht gerade, aber ich erkenne sie, ich gehe im Innocentia Park oder auf den Wegen zwischen den Blocks, am Isekanal und am Grindelberg an ihr vorbei. Immer ist sie zusammen mit dem Kleinen, nie mit anderen. An Werktagen. An Sonntagen. Bis zu dem Tag, an dem ich sie zusammen mit Freunden – oder zumindest Bekannten – in der Kellerkneipe vorfinde, kann ich leicht glauben, dass sie total isoliert lebt. Und wenn ich mir das überlege, ist es nicht ganz unwahrscheinlich, dass diese Freunde oder zumindest Bekannten eine Folge ihrer neuen finanziellen Situation sind. Fest steht jedenfalls, dass man sich nicht gerade häufig in den Kneipen der Stadt tummeln kann, wenn man im Monat nur fünfhundert Euro hat. Aber jetzt tut sie es. Jetzt tummelt sie sich. Das habe ich selbst gesehen. Es tut mir nicht gut, ich freue mich nicht, ich sitze einfach da an diesem Tresen und registriere es und denke nicht einmal daran, dass das alles etwas mit mir zu tun haben kann. Dieser Gedanke kommt mir erst jetzt. Und wenn er erst gedacht ist, dann ändert er rein gar nichts an meiner derzeitigen Stimmung, einfach ... gar nichts.

Aber ist es richtig von mir, keinerlei Spuren zu legen? Ist es nicht so, dass ich, wenn sie von mir mehr als doppelt soviel bekommt wie vom Sozialamt, eine Macht in ihrem Leben darstelle, ob ich das nun will oder nicht? Ja. So ist das. Früher hat sie sicher mehr als eine Nacht wach gelegen und sich verzweifelt gefragt, wie sie mit ihrem Geld auskommen soll. Jetzt liegt sie sicher wach, weil sie nicht begreifen kann, woher dieser relative Reichtum stammt, welche Karte diese namen- und gesichtslose Person wohl ausspielen wird. Ist das ein Darlehen oder ein

Geschenk? Wie hoch sind die Zinsen? Und wenn es ein Geschenk ist – was wünscht der Geber sich zu Weihnachten? Und Leon von Bons Beobachtungen zum Trotz: Sie gibt dieses Geld jetzt aus, auch wenn sie in seinen Augen so ungeheuer vorsichtig wirkt. Dass sie sich in der Woche, in der er sie beobachtet, nicht neu einkleidet, bedeutet nicht, dass sie sich mit der alten Garderobe zufrieden gibt. Ich habe sie in neuen Jeans, Blusen und T-Shirts gesehen. Sie hat ein Mobiltelefon und einen Discman.

Und aller Wahrscheinlichkeit nach auch eine gewisse Angst.

Vor dem Ursprung des ganzen Reichtums.

Und davor, welche Gegenleistung möglicherweise verlangt werden wird.

Ich schalte den Fernseher ein, drehe den Ton weg und lege Keith Jarretts »The Köln Concert« ein. Köln, Januar 1975, bald dreißig Jahre her. Ich sitze in dem unbequemen Sessel, dem Rückenbrecher, den Renate mir zum Fünfzigsten geschenkt hat, und segele dreißig Jahre zurück, während die Bilder auf dem Bildschirm wechseln: Eine Alpenlandschaft, Kühe, ein solider Bauer, der mir etwas erzählt, das ich nur verstehen könnte, wenn ich gelernt hätte, von den Lippen zu lesen. Aber stattdessen höre ich Jarrett am Klavier, und Erinnerungen strömen an die Oberfläche, von damals, als ich Student und verhältnismäßig sorgloser Mitbewohner einer WG im Schanzenviertel war, obwohl Erinnerungen, es sind nur Einzelbilder, die durch mein Gehirn huschen, wie Rolf Storm und ich, die auf einem unschönen Sofa sitzen und eben »The Köln Concert« hören, nachdem es soeben erschienen ist. Worüber wir sprechen, weiß ich nicht, oder was Cora Mauberg sagt, die plötzlich locker und gelassen nackt mit der Katze auf dem Arm durch das Zimmer spaziert, und dann drücke ich auf der Fernbedienung auf 11, das ist HH 1, der Lokalsender, und starre mitten ins Gesicht meiner Frau, mitten in Renates Gesicht in einer Menschenmenge. Diesmal hat sie nicht einmal den Versuch unternommen, das Veilchen wegzuschminken, eher ist das Gegenteil der Fall, und Haralds Rattenschwanz wippt im Hintergrund auf und ab. Er stimmt über einem Glas Sekt irgendjemandem zu, und dann dreht er sich um und legt den Arm um meine Frau, seinen großen durchtrainierten rechten Arm um Renates Schulter, und jetzt schauen sie beide in die Kamera und machen abwechselnd ein ernstes und ein lächelndes Gesicht, so wie es sich auf einer Party für die Prominenz der Stadt eben gehört, einer Party jedoch, die auf einem so ernsten Anlass wie einer Dokumentation über Import von Frauen aus osteuropäischen Ländern beruht, dem so genannten »Traficking«.

Nein, ich werde keinen Versuch machen, irgendeine Form von Erklärung oder Begründung dafür zu liefern, warum ich tue, was ich tue, warum ich Geld in grüne Briefumschläge stecke und an Astrid P.'s Adresse im Hochhaus schicke, ich habe das Gefühl, dass das als eine Art Entschuldigung gedeutet werden könnte, egal, wie ich es auch formuliere, oder schlimmer noch – dass ich sie auf diese Weise noch armseliger erscheinen lassen würde, und dann kommt mir ein ganz neuer Gedanke, nämlich, dass ich sie bereits jetzt erniedrige. Sie weiß, dass jemand weiß, dass sie ohne diese anonyme Unterstützung zu der großen und ständig wachsenden Gruppe von Deutschen gehören würde, die zitternd an der Grenze zur Armut kauern, ja, es ist sogar möglich, dass sie sich bereits jenseits dieser Grenze befindet, dass sie sich ohne meine Hilfe ganz einfach als arm definieren würde. Wünsche ich mir im tiefsten Herzen, sie zu demütigen? Ich überlege. Nein. Ich wünsche gar nichts. Wirklich nicht. Trotzdem habe ich ab und zu ein etwas seltsames Gefühl, wie zum Beispiel gerade jetzt, weil ich weiß, dass sie vielleicht wie ich dasitzt, dass sie wie ich in einem Sessel sitzt und fernsieht, vielleicht sogar dasselbe Programm, dass sie »Party Patrol« sieht, wo ein Mädel mit Seeräuberkopftuch und vermutlich Gummikleidung sich mit einem Mikrophon durch die Menge bewegt und bekannte Personen interviewt, Menschen aus Hamburg und Zugereiste, nur aus dem Grund, weil sie bekannte Personen sind, solche wie zum Beispiel meine Frau, und das alles in Verbindung mit Ralf Schröders neuem Dokumentarfilm, bei dem es um die am schlimmsten ausgenutzten, unglücklichsten Menschen in Europa geht – die jungen Frauen, die mit Arbeit und Wohnung im Westen verlockt werden, und die dann mit dem Hintern in der Luft und einem Schwanz im Mund enden und das Geld nicht einmal selbst behalten dürfen. Spüre ich eine Art Gemeinsamkeit? Mit Astrid? Ist es das, was so komisch ist? Die Gewissheit, dass das, was ich jetzt sehe, allerdings mit ausgedrehtem Ton und Klaviermusik in den Ohren, eine Welt ist, die weit außerhalb unserer eigenen Wirklichkeit liegt? Ich habe mich selbst gegen diesen Teil der Welt entschieden, aber für Astrid ist er unerreichbar, ja, es ist unmöglich für sie, dort Eingang zu finden, und ich frage mich, ob sie – wenn sie also dieselbe Sendung sieht wie ich – sich zu diesen erhobenen Sektkelchen und dem kalten Büfett (das ich zwischen Smoking und Seide ahnen kann) hingezogen fühlt, oder ob sie wie ich das alles verachtet. Ach Herrgott, die vielen Jahre, in denen ich mich noch an diesem Spektakel beteiligt habe, dem Smalltalk über den Kanapees, dem Gedränge, den schwappenden Gläsern, den Streitereien und den Lobhudeleien, sehen und gesehen werden, der Duft von Zigarren und klammen Geschlechtsorganen, bis zu dem Tag, an dem Harald in unser Leben trat und diese Last von meinen Schultern hob, zu Renates festem Begleiter in diesem krankhaftesten aller Zirkusse wurde, Empfängen, Premieren, Lancierungen, Preisverleihungen und Jubiläen. Ich habe das alles gehasst, ging aber hin, Jahr für Jahr ging ich hin, weil ich glaubte, das zu müssen, dass es von mir erwartet würde. Es ist ein wenig peinlich, daran zu denken, wie schlappschwänzig ich war, wenn es um die feine Welt und die Feste ging, aber ich glaube, das muss ich glauben, dass ich es für Renate getan habe. Was eine idiotische Lüge ist. Denn erstens ist Renate nicht von der Sorte, die irgendetwas erwartet, weder von mir noch von anderen, und außerdem habe ich niemals etwas »für jemanden getan«. Aber es stimmt schon, dass ich hinging, und es stimmt, dass ich es gehasst habe. Ich ging Jahr für Jahr über rote Teppiche, hörte mir das ewige Gefasel des Kulturadels über kühne Projekte und das schlecht verhohlene Gebettel um Sponsorengelder an, das Klirren von Eiswürfeln, das Gerede über neue Filme, Bücher, Theaterstücke und Schallplattenveröffentlichungen, und alle Themen im Kielwasser der jeweiligen Anlässe, Lachen, Verleumdungen, die mehr oder weniger halbherzige Anerkennung, während die Getränke durch die Kehle flossen, getragen von kleinen Scheiben aus dünnem Weißbrot, dekoriert mit Lachs, Schinken, Räucherfleisch, Salaten, Käsen, Kaviar und Räucheraal. Und das alles, während ich die (oft ziemlich gut versteckte) Verachtung in ihren Blicken bemerkte, wenn sie mir gegenübertraten, dem Investor – in ihren Augen dem Spekulanten –, dem Mann, der seine ganze Kreativität in Form von An- und Verkauf von Immobilien auslebte, etwas so Schnödem wie Immobilien, und nicht geistvollen Popproduktionen, Seifenserien, Pornos, Poesie, Rauminstallationen, Tanz und Improvisationstheater, in solchen Szenarien müssen sogar die Nachrichtensprecher der unterschiedlichen Sender als Kulturarbeiter gelten, nein, sie sind Kulturarbeiter, Zeitzeugen durch ihr Wirken, sie sind es, die die Neuigkeiten ins Haus tragen, die uns die moderne Wirklichkeit wie einen Spiegel vorhalten.

Mein Mobiltelefon klingelt, es ist Málaga, nein, ich gehe nicht ran.

Ich schließe die Augen. Nein. Ich kann mir meinen eigenen Sohn nicht einmal vorstellen. Das mag an meiner fehlenden Phantasie und natürlich an meinem Mangel an Empathie liegen, aber vermutlich ist es das Ergebnis eines unterbewussten Wunsches, mich gegen eine menschliche Existenz zu schützen, die mir im Grunde immer schon zuwider war. Die Schwangerschaft war nicht geplant, das ist das eine, ich habe niemals Sinn für die Zufälle des Daseins gehabt, ich, wir, hatten keine Zeit für ein Kind, weder Zeit noch Lust, aber das war in den siebziger Jahren, und das Abtreibungsgesetz, der Paragraph 218, wurde noch immer überaus streng befolgt, und obwohl wir an sich auch damals schon das Geld gehabt hätten, um dem Gesetz ein Schnippchen zu schlagen und nach England oder in die Schweiz zu fahren, fanden wir uns mit dem Stand der Dinge ab. Ich war dabei, ein

Imperium aufzubauen, ich konnte es nicht riskieren, in so eine schmutzige Geschichte gezogen zu werden, wir ermunterten uns gegenseitig, gaben vor, uns zu freuen, wir wollten doch Kinder haben, auch wenn der Zeitpunkt nicht so ganz passend war.

Na ja, man liest ja in Zeitungen und Illustrierten über sie, über all diese Männer, die den größten Augenblick ihres Lebens beschreiben, die Ankunft ihres ersten Kindes, ihres Sohnes oder ihrer Tochter, die sich zwischen den weißen Oberschenkeln der Gattin ans Licht kämpfen, aber dieses Erlebnis blieb mir glücklicherweise erspart, denn der Zeitgeist verlangte noch immer, dass der Mann sich während der Geburt in einem verräucherten Wartezimmer aufhielt. Als ich dann aber später mit diesem Bündel in den Armen dastand, konnte ich nur feststellen, dass der ganz große Jubel ausblieb. Wie erwartet, sollte ich wohl sagen. Ich fand den Knaben hässlich. Und als wir ihn nach Hause geschafft hatten, drehte er die Sirenen voll auf, eine Aktivität, die er in den ersten drei Jahren seines Lebens wohl als seine Hauptbeschäftigung betrachtete. Danach war er alt genug, um zu schmollen und zu bocken, nicht einmal, als er in die Pubertät kam, war ein nennenswerter Unterschied zu bemerken. Und natürlich ist auch Arthur Fenkel auf dieser krankhaften Party zugegen, alles andere wäre ja noch schöner gewesen, da kommt er breitbeinig durch die Glastüren, nachdem alle anderen schon ihre Plätze eingenommen und sich Gläser und Gesprächspartner beschafft haben. Fenkel mit einem Schwanz von Journalisten, mit denen er freundlich und freigebig sein Wissen um die Welt teilt, während er auf einen Zug ein Glas Sekt kippt, ehe er ein neues vom Silbertablett nimmt und sich in die wartende Menge aus Speichelleckern und Schwanzlutschern bohrt; und nun sehe ich für einen Moment wieder meine Frau. Die wohl ihrerseits aller Wahrscheinlichkeit nach für einen Moment Arthur Fenkel gesehen hat und sich jetzt möglicherweise fragt, ob sie die Gelegenheit nutzen und eine Bemerkung über eine Theaterversion von »Sonnenlieder« fallen lassen soll, obwohl die Antwort ja wohl schon feststeht. Arthur Fenkel hält, wie seinerzeit Knut

Hamsun, das Theater für seichten Scheiß, und bis zu einem gewissen Grad kann ich ihm da Recht geben, obwohl es mir überaus zuwider ist, ihm in irgendeiner Hinsicht Recht zu geben.

Ich schalte den Fernseher aus, gehe hinaus und setze mich in der Dunkelheit auf den Balkon. Auf dem Tisch steht eine vergessene Weinflasche. Ich leere sie, während ich im Innocentia Park Ausschau nach Licht oder Bewegungen halte, aber nichts, nicht einmal die Geräusche angetörnter Jugendlicher, und auch Jarrett hat jetzt Feierabend gemacht.

Es ist kurz nach zwölf.

Im Wohnzimmer piept mein Mobiltelefon viermal.

»Bernhard ist tot. Jetzt bist du wohl zufrieden, du Arsch!«

SMS von Elisabeth aus Málaga.

OHLSDORF. NACHT

Ich schalte das Mobiltelefon aus und schiebe es in die Seitentasche meiner kurzen Hose, schnüre die Turnschuhe und gehe hinaus in die Nacht. Vier Runden durch den Park der Unschuld, ohne Reue oder Sehnsucht, nur dieses leicht vage Gefühl, betrogen worden zu sein. Jetzt hat er den letzten Stich eingeheimst, der hässliche kleine Junge, mein Junge, und dann muss ich doch zweimal heftig schlucken, das macht mich wütend, denn ich spüre seine Anwesenheit in der Dunkelheit um mich herum, in den kranken Wipfeln der Kastanien über mir, und der Teufel soll ihn doch in die allertiefste Hölle verschleppen, jetzt hat er sich aufgehängt oder sich einen Schuss vor den Kopf gesetzt, hat ein Pillenglas geleert, ist vielleicht vom Balkon gesprungen, es gibt so viele mögliche Fluchtwege fort von Leben und Verantwortung, es sieht ihm ähnlich, auf diese Weise die Zeche zu prellen. Und trotzdem macht meine Wut mir Angst, die Tatsache, dass ich (abgesehen vom zweimaligen tiefen Schlucken) keine anderen Gefühle als Wut und Irritation darüber aufbringen kann, dass er abermals eine Abkürzung genommen hat, diesmal die optimale, die endgültige. Ich habe zwar nicht Málaga angerufen – ich würde nie auf die Idee kommen, mit diesem Mädel, das sich als seine Verlobte bezeichnet, auch nur ein Wort zu wechseln, in einer Nacht wie dieser muss es ja wohl Grenzen geben –, aber mir geht auf, dass Herzinfarkt oder Autounfall einfach unrealistisch sind. Es ist Selbstmord. Rache. Schmollen. Und wenn nicht, wenn es doch ein Schlaganfall oder ein Herzinfarkt war, ein Stolpern auf der Treppe oder Ertrinken im Schwimmbassin, so war es trotzdem Selbstmord, schließlich zieht er sich pro Tag einen Meter Kokain rein. Hat es getan.

Und ich bringe es auch nicht über mich, Renate anzurufen, sie zu stören, ein Gespräch mit der Nachricht zu unterbrechen, dass unser einziges Kind sich da unten in Málaga das Leben genommen hat, dass er jetzt dem Teil der Welt angehört, der den Toten zukommt, dass er »im Wind wohnt« – das alles, während ich selbst den Innocentia Park verlasse, und sie, meine Frau, die Mutter des Knaben, sich vielleicht gerade von irgendeinem Schleimaal umwerben lässt, vielleicht von keinem Geringeren als Arthur Fenkel. Nein, diese Nacht soll sie wirklich ihre Ruhe haben, sie vielleicht mit Harald verbringen, falls das mit Harald nicht einfach eine kleine Notlüge war, aber das kann ja auch egal sein. Aber mir fällt ein, dass ich früher an diesem Abend, vielleicht um die Zeit, als Bernhard den Schlussstrich gezogen oder sich dazu entschlossen hat, hier in diesem Park unterwegs war, den ich jetzt zu verlassen beabsichtige, und dabei über den Tod nachdachte. Und dass ich in der Zeit zwischen dem Anruf aus Málaga und der SMS aus derselben Stadt vor allem mit dem Widerwillen, ja, der Antipathie, die ich meinem eigenen und einzigen Sohn entgegenbringe, beschäftigt war. Das war natürlich ein Zufall, ich glaube nicht an seelischen Austausch von übernatürlichem Charakter, aber als ich jetzt in Richtung Ohlsdorf weitergehe, ist das zweifellos eine Folge der Tatsache, dass der Tod große Teile meines Bewusstseins getroffen hat – und meines Unterbewusstseins. Ich habe diese ziemlich lange Strecke nämlich schon fast zur Hälfte hinter mich gebracht, ehe mir überhaupt aufgeht, wohin ich da unterwegs bin. Na gut. Dann gehe ich eben dorthin. Ich gehe in Richtung Friedhof Ohlsdorf, dem größten Parkfriedhof der Welt, einer Oase des Todes, die auf dieser Erde nicht ihresgleichen hat, man sollte doch meinen, dass alles, was das Größte ist, in den USA zu finden wäre, aber nein, Ohlsdorf ist unbestreitbar der größte Friedhof Europas und der größte der Welt, wenn von Parkanlagen die Rede ist. Wie viele hier ruhen, ist nicht so ganz bekannt, es müssen um die anderthalb Millionen sein, auf vierhundert Hektar ist Platz für viele, Ohlsdorf ist ein großer, gepflegter Wald mit Spazierwegen und eigenen Buslinien zu den verschiedenen Kapellen und Hainen und Abteilungen, zu Seen, Wasserturm und Krematorium, hier ruht man in Einsamkeit, mit der Familie oder in Gruppen, wie die Opfer der Choleraepidemie von 1890, der Revolution von 1918–20, der Springflut 1962, der beiden großen Kriege, es gibt englische und deutsche Soldaten, Juden und Polen, Russinnen, Kriegsgefangene, es gibt den Polizeifriedhof, den Feuerwehrfriedhof, den Seemannsfriedhof, den Bestattungsplatz der Anonymen und eine geschützte kleine Ecke für die Dichter und Schriftsteller der Stadt. Die Lebenden haben ganze Leichenberge hergeschafft und im Boden vergraben oder in den großen Öfen verbrannt, oft waren es nur Reste, Körperteile, Knochen. Und auch ich werde hierher gebracht werden, wenn die Zeit gekommen ist, Renates und mein Grab wartet sozusagen auf uns. Aber mit Bernhard verhält es sich anders. An den haben wir ganz einfach nicht gedacht. Und jetzt? Was jetzt? Ich weiß nicht, aber ich werde ihn wohl brav nach Hamburg holen müssen, daran wird kein Weg vorbeiführen, wenn ich unangenehmen Artikeln in der Skandalpresse aus dem Weg gehen will. Ich bringe es einfach nicht über mich, zu erklären, warum ich zugelassen habe, dass er in spanischer Erde bestattet worden ist. Nein. Ich, wir, müssen ihn herschaffen, da hilft kein Zappeln und kein Schreien. Aber, denke ich – wo wir doch eine so hervorragende und vertraute Beziehung zueinander hatten, ist es doch möglich, dass er mir im Laufe der Jahre so manches anvertraut hat. Zum Beispiel, dass er sich vor der Enge des Sarges fürchtet und um jeden Preis eingeäschert werden will, und die Asche soll dann … irgendwo verstreut werden. Jedenfalls stört mich die Vorstellung, dass er in Renates und meinem Grab liegen könnte.

Ich habe jetzt den Eingang Eichenlohweg erreicht, und natürlich ist der Park, der Friedhof, geschlossen, das wäre ja noch schöner, hier herrscht in jeder Hinsicht Ordnung. Über das Tor zu steigen, ist allerdings überhaupt kein Problem, bald stehe ich in der duftenden Dunkelheit unter den riesigen Wipfeln. Alles ist groß hier draußen, übergroß. Die Rhododendronbüsche sind Bäume. Anfang Juni wird man von ihrer Schönheit fast erschlagen, von ihrer unvorstellbaren Farbenpracht, aber jetzt stehe ich hier in dem verblühten Paradies, die roten, rosa und weißen Blütenblätter sind schon längst auf den Boden gefallen. Sind zu Erde geworden. Ich gehe in schnellem Tempo über den Fußweg, lasse mich von diesem überdüngten Park verschlingen, von der Stadt der Toten. Und ich merke, dass es hier draußen nicht so warm ist wie im Zentrum. Nicht kühl, aber angenehm. Ich denke an Bernhard. Daran, wie schlecht es mit uns gelaufen ist. Nein. Ich war schlecht, genauer gesagt, ich habe alles schlecht gemacht, und deshalb denke ich jetzt an mich selbst. Daran, dass ich in seinem Leben kaum zur Stelle war. Es war nicht so banal, dass ich nur mit Job und Karriere befasst gewesen wäre. Aber mir fehlte die Fähigkeit, ein ehrliches Interesse an ihm zu entwickeln, wenngleich, *entwickeln* … Hätte dieses Interesse nicht beiderseitig sein müssen? Gottgegeben, sozusagen? Nein. Ich erinnere mich an meinen eigenen Vater, stumm und unnahbar, und ich sage mir, dass es zwar eine andere Zeit war, aber ich merke, dass ich damit nur halb richtig liege; meine Distanz, ja, später dann meine Verachtung für Bernhard lässt sich nicht so leicht erklären. Ich bin eigentlich ziemlich sicher, dass sie sich überhaupt nicht erklären lässt, selbst wenn ein Psychologe sicher zu diesem Thema das eine oder andere sagen könnte. Wie andere Kinder hat er uns Zeichnungen geschenkt, später dann Brotbrettchen und andere misslungene Produkte aus dem Werkunterricht, und wir haben alles angenommen und ihn gelobt, sind ihm durch die Haare gefahren, ja, wie schön, tüchtiger Junge, aber ich log und fragte mich, was zum Teufel ich mit dem ganzen Schrott machen sollte, er musste im Büro enden, Vaters geheimnisvollem »Büro«, einem Ort, der außerhalb der Welt des Jungen lag. Sicher stellte er sich vor, wie diese vielen Gegenstände meinen Angestellten gezeigt wurden, ungefähr wie auf einer Kunstausstellung, das glaubte er, das hatte ich ihm erzählt, aber in Wirklichkeit landete alles im großen Müllcontainer im Hinterhof, dort, wo damals das Büro lag. Zeichnungen von Flugzeugen und Schiffen, Indianern und Cowboys, Aschenbecher und Vogelhäuschen, weg, weg, weg, ich konnte ihren Anblick nicht ertragen, ich weiß nicht, warum. Und aus irgendeinem Grund erhielt immer Vater diese Geschenke, niemals Mutter, obwohl Gott weiß – vielleicht hat Renate genauso viel Scheiß bekommen wie ich, vielleicht hat sie ihn wie ich aus dem Haus geschmuggelt, ohne es mir gegenüber zu erwähnen, vielleicht schämte sie sich ja sogar. Es ist anders, Mutter zu sein als Vater, schließlich hat sie trotz allem Bernhard, unseren Jungen, unter ihrem Herzen getragen und ihn unter argen Schmerzen zur Welt gebracht. Es war eine schwere Geburt, ich habe mir oft überlegt, dass sie eine Vorwarnung dessen sein sollte, was dann später auf uns zukam, das Weinen, das Schmollen, das problematische Wesen, das sich da vor unseren Augen entfaltete.

Das problematische Wesen, das unseren problematischen Wesen entstammt, muss ich wohl sagen, und dass es uns nur recht geschah, wo wir nicht einmal das Natürlichste auf der Welt teilen konnten, das elterliche Glück, die Freude darüber, ein Kind zu haben.

Müde. Ich bin so schrecklich müde. Das hier ist Extremsport, ich bin fast den ganzen Tag und einen Großteil der Nacht gegangen, jetzt geht es auf zwei Uhr zu, und zwischen den Bäumen sehe ich den alten Wasserturm wie eine weiße Säule, einen Menhir, einen Phallus, einen Pfeil, der von der Erde zum Himmel weist, und zwischen mir und dem Wasserturm liegt eine von Ohlsdorfs breiten asphaltierten Pisten, ein Teil des Straßennetzes, das es tagsüber möglich macht, mit Bus oder Auto die verschiedenen Teile des Friedhofs zu erreichen, die vielen Kapellen und Denkmäler. Und plötzlich überkommt sie mich, die Erkenntnis, dass ich hier etwas Verbotenes tue, dass ich das Gesetz breche, oder dass ich zumindest gegen die Vorschriften verstoße, es ist verboten, sich um diese Jahreszeit nach einundzwanzig Uhr noch hier aufzuhalten, ich bin sogar über das Tor geklettert, ich kann also kein Lied über Schlafwandeln oder eine zufällige Verwirrung vorsingen, wenn ich jetzt angehalten werde, wenn jemand mit einer Laterne aus der Dunkelheit tritt und mit Autorität »Halt!«, ruft, vielleicht sogar in Gesellschaft eines Schäferhundes oder einer anderen Sorte Wachhund. Ich bleibe stehen. Ziehe mich wieder in die tiefen Schatten zurück. Es ist so still. Nicht einmal das ferne Rauschen von Straßenverkehr, nein, wirklich gar nichts.

Ich warte.

Dann laufe ich über die Straße und in den Wald auf der anderen Seite. Hier ist es stockfinster und ich verliere den Weg aus den Augen. Das macht nichts, denn jetzt muss ich mich ausruhen, und mir ist ja klar, dass ich diese Ruhe, diesen Schlaf, im Verborgenen abhalten muss. Ich habe keine Ahnung, welche Art von Bewachung es hier draußen gibt, Polizei oder Wachgesellschaft, aber das ist ja auch egal. Sie sind hier, jemand ist hier, und das bedeutet, dass ich mich lieber nicht auf eine der zahllosen Friedhofsbänke legen sollte. Tja. Ich überlege: Warum sollte ich mich nicht verirren? Mich in kontrollierter Form verirren, es geht hier ja trotz allem um ein begrenztes Gebiet, ich strecke den Arm aus und begreife, warum die Dunkelheit ganz und gar undurchdringlich ist. Meine Hand trifft auf eine dichte Tannenhecke, sie ist höher als ich, auch, wenn ich mich auf Zehenspitzen stelle, reiche ich nicht bis oben hin. Und wenn ich einige wenige Schritte nach links mache, wiederholt sich diese Szene dort, eine Hecke, das Witzige ist, dass es auch hinter mir so ist, in der Richtung, aus der ich gekommen zu sein glaubte. Also gehe ich weiter vorwärts über das kurz geschnittene Gras, hier draußen ist jeder Winkel gepflegt und gestutzt, aber dann ist auch dieser Weg versperrt, diesmal stoßen meine Hände auf die ledernen Blätter eines Rhododendronbusches; aber was heißt hier Busch, ich habe es mit einer massiven Wand zu tun, und jetzt weiß ich es, habe es immer gewusst, nur war es bisher unnützes Wissen, denn ich bin noch nie auf den Gedanken gekommen, irgendwo in der Stadt zu übernachten. Aber von meinen zahllosen Wanderungen durch Hamburgs Parks und die verschiedenen Grünanlagen weiß ich, dass sich hinter dem dichten Blattwerk eines Rhododendronbuschs nicht unbedeutende Hohlräume verbergen, ja, dass es selbst bei schlechtem Wetter möglich sein muss, unter einem solchen Busch im Trockenen zu liegen, und jetzt ist ja gar kein schlechtes Wetter, im Gegenteil. Und deshalb gehe ich in die Hocke und krieche in dieses Versteck, und das nicht nur, weil ich nicht gestört werden will, denn jetzt muss ich schlafen, jetzt kann ich nicht mehr. Der Boden hier drinnen ist trocken und nackt, und das Letzte, was ich registriere, ist, dass ich so erschöpft bin, so bis ins Mark hinein erledigt, dass eine gewaltige Kraft mich nach unten zu saugen scheint, als ich mich dann hingelegt habe, tief, tief in die Erde, und es bringt einen großen Genuss, auf diese Weise willkommen geheißen zu werden, so kommt es mir vor. Dass ich willkommen geheißen werde.

Ich träume nicht vom Tod. Ich träume, dass das Wasser steigt. Ich bin wieder in der Landschaft meiner Kindheit, auf einer Insel weit draußen im Meer, kein Land ist zu sehen, nur das Meer unter einem blaugrauen Himmel, Windgeheul und Salzwasser, das über die Schwelle sickert. In der Fensterscheibe kann ich mein Spiegelbild sehen, ich bin wieder ein Junge, aber mit den Gedanken eines Erwachsenen. Es ist irgendetwas mit Geschäften, die nicht stimmen, es ist ein Gefühl von Stress, eine Unruhe von der Sorte, die ich oft verspürt habe, wenn sich die Vertreter der Steuerbehörden unangemeldet einfanden und in sieben Jahre alten Abrechnungen blätterten, dieses professionelle Misstrauen, das sie dabei an den Tag legen, und ich fürchte dann trotz meiner Professionalität, meines Geldes und meiner Macht im tiefsten Herzen, dass vielleicht irgendetwas einfach überhaupt nicht stimmen kann, sich als unfreiwilliger Bluff erweist. Ja, unfreiwillig! Und das Wasser steigt im Raum, das ist der wahre Albtraum der Inselbevölkerung, wir sind dazu erzogen, das steigende Wasser zu fürchten, aber jetzt merke ich, dass der Druck nachlässt, als das Wasser meine Waden erreicht. Ich finde es beruhigend, hier in einem Haus weit draußen im Meer zu stehen, während das

Wasser immer höher steigt und ich durch mein eigenes Spiegelbild hinaus auf eine Welt aus Wasser blicke. Es ist das beruhigende Gefühl, dass niemand mich erreichen kann. Dass ich aus allem heraus bin. Dass ich hier draußen nur von Gott berührt werden kann. Das ist eine gewaltige Erkenntnis, sogar im Traum, wo noch das absolut Wahnwitzige als ganz alltägliches Ereignis durchgehen kann, dieser Gedanke, die Möglichkeit, von Gott berührt zu werden, ist mir so unendlich fremd, sie erschüttert mich, weil sie mich mit Wärme erfüllt, ich glaube doch an gar keinen Gott. Dann erwache ich, und ich bin gerade so lange bei Bewusstsein, dass ich registriere, dass es regnet, die Blätter tropfen, ich denke: Da haben wir das steigende Wasser! – und dann gleite ich wieder in den Schlaf hinein, diesmal in gottloses Vergessen.

Der neue Tag stellt sich in kurzen Momenten zwischen Schlafen und Wachen ein, das Licht, das im Blattwerk über mir wächst, unklare Eindrücke vom vergangenen Abend und aus der Nacht, es ist ein normales Aufwachen, ich habe den Wecker schon längst abgeschafft. Ich liege hier, phantasiere über meinen verstorbenen Sohn und über diesen seltsamen Traum, den ich hier hatte, und als mein Bewusstsein allmählich klarer wird, geht mir auf, wie natürlich mir dieser widernatürliche Zustand vorkommt, nämlich, dass ich in der Nacht, in der ich erfahren habe, dass Bernhard sich unten in Málaga das Leben genommen hat, mich unter einen Busch in Ohlsdorf lege und im Schlaf der Gerechten versinke. So etwas passiert nicht, Leute wie ich tun das nicht, das ist Uncans Art zu leben, und jetzt erwacht wohl auch er unter einem Busch oder auf einer Bank im Innocentia Park, nur zweihundert Meter von der Villa entfernt, die mir gehört, diesem Haus, das heute Nacht aller Wahrscheinlichkeit nach leer war, weil ich wie irgendein Pfadfinder hier draußen kampiert habe, während Renate in Haralds breitem Doppelbett übernachtet hat, oder vielleicht auch mit einem ganz anderen Mann in einem ganz anderen Bett, wie es nach kulturellen Stapelläufen hier in der Stadt eben üblich ist. Aber das Seltsame ist, dass es mir ganz natürlich vorkommt.

Hier unter einem Busch zu liegen. Ich habe keinerlei Angst um mein geistiges Gleichgewicht. Ich bin nicht durchgedreht, und nicht eine Sekunde spiele ich mit dem Gedanken, mich als Penner zu versuchen. Es ist nur einfach so, dass ich gerade in dieser Nacht eben an diesem Ort sein musste. Ich bin so weit gelaufen, wie meine Füße mich trugen, und als sie mich nicht mehr trugen und ich mich noch dazu verirrt hatte, habe ich mich eben hingelegt. Und bin wie ein Stein eingeschlafen.

Und das muss mir nun noch einmal passiert sein, denn als ich das nächste Mal die Augen aufschlage, fällt scharfes Sonnenlicht zwischen die dunkelgrünen Blätter; ein bewegliches Mosaikmuster auf dem Boden um mich herum. Die Uhr zeigt zwei Minuten nach acht. Trotz des nächtlichen Regengusses ist es hier weiterhin trocken und angenehm, ich liege gut mit dem Kopf auf dem linken Arm und betrachte einen schwarzlila Mistkäfer, der mit gewaltiger Entschlossenheit Zweige und trockene Blätter bezwingt. Er scheint für diesen Tag einen Plan zu haben, und ab und zu lassen die Sonnenstrahlen seinen blanken Panzer funkeln und glitzern. Auf einem Zweig über mir landet ein Rotkehlchen. Es legt den Kopf schräg und stößt ein paar Triller aus, während es mich aus kleinen schwarzen Augen mustert.

Es ist ein schöner Teil der Welt, in dem ich da erwacht bin, eine geschützte Ecke in einer der größten Städte Europas, noch dazu einer Stadt mit einem leicht angefressenen Ruf: Drogen, Porno und Prostitution.

Aber hier liegt man wie im Garten Eden.

Und nicht nur das Rotkehlchen möchte sich an diesem Morgen zum Stand der Dinge auf dem Friedhof Ohlsdorf äußern, hinter seinen Trillern liegt ein ganzer Vorhang aus Vogelsang in allen Variationen und Nuancen, eine himmlische Kakophonie, nein, irdisch!

Aber in diesem ganzen Vogelsang liegt noch ein anderes bohrendes, nein, schneidendes Geräusch, es ist das Klappern einer Heckenschere. Ich drehe mich vorsichtig um und sehe auf der anderen Seite der Rasenfläche, die ich nachts überquert haben muss, zwei braune Waden. Was dort steht, ist eine junge Frau, die die Hecke stutzt, um die zwanzig, sicher hat sie hier einen Sommerjob. Aber was heißt Sommerjob, in Ohlsdorf wird ja wohl nicht alle Welt mit der Heckenschere losgelassen. Vielleicht ist sie ein Gärtnerlehrling. Wenn es so etwas gibt. Das gibt es sicher. Jedenfalls steht sie da mit dem Rücken zu mir und schneidet die Hecke, die, wie ich jetzt sehe, gar keine Tannenhecke ist, sondern eine Art Nadelstrauch, ein riesengroßer Nadelstrauch. Die junge Frau trägt ein kleines rotes Oberteil und Jeans, die Hosenbeine hat sie bis an die Knie hochgekrempelt, ihre runden braunen Waden sind feucht vom nächtlichen Regen, der von Büschen und Sträuchern tropft. Und während sie da steht und voller Konzentration schneidet, sehe ich unter dem dünnen roten Stoff das Spiel ihrer Rückenmuskeln, ihrer Schultern und ihrer Oberarme, die wie die Waden nach einem langen, sonnigen Sommer braun sind, und mich erfüllt eine Demut, ja, Ehrfurcht darüber, dass ich in der Welt anwesend sein, an allem teilnehmen darf, zusehen darf, wie sich überall um mich herum das Leben entfaltet, allein hier zu liegen und das Herz in der Brust zu spüren ... Und mein Sohn, dieser Trottel, der nicht mehr konnte, nicht mehr wollte, der einfach aus allem ausgestiegen ist ...

Ich liege ganz still. Ich denke, dass ich sie um keinen Preis erschrecken darf, sie ist so in ihre Arbeit vertieft und soll nicht davon beunruhigt werden, dass zum Beispiel ein etwas in die Jahre gekommener Immobilienspekulant auf allen vieren aus dem Rhododendronbusch hinter ihr gekrochen kommt, mit einem blöden Grinsen um den Mund und einer törichten Erklärung, ach, stellen Sie sich vor, ich bin doch tatsächlich gestolpert und kopfüber in ... nein. Aber dann kann ich ja einfach liegen bleiben, wie gesagt, das ist angenehm, und pissen muss ich auch nicht, jedenfalls nicht sehr. Und mein Telefon ist ausgeschaltet. Es wird nicht einen Piepser von sich geben. Aber ich frage mich ja doch, ja, das tue ich, ich frage mich, was für Mitteilungen jetzt in dem kleinen Behälter liegen, Meldungen, die in der Mailbox hinterlassen worden sind, oder als SMS. Und ich frage mich:

Welche Garantie habe ich denn überhaupt dafür, dass Elisabeth, die Verlobte meines Sohnes, mir die Wahrheit gesagt, genauer gesagt, geschickt hat? Dass sie nicht einfach nur da unten sitzt, zum Beispiel mit meinem quicklebendigen und vom Kokain betäubten Sohn, und beschließt, mir einen Streich zu spielen? Ich kenne sie nicht, aber es heißt doch, Gleich und Gleich gesellt sich gern, und Bernhard war immer schon ein unverbesserlicher Lügner. Ich weiß nicht, was ich glauben soll. Ich weiß nicht einmal, was ich glauben möchte. Aber ich freue mich schrecklich darüber, dass ich nicht aus einem Moment der Sentimentalität heraus Renate noch in der Nacht mit der Todesbotschaft konfrontiert habe. Herrgott! Je mehr ich darüber nachdenke, desto sicherer werde ich, dass es sich um einen geschmacklosen Scherz handelt, einen kranken Drogenjux, schreib dem alten Wichser doch mal ... und das tut sie dann! Während mein Sohn auf dem Sofa herzlich lacht.

Aber nein. Das hätte sie nicht gewagt. Sie würde es niemals wagen, mir, Thomas Mader, gegenüber eine solche Karte auszuspielen. Ich habe zu viel Macht, sie weiß, dass ich sie dann kaputtmachen könnte, auch wenn Bernhard keine Details über unser schlechtes, fast nicht existierendes Vater-Sohn-Verhältnis erzählt hat, so hart ist sie nicht, nicht einmal auf dem Höhepunkt einer Kokainrunde.

Die junge Frau ist verschwunden. Hat sich aus meinem Blickfeld herausgearbeitet. Und ich muss offenbar doch pissen, ich stehe auf, unter diesem Riesenbusch ist Platz genug, hier stehe ich und entleere meine Blase auf den fast trockenen Boden. Aber während ich noch so stehe, entdecke ich durch das Blattwerk etwas, das meine Aufmerksamkeit auf sich zieht: Zwei in Stein gehauene Riesen. Ja. Sie sind bestimmt über drei Meter hoch und befinden sich auf einem alten Grab auf der anderen Seite der kleinen Lichtung. Eine Frau und ein Mann. Sie schaut mit hingebungsvollem Blick zu ihm auf und hat die rechte Hand auf seine linke Schulter gelegt. Aber es ist gar nicht ihr Blick, der diese Hingabe ausdrückt, der ist nämlich von einem Tuch oder einer Haube versteckt, sondern der Künstler hat es geschafft, diesen Ausdruck von Hingabe in ihre Haltung einzumeißeln, die Art, wie sie dasteht. Wie sie den Arm ausstreckt. Und er ... etwas stimmt da nicht. Ich schüttele die letzten Tropfen weg und jetzt sehe ich, dass seine Augen, die sich also auf sie richten, auf sie, die er liebt, schwarz sind, obwohl die ganze Skulptur, Mann und Frau, aus ein und demselben grauen Granitblock gehauen ist. Ja, da stehen sie in ewiger Gemeinsamkeit aus grauem Granit, aber sein Blick, seine Augäpfel sind schwarz. Und nicht nur das. Sie sind auch noch scheel. Der Mann schielt ganz einfach. Sein eines Auge ist zwar auf ihr Gesicht gerichtet, aber das andere sitzt ein Stück tiefer und weiter zur Seite, und mit diesem Auge scheint er mich noch dazu zu beobachten.

»Herrgott, was haben Sie mich erschreckt!«, sagt sie.

Sie steht weniger als zwei Meter links von mir. Die Heckenschere ist ihr vor Verblüffung aus der Hand gefallen. Und hat sich in den Rasen gebohrt.

»Tut mir Leid«, sage ich. »Das wollte ich nun wirklich nicht.«

Ich sage ihr die Wahrheit, beziehungsweise das, wobei es sich sehr gut um die Wahrheit handeln könnte, nämlich, dass die Natur mich zum Austreten gedrängt hatte, dass ich meinen täglichen Morgenlauf mache, und dass ich dann einfach Wasser lassen musste. Hier draußen gibt es nur wenige Toiletten, jedenfalls gehe ich davon aus, dass es auf diesem riesengroßen Friedhof nur wenige Toiletten gibt, und glücklicherweise nimmt sie diese Behauptung gelassen hin, sie arbeitet hier und kennt sich mit diesem Problem vermutlich sehr viel besser aus als ich. Ich trete aus meiner grünen Höhle heraus, die mich beherbergt hat, und dann will ich ihr schon die Hand geben und mich vorstellen, aber ich reiße mich in letzter Sekunde zusammen, denn mir scheint, dass das doch ein wenig unpassend wäre, wo ich gerade erst meinen Penis losgelassen habe. Stattdessen hebe ich an, diese gepflegte Oase mitten in Hamburg zu lobpreisen, die Arbeit, die sie und andere hier ausüben, das fällt mir leicht, jedes Wort ist wahr, und durch meine lange Erfahrung als Chef kann ich das außerdem gut, jedenfalls mehr als durchschnittlich. Trotzdem merkt sie sicher – auch wenn meine Worte also auf fruchtbaren Boden fallen –, dass ich nicht ganz und gar anwesend bin, denn es lässt sich nicht leugnen, dass ein Teil meiner Aufmerksamkeit sich auf den grauen Granitriesen und seine seltsamen schwarzen Augen richtet.

»Das sind Schnecken«, sagt sie.

Und wirklich! Zusammen gehen wir über den Rasen, Seite an Seite, und als wir unter den liebenden Granitriesen stehen, sehe ich mit eigenen Augen, dass seine Augen leben; dass es sich um zwei große Schnecken handelt, deren schwarze Häuser im Sonnenlicht funkeln, ich kann sogar sehen, dass sie sich bewegen und dünne Schleimfäden hinterlassen.

Es ist schön und ein bisschen unheimlich.

Das denke ich, und sie sagt es leise.

»Ich habe heute Nacht meinen Sohn verloren«, sage ich.

DSCHUNGEL

Von Ohlsdorf bis zum Büro berechne ich etwas über zwei Stunden. Es wird wieder ein verdammt heißer Tag werden, diese Hitze wird nie mehr aufhören, und wieder habe ich dieses Gefühl, die Vorstellung, dass die Saunatür klemmt, und dass der Ofen sich immer weiter hochdreht, hoch, hoch, hoch, bis die Luft die Lunge verbrennt und die Augen herausquellen, explodieren. Aber noch ist es früh am Tag, noch tut es gut zu gehen, und ich schreite aus, gehe jetzt schneller als sonst, schließlich bin ich ja auch besser dazu angezogen, kein Anzug, sondern kurze Hose und Hawaiihemd, dazu Turnschuhe, ich kann einfach loslegen. Was Bernt Pech wohl über meine neue Erscheinung denken wird, ist mir ziemlich gleichgültig, wenn auch nicht ganz, aber doch ziemlich. Es kostet eine gewisse Überwindung, so im Büro zu erscheinen, aber nach Hause will ich nicht, nein, jetzt will ich nicht nach Hause, denn ich stelle mir vor, dass meine Frau dort sitzt, gebückt unter der Last ihrer Trauer. Wenn Bernhard wirklich tot ist, dann muss sie es jetzt wissen, geheime Mobilnummer hin oder her. Und ich mag nicht einmal daran denken, Renate in dieser ersten Trauerphase zu erleben, so will ich sie nicht sehen, weinend, vollständig herausgerissen aus ihrer selbstsicheren Rolle als *starke Frau* und Verlagsleiterin, nein, mit solchen Anblicken soll Harald sich abgeben, sie hat ihn bei sich, davon bin ich überzeugt. Und das ist klar: Ich habe hier einen Feind in der Tasche, in der Seitentasche meiner kurzen Hose, mein ausgeschaltetes Mobiltelefon, dieses verdammte Dings, das jetzt auf unbestimmte Zeit ausgeschaltet bleiben soll, ja, dessen ich mich vielleicht sogar entledigen werde, ich werde es in die Elbe oder Alster werfen. Ich sehe es schon vor mir. Wie ich da an der Elbe oder der Alster entlanggehe, wie ich die Hand in die Tasche stecke und dann das Nokia einfach auf den Wasserspiegel schleudere. Das ausgeschaltete Mobiltelefon mit allen ungelesenen SMS, allen nicht abgehörten Meldungen auf der Mailbox, allen Vorwürfen und Fragen – aber vor allem vielleicht dem grauenhaften Trost in allen Währungen und Ausgaben. Ich will verdammt noch mal nicht wissen, was sich in diesem silberfarbenen Behälter verbirgt, ich will weitergehen und so lange wie überhaupt nur möglich unerreichbar sein, ich werde nicht entkommen, werde mich der Sache stellen müssen, aber trotzdem, so lange wie möglich.

Natürlich wirft man sein Mobiltelefon nicht in die Alster oder die Elbe, das tut man nicht, es sei denn, man wäre betrunken oder hätte eine Schraube locker, aber es tut gut, ein wenig mit diesem Gedanken zu spielen, und als ich nach einer knappen Stunde die Alster erreicht habe und nun wirklich am Ufer entlang in Richtung Zentrum gehe, merke ich, dass meine rechte Hand ab und zu zuckt. Es gleicht ein wenig dem Gefühl, wie wenn man in einer Gesellschaft oder bei einer Aufsichtsratssitzung die unwiderstehliche Lust verspürt, sich zu erheben und Obszönitäten zum Besten zu geben. Man hat entsetzliche Lust, aber man tut es nicht.

Im Grunde ist es ja auch ein bisschen schön, einfach weiterzugehen und zu wissen, dass aller Nervkram in einem silberfarbenen Behälter in der Hosentasche eingesperrt ist, dass ich nicht erreicht werden kann, solange ich mich unter freiem Himmel bewege. Wenn ich mir das richtig überlege, so habe ich auch im Büro in dieser Hinsicht noch allerlei Möglichkeiten. Ich kann mich ganz einfach vollständig unerreichbar machen, zumindest für einen kürzeren Zeitraum, sagen wir, für diesen Tag, vielleicht sogar für die Nacht, denn das Schöne daran, mit einer Frau wie Renate verheiratet zu sein, ist, dass von mir nicht einmal eine Erklärung verlangt werden wird. Es ist sogar wahrscheinlich, dass sie in dieser Situation Haralds Gesellschaft vorzieht oder dass sie – wie ich – diese Nachricht allein verarbeiten will, wir sind nicht wie andere, das ist ja im Grunde wohl niemand. Aber was heißt verarbeiten? Verdauen? Nein! Das sind keine passenden Begriffe. Ich empfinde nicht einmal einen Hauch von Trauer, und das ist noch ein Grund, Renate in Ruhe zu lassen. Denn sie trauert, Renate trauert, und sei es auch nur darüber, dass ihre eigene Trauer im Bezug auf den jähen Tod ihres Sohnes fast nicht vorhanden, nicht existent ist. Ich trauere nicht einmal darüber, und das weiß sie, das muss sie wissen, und da ist es sicher besser, an diesem ersten Tag eine gewisse Distanz zu wahren.

Aber ich frage mich: Was bringt mich dazu, diese junge Anlagengärtnerin auf dem Friedhof Ohlsdorf zu belügen (das ist nämlich ihre offizielle Berufsbezeichnung, wie sich herausstellt)? Was bringt mich dazu, mit blassen Betrachtungen über die Vergänglichkeit des Lebens um mich zu werfen, mit Manifestationen einer (immerhin) kontrollierten Trauer?

Zu sagen: »Es war ein Märchen. Das über dreißig Jahre gedauert hat.«

Was für eine idiotische Poesie, oder fast schon eine Aufreißmasche. Darüber ärgere ich mich, ich kann einige Minuten nur daran denken, und dann finde ich mich oben in Rotherbaum wieder, und also kann ich doch noch einige Runden im Innocentia Park drehen, ehe ich das Büro ansteuere.

Bernt Pech, unser herzensguter Portier und Mann für alles, erhebt sich, als ich das Foyer betrete, und er ist professionell bis in die Fingerspitzen. Er lässt sich ganz und gar nicht anmerken, dass meine Bekleidung oder meine Frisur ja auch für ihn neu sind, er verbeugt sich höflich und streicht sich mit der linken Hand die Haare glatt, während die rechte auf den Dschungel zeigt, von dem ich vergessen habe, dass ich ihn bestellt hatte: Riesige Bananenpalmen und Yuccapalmen, daneben eine Reihe von Arten, deren Namen ich nicht einmal ahne, ich meine mich zu erinnern, dass ich das alles ihnen überlassen hatte, dem Büropflanzenhandel, dass ich ihnen eine Summe genannt habe und wir kurz über die Größe der Pflanzen gesprochen haben – ich weiß noch, dass ich für XL votiert habe, weil ich an die Zimmerhöhe im Büro dachte.

»Tut mir Leid«, sage ich. »Darüber hätte ich Sie informieren müssen. Ich kann mich gar nicht daran erinnern, dass heute schon geliefert werden sollte. Ich glaube nicht, dass davon die Rede war. Ich meine, es sei die Rede von irgendwann gegen Ende der Woche gewesen.«

So stehe ich da und rede Schwachsinn, während Pech seinerseits Schwachsinn darüber redet, dass alles in Ordnung und unter Kontrolle sei, seit einer Stunde habe er versucht, mich anzurufen, denn er hätte den Dschungel doch vor meinem Eintreffen nach oben schaffen können, aber ich gehe ja nicht ans Telefon. Letzteres sagt er nicht, er sagt nur, dass er mich nicht erreicht habe und dass deshalb alles noch hier herumstehe ...

Ich schaue auf meine Armbanduhr. Es ist schon nach zwölf.

Bernt Pech hat keinerlei Beileidsäußerung gemacht.

So ist das also. Er weiß es noch nicht.

Oder es ist nicht passiert.

»Gehen Sie einfach ins Büro. Ich erledige das schon.«

»Das kommt wirklich nicht in Frage«, sage ich und fange an, an einem Topf zu ziehen. »Das mache ich. Aber ich muss Sie um einen anderen kleinen Gefallen bitten.«

Der Topf lässt sich nicht von einem Mann allein bewegen, wir heben ihn mit vereinten Kräften in den Fahrstuhl, während Bernt Pech mir versichert, dass ich nicht anwesend bin, dass ich an diesem Tag einfach nicht ins Büro gekommen bin, falls jemand anruft oder nach mir fragt oder gar auf die Idee verfällt, in physischer Gestalt aufzutauchen. Ich muss an diesem Tag und vielleicht auch noch in der kommenden Nacht meine Ruhe haben, es ist etwas passiert, nein, nichts Dramatisches, aber ich brauche jetzt einfach die Zeit, in aller Ruhe nachdenken zu können, mit anderen Worten, ich bitte ihn zu lügen, was in seiner Position nicht so selten vorkommt, das stellt er durch ein Lächeln im Mundwinkel klar.

Und das Obligatorische: »Sie können sich auf mich verlassen.«

Was ich ja auch weiß.

Wir verstauen den Dschungel im Fahrstuhl, quetschen alles hinein – es ist ein großer Fahrstuhl –, und dann stehen wir Schulter an Schulter in diesem vielen Grün, das so unendlich mehr wirkt, dichter, größer, weil wir es auf drei Seiten im Spiegel sehen, wir stehen dicht nebeneinander wie zwei freundliche Orang-Utans, während der Fahrstuhl wie ein Blitz gen Himmel saust.

Nachdem wir alles im Büro untergebracht haben, versuche ich es mit einem Fünfziger als Trinkgeld, aber das bringt nichts, ich weiß es schon, als ich ihm den Schein hinhalte. Genauso könnte ich vorschlagen, dass er mich duzen soll, während ich ihn weiterhin sieze.

Ich dusche lange und lau, trinke einen halben Liter Mineralwasser aus einer Flasche aus dem Kühlschrank, dann gehe ich nackt ins Büro und lege mich aufs Sofa, liege da und schaue hoch zu grünen Schösslingen und Blättern, zu weißer Decke und an Schienen aus Aluminium angebrachten Spots. Und ich sehe zu dem großen silberfarbenen Ventilator hoch, der sich dreht, er wird automatisch eingeschaltet, wenn ich die Tür aufschließe, und mir fällt auf, dass sein Luftzug die großen Blätter der Bananenpalme zittern lässt. Durch den Gedanken an die Frucht dieser Palme, die gelbe Banane, kommt eine weitere Assoziation zu Onkel Otto – es ist ja auch kein Wunder, wo die Banane als Symbol für die ostdeutsche Sehnsucht nach dem Unerreichbaren stand, sie hatten drüben keine Bananen, genauer gesagt, die Banane war ein seltener Vogel, eine überaus seltene Frucht, die niemand bezahlen konnte. Das war vielleicht das Schlimmste, dass sie sich manchmal in ihrer ganzen gelben Pracht manifestierte, aber trotzdem unerreichbar blieb, eine Art westlicher Fata Morgana wie so vieles andere, kann man natürlich sagen, wie Mais und Paprika, um jetzt bei den Tafelfreuden zu bleiben, aber die Banane wurde zum Symbol, auch wenn die meisten Leute natürlich größeren Hunger auf Pornographie und westliche Technologie hatten.

Onkel Otto hatte die Banane also nicht gekostet, weder buchstäblich noch im übertragenen Sinn, als ich ihn am Hals aufgehängt in einer meiner zahllosen Wohnungen vorfand, wo ich ihn für eine symbolische Monatsmiete wohnen ließ; er starb an Enttäuschung. Vielleicht – und das ist nur ein Gedanke – weil das freie Wort sich als eine Art fixe Idee herausstellte, in einer Welt, in der alle wild durcheinander Banalitäten schrien, in zahllosen Radio- und Fernsehkanälen, Zeitschriften, Zeitungen und anderen Publikationen. Manchmal, wenn ich an den triefnassen Nachmittag denke, an dem ich ihn aufgehängt im Badezimmer fand, »erinnere ich mich« daran, dass der Plattenspieler im Wohnzimmer eingeschaltet war, und dass die Nadel sich am Ende der Rille von Miles Davis' »In a silent way« drehte und drehte, aber das stimmt nicht, alles war sauber und aufgeräumt, alle Apparate waren ausgeschaltet, die Platten fand ich erst mehrere Tage später, ganz hinten in einem Schrank im Schlafzimmer.

Für meinen Sohn waren Bananen selbstverständlich.

Und gestern Abend war dann er an der Reihe.

Ich döse. Ich habe draußen auf dem Friedhof wohl doch nicht so gut geschlafen. Ich döse, schlafe aber nicht, denke an Astrid P. und den kleinen Max, daran, dass vielleicht ein Zusammenhang besteht zwischen meiner Ablehnung meines eigenen Sohnes und meinem plötzlichen Interesse an Max' Zukunft, denn so ist es doch. Dass ich mich in Wirklichkeit für die Zukunft des Jungen interessiere, deshalb schicke ich seiner Mutter Geld, denn ich weiß ja auch, dass sie von der vernünftigen Sorte ist, die diesen unerwarteten monatlichen Zuschuss ihrem Sohn zugute kommen lässt, vielleicht hat sie sogar ein Konto eröffnet, auf das sie einen Großteil des Geldes einzahlt. Ich beschließe, die Summe zu erhöhen. Noch einmal zu erhöhen. Warum nicht tausend? Jede Woche? Für mich spielt es keine Rolle, für sie aber würde es das

Dasein auf den Kopf stellen, sie könnte dann in eine größere Wohnung ziehen. Wäre es möglich, ihr eine der Wohnungen zu schenken, die ich noch nicht verkauft habe? Nein. Da verläuft die Grenze, solche Dinge lassen sich ausfindig machen, bei einer solchen Transaktion wissen mehrere Beteiligte Bescheid, müssen erfahren, was ich da treibe. Andererseits hindert mich nichts daran, Geld hinzublättern, sagen wir zweihunderttausend Euro. Oder drei. Es gibt viele Möglichkeiten. Nein. Ruhig. Gleichmäßige Steigerung. Sie wirkt solide, aber ich kenne sie nicht, ich habe oft genug gelesen, was mit Menschen passieren kann, die im Lotto gewinnen. Wie solide Arbeiter einfach den Kopf verlieren und sich mit teuren Spirituosen zu Tode saufen oder sich mit dem frisch erstandenen Porsche zu Hackfleisch fahren, so geht es sogar den meisten, jedenfalls habe ich diesen Eindruck, nachdem ich Zeitungen gelesen und Fernsehreportagen über das Phänomen »Plötzlicher und unerwarteter Reichtum« gesehen habe. Und dann gibt es da noch etwas. Das muss ich einfach zugeben. Bisher habe ich es nicht einmal mir selbst eingestehen mögen, aber wenn ich hundertprozentig ehrlich sein will, und warum sollte ich das nicht wollen, dann macht dieses Spielchen mir auch eine gewisse Freude. Und diese Freude ist mit kleinen Dingen verbunden. Damit, dass Astrid P.'s Lebensstandard aus der reinen Armut auf ein um einiges besseres Niveau gehoben wird, ja, auf ein mehr als doppelt so hohes. Ich zweifele nicht daran, dass Leon von Bons Beobachtungen zutreffen, bestimmt kauft sie wirklich im Aldi ein, aber ich habe in aller Bescheidenheit ja ebenfalls meine Beobachtungen gemacht. Zweimal habe ich sie mit einem Einkaufskorb auf dem Isemarkt gesehen, Hamburgs größtem Markt, und da ist es nicht billig, es ist teuer, und ich kann mit Sicherheit sagen, dass sie in der Zeit vor den grünen Umschlägen dort keine Kundin war. Renate und ich gehen dienstags und freitags selber dort einkaufen, ich kenne die Gesichter, es gibt dort fast nur Stammkundschaft. Und auch wenn Astrid P. noch nicht zum harten Kern vorgestoßen ist, so ist es doch eine Tatsache, dass sie ihr Revier erweitert hat, wahrscheinlich werde ich sie in der kommenden Zeit dort häufiger sehen. Ja, dieses Spielchen macht mir wirklich eine gewisse Freude, anders als das, was meiner Frau Freude macht; der fiktive Verkauf des eigenen Geschlechts, und Gott weiß, wie weit sie dieses Spiel hinter meinem Rücken treibt oder worum es bei diesem Spiel überhaupt geht.

Doch. Es muss ein Zusammenhang bestehen zwischen Ablehnung und Anziehung. Als Bernhard noch klein war, konnte jeder Idiot sehen, was ich als Vater nicht machte, niemals sagte.

Jetzt sieht niemand, was ich tue.

Ich fasse einen jähen Entschluss. Na ja, eigentlich weiß ich es ja schon die ganze Zeit, aber jetzt muss es geschehen, jetzt erhebe ich mich vom Sofa und aktiviere den Festanschluss, jetzt rufe ich Klaus Klaasens Mobiltelefon an.

»Klaasen.«

»Hier ist Thomas«, sage ich. »Es ist etwas Schreckliches passiert. Ich muss dich um Hilfe bitten. Wo steckst du? Störe ich?«

»Im Büro. Du störst nicht.«

Ich erzähle von der nächtlichen SMS aus Málaga.

»O Herrgott!«, sagt er.

»Ich bin total erschlagen«, sage ich. »Einfach gelähmt. Ich habe es noch nicht einmal über mich gebracht, mit Renate zu sprechen.«

»Soll ich …«

»Nein, ich bitte dich, festzustellen, was in Málaga passiert ist. Und nimm Kontakt zu einem Bestattungsunternehmen auf. Ich bitte dich, das Praktische zu regeln, sicher gibt es da feste Vorgehensweisen.«

»Darüber brauchst du dir keine Gedanken zu machen. Das erledige ich. Bist du in der Stadt?«

Also hat er meine Büronummer nicht in seinem Display.

»Nein«, sage ich. »Ich bin in Hannover. Ich werde natürlich selber mit Renate sprechen, aber zuerst muss ich wissen, was da unten passiert ist.«

»Ich kann Moos anrufen, oder geht das nicht? Hast du ihn abgezogen?«

Er meint, ob ich Moos gefeuert habe.

»Ich habe ihn abgezogen«, sage ich. »Aber du kannst ihn trotzdem anrufen. Er wird es wissen. Das … ja, aus verschiedenen Gründen habe ich keine Lust, diesen Anruf selbst zu erledigen.«

»Alles klar. Wir müssen auch überlegen, wie wir mit der Presse umgehen. Wenn sie es nicht schon wissen. Du hast nichts gehört?«

»Ich hatte die Telefone ausgeschaltet, seit heute Nacht die SMS eingegangen ist«, sage ich. »Du bist der Erste, mit dem ich rede.« Und füge hinzu: »Ich kann ja nicht mal wissen, ob dieses verdammte Frauenzimmer die Wahrheit sagt. Die sind doch mit Drogen bis an den Rand vollgeknallt.«

»Bernhard? Das ist ja …«

»Ich hatte einfach nicht das Bedürfnis, damit auch noch zu prahlen.«

»Nein, natürlich nicht. Du, darum kümmere ich mich. Soll ich dich holen kommen?«

»Nein, nein. Ich schaff das schon, ich brauche nur zwei Stunden Ruhe. Und vielen Dank.«

»Okay. Dann rufe ich an, sobald ich …«

»Ich rufe dich an«, sage ich. »Um zwei.«

Ich breche das Gespräch ab.

»Dann rufe ich an, sobald ich …«

Hatte er also doch die Nummer?

Und warum habe ich das mit Hannover gesagt?

Etwas über eine Stunde Wartezeit. Ich bin das Warten nicht gewöhnt, es liegt mir nicht. Mein Leben lang war Tatkraft mein zweiter Vorname, sonst kommt man nicht nach oben, und als ich dann erst einmal oben angelangt war, habe ich mit großer Entschiedenheit den Turm wieder abgetragen. Aber jetzt. Wenn es wenigstens stimmte, dass ich wie erschlagen bin, wie gelähmt durch diesen plötzlichen Todesfall, den Verlust meines Sohnes, aber es ist eine glatte Lüge, ich empfinde sogar eine Art Erleichterung. Und dann ist es vielleicht so, dass ich im tiefsten Herzen als der trauernde Vater erscheinen möchte, der in einem Hotelzimmer in Hannover sitzt und Zeit braucht, um sich nach diesem Entsetzlichen zu fassen. Es ist erst zwei Tage her, dass ich an einem Restauranttisch saß und verkündete, dass ich Bernhard enterben wollte. Das war natürlich übertrieben, aber jetzt habe ich also die Verantwortung, die Aufräumarbeiten, meinem einzigen Zuhörer übertragen, Klaus Klaasen, einem Mann, den ich (mit gewaltiger Tatkraft) gefeuert habe, als ich erst einmal den Entschluss gefasst hatte, den ganzen Laden abzuwickeln, als ich mir in den Kopf gesetzt hatte, dass ich nicht mehr wollte.

Ich bleibe stehen, denn erst jetzt geht mir auf, dass ich im Raum hin und her gelaufen bin, ich bleibe stehen und denke: Oder sage ich ganz einfach die Wahrheit? Dass ich es wirklich nicht über mich bringe, diese notwendigen Anrufe zu übernehmen, mich um alles Praktische zu kümmern, das bei einem Todesfall eben zu erledigen ist? Wenn ja, dann habe ich eine große Veränderung durchgemacht. Dann bin ich ein anderer als noch vor wenigen Tagen.

Ich setze mich wieder aufs Sofa und schalte den Fernseher ein. Tennis. Ich habe keine Ahnung von diesem Spiel, deshalb bleibe ich sitzen und sehe zu, wie der Ball über das Netz hin und hergeschlagen wird. Tuck, tuck, tuck, tuck. Hin und her in schwachen Bögen und spitzen Winkeln, ich höre kein Wort von dem, was der Kommentator sagt, es ist eine Art Meditation, so dazusitzen und etwas zu betrachten, das man nicht kapiert, ein wunderbarer Zeitvertreib.

Das Telefon klingelt. Natürlich. Ich habe vergessen, nach dem Gespräch mit Klaus Klaasen den Stecker herauszuziehen. Das macht nichts.

Ich drehe wieder einige Runden. Drei, vier Kilometer, dann gehe ich unter die Dusche. Als ich zurückkomme, ist es bereits Viertel nach zwei.

Ich stelle am Fernseher den Ton aus und rufe Klaus an.

»Ich habe eine gute Nachricht für dich!«, sagt er unvermittelt, und dann hat er meine blöde Nummer wohl doch im Display, jedenfalls weiß er, wer da anruft. »Und eine schrecklich schlechte. Aber er lebt. Bernhard lebt.«

Ich merke, dass mir schwindlig wird. Ich muss mich am Schreibtisch festhalten, um nicht umzukippen, vor meinen Augen dreht sich alles. Ich setze mich.

»Bist du noch da?«

Tiefe Besorgnis klingt aus seiner Stimme.

»Ich weiß fast nicht, was ich sagen soll. Hat diese verdammte Gans ... hat sie denn gelogen? Das kann doch nicht wahr sein! Weißt du was, Klaus, dann ist sie das, die hier tot ist.«

»Moment, Moment! Sie hat nicht gelogen. Jedenfalls nicht unbedingt.«

Na gut, denke ich. Dann ist er also von den Toten auferstanden. Jesus hat drei Tage für diesen Trick gebraucht, aber Bernhard schafft es natürlich in wenigen Stunden. Alles andere wäre doch noch schöner!

»Was geschehen ist, ist, dass er einen Autounfall hatte«, sagt jetzt Klaus. »Genauer gesagt, er hat sein Auto zu Schrott gefahren. Es war ein schrecklicher Zusammenstoß, und als sie ihn dann endlich ins Krankenhaus geschafft hatten, galt er zunächst als klinisch tot. Sie ... Elisabeth muss dir gleich darauf die SMS geschickt haben. Sie stand natürlich unter Schock.«

»Und jetzt?«, höre ich eine fremde Stimme in meinem Büro sagen. Es ist ein splitternackter Mann, der diese Worte mit dem Mund voller Hundehaare ausspricht.

Er holt tief Luft. »Ja, es sieht schlecht aus, um es ganz offen zu sagen. Er liegt im Koma, aber sein Zustand ist stabil. Er schwebt angeblich nicht mehr in Lebensgefahr. Aber natürlich ...«

»Du brauchst mir nicht zu sagen, dass solche ›Zustände‹ sich von einer Minute auf die andere schlagartig ändern können«, sage ich unnötig hart.

»Nein, eben.« Er legt eine kleine Pause ein. »Du kannst um 18.35 Uhr über Amsterdam nach Málaga fliegen. Ich habe zwei

Tickets gebucht, sie liegen am Schalter. Business, natürlich. Und ich habe mit deiner ... ich habe mit Renate gesprochen. Sie hat mich angerufen, nicht umgekehrt, aber ich konnte da einfach kein Theater spielen. Sie wusste Bescheid und wollte wissen, ob ich wüsste, wo du steckst.«

»Und?«

»Ich habe gesagt, dass du in Hannover bist. Ich habe die Wahrheit gesagt. Dass du mich um zwei Uhr anrufen wolltest. Und dass ich davon ausgehe, dass du dich bei ihr meldest, sowie ich dich über den Stand der Dinge informiert habe.«

Na gut. Ich habe ihn schon längst gefeuert, noch einmal kann ich das also nicht tun.

»Hervorragend«, sage ich. »Ich bin dir großen Dank schuldig.«

»Es ist einfach schrecklich«, sagt er. »Soll ich mitkommen? Ich habe natürlich das Konsulat da unten verständigt, ihr werdet vom Flugplatz abgeholt.«

»Nein«, sage ich. »Aber noch einmal tausend Dank.«

»Das ist ja wohl selbstverständlich.«

Ich ziehe Anzug und weißes Hemd an, passende Schuhe dazu, ich mag ja ein ignoranter Arsch sein, aber hier muss ich einen gewissen Stil bewahren, ich kann nicht wie ein Clown angestolpert kommen. Außerdem komme ich aus Hannover, von einer Besprechung in Hannover, ich habe keine Ahnung, warum mir diese Lüge herausgerutscht ist, aber das ist nun einmal passiert. Und ich werde nicht nach Hause gehen, nicht die gute lange Strecke vom Büro zu der Villa am Innocentia Park, diesmal nehme ich ausnahmsweise ein Taxi, ich will auf der Rückbank eines Taxis sitzen und die heiße Luft trinken, die hereinströmt; ich bin mit dem Taxi aus Hannover gekommen, das ist überhaupt nicht merkwürdig, da ich in solchen Zusammenhängen fast nie die Bahn nehme, und jetzt, in dieser Lage, vergeudet man keine Zeit mit Warten auf dem Bahnsteig, man bestellt ein Taxi ins Hotel und bittet den Fahrer, in gestrecktem Galopp nach Hamburg zu jagen.

Bernt Pech sitzt bleich, aber gefasst in der Rezeption, er weiß es also, ich kann seiner Haltung ansehen, dass er informiert ist, er erscheint mir wie eine gespannte Feder und springt auf, sowie er mich aus dem Fahrstuhl kommen sieht, die Hand fährt durch seine schütteren Haare, mich überkommt ein tiefes Mitleid mit ihm. Jetzt weiß er ausnahmsweise einmal nicht, wie er seine Karten ausspielen soll, was die Situation von ihm verlangt. Und da Männer wie Bernt Pech einer aussterbenden Art angehören, und vor allem, weil gerade dieses Exemplar mir im Laufe der Jahre so unendlich viele gute Dienste erwiesen hat, beschließe ich, ihm die Sache leicht zu machen, ihn aus seiner Spannung zu erlösen, ich sage:

»Ich nehme an, Sie wissen, was passiert ist.«

In seiner Verwirrung streckt er die Hand aus, ich nehme sie, nehme Bernt Pechs rechte Hand in meine, und dann strömt es aus ihm heraus, wie schrecklich er das alles findet, und er ist ein durch und durch ehrlicher Mann, ihm stehen Tränen in den Augen.

»Ein fürchterlicher Schock«, sage ich und ziehe meine Hand zurück. »Bernhard ist ein guter Fahrer. Und vorsichtig. Er war immer ein vorsichtiger Mann, der kein Risiko eingeht. Aber wir wissen ja, wie diese verdammten Spanier fahren.«

Da ist er ganz meiner Meinung, er will Beispiele anführen, denn er weiß es aus eigener Anschauung, aber ich falle ihm ins Wort, ich bitte ihn, ein Taxi zu bestellen, was er mit einem einzigen Tastendruck erledigt.

»Ich finde es ja entsetzlich, das sagen zu müssen«, sagt er dann, und ich weiß sofort, was kommen wird, aber hierbei kann ich ihm nicht helfen, er muss es schon selber sagen: *»Ich finde es schrecklich, das sagen zu müssen, aber die Presse hat angerufen.«*

»Das kommt ja nun nicht gerade unerwartet«, sage ich.

»Ich habe natürlich mit keinem Wort erwähnt, dass Sie im Büro sind. Ich hätte es auch nicht getan, wenn Sie mich nicht darum gebeten hätten. Ich habe Ihnen ja angesehen, als Sie gekommen sind ...«

»Sagen wir einfach, dass ich in Hannover war«, sage ich. »Dass ich dort eine wichtige Besprechung hatte und mein Telefon ausgeschaltet war. Falls die Presse sich wieder meldet, was sicher passieren wird. Ich habe den Festanschluss ausgeschaltet und mein Mobiltelefon ebenso, also wird die Presse sich wieder an Sie wenden. Ich weiß nicht, ob meine Frau ... Im Moment ist alles nur ein Chaos, das verstehen Sie sicher. Einerseits müsste ich die ganze Zeit erreichbar sein, aber andererseits ... Ich bringe das einfach nicht über mich.«

Er nickt. »Das ist ja nicht schwer zu verstehen.«

Nein. Nicht schwer. Was jedoch Probleme machen kann – rein theoretische natürlich, denn normalerweise stellen wir uns solche Fragen nicht –, ist das mit Hannover. Nein. Das ist nicht schwer. Ich habe einen ganz frühen Morgenzug genommen, so einfach. Aber. Es ist schlimmer. Denn ich habe doch Klaus Klaasen gesagt, dass ich schon letzte Nacht die SMS aus Málaga bekommen habe, und dann fährt man wohl kaum geschäftlich nach Hannover, falls man nicht ein viel schlimmerer Zyniker ist, als ich das nun einmal bin. Dann greift man ganz früh zum Telefon und sagt alles ab, egal, worum es dabei gehen mag. Aber dann fällt mir ein, dass ich ja glücklicherweise die Wahrheit erzählen kann, ich kann einfach sagen, was passiert ist, nämlich, dass mir diese kleine Lüge ganz spontan eingefallen ist, weil ich, in dieser Situation, in Hamburg eben nicht erreichbar sein wollte, das kann ein wenig irrational wirken, aber na und? Nicht jeden Abend läuft schließlich eine solche SMS ein. Dass ich im Freien übernachtet habe, auf dem Ohlsdorfer Friedhof, will ich jedoch keiner Menschenseele erzählen. Das will ich für mich behalten.

Das Taxi kommt. Ich sehe, wie es vor den großen Glastüren vorfährt, wie der Fahrer aussteigt und auf diese Glastüren zukommt, ich höre Bernt Pech sagen, da haben wir ja das Taxi, und meine eigene Stimme, als ich frage, welche Zeitungen angerufen haben – es sind die Heiligen Drei Könige der Stadt, MoPo, Abendblatt und Bild.

»Millionenerbe bei Kokainunfall lebensgefährlich verletzt!«

18.35 UHR NACH MÁLAGA

Wir reden über die Hitze, die ganze Zeit reden wir über die Hitze, während wir uns durch den lebhaften Verkehr schlängeln, vorbei an St. Pauli, weiter in Richtung Kongresszentrum und Fernsehturm, die Hitze, die Hitze, die Hitze, es ist ja so verdammt heiß, war es denn jemals vorher so heiß hier in Hamburg? Wir kommen überein, dass die Antwort auf diese Frage nein sein muss, denn dann haben wir eine Art Sensation, über die wir plaudern können, und ehe wir uns versehen, haben wir uns in die üblichen Weltuntergangsprophezeiungen verirrt, den Treibhauseffekt, die abschmelzenden Polkappen, das Meer, das immer weiter steigt, das alles ist ein einziges langes Gähnen, ungefähr so, wie ich es jetzt haben will, nichts Wichtiges, nur der Untergang der Welt. Wir biegen vom Grindelberg nach rechts in die Oberstraße ein, und vor mir sehe ich den Innocentia Park, die hohen Bäume im äußeren Kreis, und als wir an den Papier- und Glascontainern vorbeikommen, muss der Fahrer an einem Streifenwagen vorbeischleichen, der Streifenwagen steht halb auf der Fahrbahn, Herrgott, warum können nicht einmal die, die für Ordnung sorgen sollen, wir sind die ganze Zeit einer Meinung, und dann hält der Taxifahrer vor der Villa an, meiner eigenen Villa, ich bezahle und steige aus, ohne um eine Quittung zu bitten.

»Naaaa?«

Herr Haß, der seine Windschutzscheibe poliert, der noch immer nicht allen Glanz vom Glas abgeschrubbt hat, wieder fallen mir seine starken braunen Unterarme auf, aber ich weiche seinem schelmischen Blick und dem Grinsen aus, sehe nur diese kräftigen Unterarme mit den schwarzen Haaren, den Schwamm in seiner Hand, das tropfende Seifenwasser.

Schließe die Tür auf. Lausche.

Musik.

Es ist die weiche und nicht wenig unglückliche Stimme von Billie Holiday, der Hinterhofkatze aus Brooklyn, dem wunderbaren Drogenkopf, der »Strange Fruit«. Ich gehe leise die Treppe hoch und sehe meine Frau tanzen, die Arme hat sie um den Leib geschlungen, ihre Augen sind geschlossen, sie hat die Schuhe abgestreift, die liegen in dem unbequemen Sessel, ich denke »leere Schneckenhäuser«, und bin für einen Moment wieder auf dem Friedhof. Die Schnecken im Granitgesicht. Die beweglichen Pupillen.

»Ich bin so schnell gekommen, wie ich konnte«, sage ich und ziehe meine Jacke aus. Lasse sie auf den Sesselrücken fallen.

»Komm her!«, sagt sie, ohne die Augen zu öffnen, und dann nehme ich sie in die Arme und wir tanzen zu diesen traurigen Klängen, tanzen langsam durch das Wohnzimmer, bis die CD zu Ende ist und wir still dastehen und einander im Arm halten. Ich streichele ihre Haare, das Ganze hat etwas Unwirkliches, ich komme mir vor wie in einem Film oder auf einem Foto.

»Wo ist Harald?«, frage ich, ich weiß nicht, warum, aber ich frage, wo Harald ist.

Sie öffnet die Augen und macht eine Kopfbewegung in Richtung Küche, natürlich hat sie geweint, ich drehe mich um und sehe Haralds Arm auf dem Küchentisch liegen, die Hand neben einem halb leeren Wasserglas.

»Ich kann nicht mit nach Málaga kommen«, sage ich. »Ich hoffe, das verstehst du.«

Sie schlägt mir mit der flachen Hand hart ins Gesicht, dann geht sie zur Stereoanlage und schaltet sie aus.

»Ich fahre mit«, sagt Harald. »Das ist kein Problem.«

Renate stellt die CD ins Regal und geht ins Schlafzimmer. Sie zieht leise die Tür hinter sich zu.

Ich gehe in die Küche, trinke aus der Wasserflasche, die auf dem Tisch steht. »Gibt's was Neues?«

»Ich weiß nicht. Was ist dein letzter Stand?«

»Der von kurz nach zwei.«

»Dann gibt es nichts Neues.«

»Wie habt ihr es erfahren?«

»Von den Presseleuten natürlich, die schalten ihre Handys doch nie aus. Ich hab sie sofort da weggeschafft. Sie hat heute Nacht nicht geschlafen. Ich auch nicht.«

Ich bringe es nicht über mich zu fragen, wo sie die Nacht verbracht haben. Genauer gesagt: Ich befehle mir, nicht danach zu fragen. Denn dann kann die Hölle losbrechen.

»Nicht, dass es mich etwas angeht«, sagt er. »Aber ... kannst du nicht, oder willst du nicht? Nach Málaga fahren.«

»Ich will nicht. Aber ich bin nicht sicher, ob ich dir erklären kann, warum nicht. Ich glaube fast nicht, dass ich auch nur den Versuch unternehmen möchte.«

Er macht eine abwehrende Handbewegung.

Blut ist dicker als Wasser, denke ich. Aber bei dieser Hitze ... ich trinke wieder aus der Wasserflasche.

»Kannst du denn einfach so weg?«, frage ich.

»Nein«, sagt er. »Nicht einfach so. Aber ich kann weg. Daran brauchst du nicht zu denken. Das ist kein Opfer, drei, vier Tage geht problemlos.«

Renate kommt mit zwei Koffern aus dem Schlafzimmer, sie hat offenbar schon gepackt, ehe ich gekommen bin. Sie stellt die Koffer auf den Küchenboden, dann bückt sie sich und gibt Harald einen Kuss.

»Ich hätte dich nicht schlagen dürfen«, sagt sie dann zu mir. »Ich weiß nicht, was da in mich gefahren ist.«

Harald streichelt ihr den Rücken.

»Ich hab mir das nicht so zu Herzen genommen«, sage ich.

»Aber eins müssen wir hier klarstellen«, sagt sie und setzt sich auf Haralds Schoß. »Nämlich, dass ich in dieser Sache meinen

Willen durchsetzen werde. Bernhard kommt nach Hause. So bald das möglich ist.«

»Natürlich!«, sage ich und merke, dass diese Vorstellung mich sogar anspricht. Ich sehe Bernhard in irgendeiner Institution vor mir, ich besuche ihn, er liegt vielleicht noch immer im tiefen Koma, ich fahre mit der Hand durch seine Haare, sage ... dass ich ihn lieb habe. Ich hab dich lieb, Bernhard! Du bist mein Junge. Du bist Papas Junge. Und als Antwort gibt es nur tiefen Schlaf, vollkommene Bewusstlosigkeit. Nicht einmal einen misstrauischen Blick, nicht ein einziges dummes Wort.

»Na«, sagt Harald, »ich muss zum Packen nach Hause.« Und zu Renate: »Wir können uns doch am Flughafen treffen?«

»Nein, nein«, sage ich. »Ich fahre euch hin. Wir holen dich in einer Stunde ab.«

Als er gegangen ist, tanzen wir weiter.

Jetzt ohne Musik.

Später holen wir Harald in der Langen Reihe ab. Harald und ich sitzen vorn, Renate hinten. Wir sprechen auf dem ganzen Weg zum Flughafen über Bernhard, Renate ruft den deutschen Konsul an, es gibt nichts Neues, er schläft, er ist nicht auf dieser Welt, und danach sagt Harald, dass es sich vielleicht empfiehlt, auch an Elisabeth zu denken, dass sie als Verlobte oder Lebensgefährtin vielleicht auch ein Wort mitreden will, wenn es um Bernhards weiteres Schicksal geht.

Davon wollen wir nichts hören. Sie hat keine Rechte, ich habe außerdem ein Hühnchen mit ihr zu rupfen, nach dieser SMS, Schock hin oder her, sie soll ganz einfach die Fresse halten, sonst schicke ich ihr einen menschlichen Torpedo in den Hintern, im wahrsten Sinne des Wortes, aber das sage ich dann doch nicht.

»Da ist noch was«, sagt Renate, als wir im dritten Stock des Parkhauses halten. »An sich ist es mir ja egal, wo du heute Nacht warst und warum du dem armen Klaasen unbedingt einreden musstest, dass du in Hannover warst. Aber von dem Augenblick an, in dem ich in Málaga lande, also heute Abend um kurz nach halb elf, hast du erreichbar zu sein, dann musst du dein Telefon einschalten.«

»Darum brauchst du mich nicht zu bitten«, sage ich.

Ich verlasse die beiden nach dem Einchecken, bleibe auf halber Höhe der Rolltreppe stehen und sehe sie im Gedränge bei der Sicherheitskontrolle verschwinden, und dann sind meine Gedanken wieder bei Astrid P. und Max, denn in meiner Phantasie sind es diese beiden, die jetzt ihr Handgepäck durchleuchten lassen, Astrid nimmt Münzen und Schlüssel und Telefon aus ihren Hosentaschen, sie und der Junge passieren die Sperre, auf dem Weg zum Beispiel zu Ausgang 37, wo der Flieger nach Palma wartet. Ob sie wohl jemals Ferien gemacht hat, seit der Junge auf der Welt ist? Darüber denke ich auf dem ganzen Weg zum Auto nach, im Fahrstuhl, ja, sogar, als ich schon hinter dem Lenkrad sitze und mir den Weg nach unten auf die Straße suche. Dass Astrid und Max Ferien von ihrem monotonen Alltag im Hochhaus verdient haben, eine Abwechslung vom Innocentia Park und den umliegenden Straßen, eine oder zwei Wochen am Strand, das lässt sich durchaus problemlos arrangieren, ein offenes Flugticket in einem geschlossenen grünen Umschlag.

Wie lange habe ich dieses Auto nicht mehr benutzt? Ich glaube, ich habe seit Mitte Mai nicht mehr hinter dem Lenkrad gesessen, ich habe total vergessen, wie gut ich beim Autofahren nachdenke. Na ja, keine philosophischen Erörterungen, aber aus irgendeinem Grund wird beim Autofahren meine Vorstellungskraft verstärkt, so dass ich sie jetzt lebhaft vor mir sehe, Mutter und Sohn, Astrid und Max, an einem Sandstrand am Mittelmeer. Sie döst in einem Liegestuhl, so, wie ich sie oft auf einer Bank im Innocentia Park beobachtet habe, der Junge ist mit Eimer und Schaufel am Werk, jetzt kann er einen anderen Sand bearbeiten als den üblichen, ich stelle mir diesen Sand weiß wie Schnee vor. Ja, in meiner Phantasie an diesem Abend, auf der Fahrt vom Flughafen in die Innenstadt, sehe ich Max von weißem Sand umgeben vor mir, und seine Mutter liegt feriendösig in einem

Liegestuhl, und dann ist da vielleicht ein Schatten, der über sie fällt, ein Mann, der ... und gerade das stellt für mich ein winziges Problem dar, ich habe oft darüber nachgedacht, wie werde ich mich an dem Tag verhalten, an dem sie einen neuen Mann findet, einen Liebhaber, denn natürlich wird dieser Tag kommen, sie ist eine junge Frau, die das Leben noch vor sich hat. Ich wünsche ihr von ganzem Herzen einen neuen Mann, eine Stütze, und dem Jungen einen Vater, aber zugleich sind diese beiden, der Knabe und die Mutter, mein Projekt. Ich habe nicht vor, einen eventuellen Schmarotzer zu ernähren, sie hat ja schon einmal einen gewaltigen Patzer hingelegt, was die Wahl ihres Lebenspartners anging, und solche Dinge haben die traurige Tendenz zur Wiederholung, die Statistiken sprechen gegen sie. Andererseits wäre es ganz falsch von mir, einen möglichen Kandidaten zu bewerten, das würde bedeuten, mich auf eine ungehörige Weise in ihr Leben einzumischen.

Ich muss eben abwarten. Vorläufig werde ich den monatlichen Betrag energisch erhöhen. Ich beschließe, ihr noch am selben Abend zehn Hunderter zu schicken, ich habe genug Bargeld im Bürosafe liegen. Und als ich diesen Entschluss dann getroffen habe und Hafen und Büro ansteuere statt der Villa am Innocentia Park, verspüre ich zugleich eine gewisse Erleichterung darüber, dass ich nicht nach Hause muss. Ich könnte mir durchaus vorstellen, im Büro zu übernachten, mir unterwegs etwas zu essen zu kaufen und einfach auf dem Sofa zu schlafen, es ist kühler dort als zu Hause, warum bin ich bisher nie auf die Idee gekommen? Außerdem habe ich ja auch zu arbeiten. Ich habe noch längst nicht alles erledigt, und in letzter Zeit ist auch nicht viel getan worden, wenn ich nur an die unbeantworteten Anrufe in meiner Mailbox denke ...

Ich halte in der Tiefgarage, da ist Platz genug, aber in einem Gebäude wie diesem werden immer Überstunden gemacht, und es ist irgendwie ein schöner Gedanke, dass ich nicht ganz allein im Haus bin. Das Geräusch meiner Schritte, als ich über den Betonboden gehe. Das Knistern der Tüte aus dem indischen

Imbiss. Ich kann leicht verstehen, warum die Drehbuchautoren der unzähligen Krimiserien, die über die Bildschirme flimmern, von diesen Lokalitäten niemals genug bekommen können.

Im Fahrstuhl stelle ich die Plastiktüte ab und schalte mein Telefon ein. Siebenunddreißig unbeantwortete Anrufe, einundzwanzig neue SMS. Es klingelt schon, ehe ich den Schlüssel ins Schloss gesteckt habe. Es ist die Mailbox, und dann ist natürlich die Hölle los, da sind die Hyänen von der Presse, aber auch eine weinende Elisabeth, die um Verzeihung bittet, sie konnte doch nicht wissen, sie dachte, die Ärzte hätten gesagt …

Die Arme. Ja, die Arme. Plötzlich ist meine ganze Abneigung gegen sie wie weggeblasen. Darüber muss ich staunen, aber es ist so.

Ich ziehe mich nicht ganz aus, reiße mir aber Jacke und Schlips vom Leib. Der Ventilator an der Decke über der Sitzgruppe setzt sich langsam in Bewegung, steigert sein Tempo, ein feines, fast unhörbares Rauschen. Es ist kurz nach acht. Ich setze mich an den Küchentisch und verzehre Chicken Himalaya, und mir geht auf, dass ich hier nie auch nur ein halbes Brötchen gegessen habe. Wir haben in diesem Haus eine hervorragende Kantine, und ansonsten gehe ich zum Mittagessen oft aus. Ich esse Himalaya-Hähnchen direkt aus der Styroporverpackung, mit Plastikbesteck, das ist in Ordnung, es schmeckt nicht schlecht. Und an der Aussicht von hier gibt es auch nicht viel zu mäkeln, unter mir liegt der ganze Hafen und funkelt mit seinen Tausenden von bunten Lichtern.

Das Telefon klingelt. Irgendein Clown von der MoPo. Ich sage ihm genau das, was er hören möchte. Ich bin am Boden zerstört. Wie gelähmt. Was da geschehen ist, ist entsetzlich, aber ich bin natürlich erleichtert, weil er am Leben ist, ich danke Gott. Ich selbst kann mich im Moment noch nicht freimachen, aber meine Frau ist schon unterwegs, ich fliege so bald wie möglich hinterher, ja, vielleicht schon morgen, ich stehe in dauernder Verbindung zum Krankenhaus und zum Konsulat in Málaga, ich bin vielen Menschen zu großem Dank verpflichtet.

Er bedrängt mich nicht.

Damit wird er sicher noch ein wenig warten.

Dafür habe ich großes Verständnis. Mit etwas Glück lässt ein Fall wie dieser sich wochenlang auspressen. Bisher warten er und der Rest der Meute auf die Ergebnisse der Blutprobe, sie werden sie aller Wahrscheinlichkeit nach gleichzeitig mit der spanischen Polizei erhalten.

Und ob es stimmt, dass ich dabei bin, meine gesamten Immobilien abzustoßen?

Ja. Das ist eine komplizierte Angelegenheit, und ich bitte um Verständnis dafür, dass ich mich jetzt nicht zu Einzelheiten äußern kann.

Kein Zusammenhang?

Natürlich nicht. Das hier ist ein Prozess, der sich schon seit Monaten dahinzieht.

Er dankt.

Ich danke.

Dann klingelt wieder das Telefon.

Nach etwas mehr als einer Stunde schicke ich Renate eine SMS und sage, dass es so nicht geht. Sie soll mir eine SMS schicken und mitteilen, wann ich sie anrufen soll. Sofort piept mein Telefon, sie sitzen in Schiphol und warten auf den Anschlussflug, ich rufe sie an und wir verabreden, dass ich mich um zwölf Uhr wieder melden werde.

»Was machst du?«

»Nichts Besonderes. Ich habe gerade etwas gegessen. Ich glaube, ich mache einen Spaziergang.«

»Sie stehen nicht vor dem Haus?«

Nein, so schlimm ist es nun doch nicht.

Einige Zeit später gehe ich wieder durch die Straßen. Ich gehe am Hafen entlang, werfe den Umschlag mit den zehn Hundertern in den Briefkasten bei den Landungsbrücken, das ist ein gutes Gefühl, es kommt mir gut und richtig vor, mich von dieser Summe zu trennen, tausend Euro in neuen Scheinen, ich kann ihr Gesicht vor mir sehen, denn jetzt breche ich den Rhythmus. Jetzt denkt sie, dass etwas passiert, dass alles nur noch unbegreiflicher wird, wie soll das enden, kommt am Ende alle zwei Tage Geld? Und dann gleich tausend Euro! Erst vor zwei Tagen hat sie sechshundert bekommen, Poststempel Berlin, wenn sie will, kann sie eine Pauschalreise ans Mittelmeer buchen, aber Mittelmeer bei dieser Hitze? Nein. Sie wird sicher warten, bis die Herbststürme einsetzen, bis die Normalität hergestellt ist, falls das passiert, falls das Schmuddelwetter sich wieder einstellt. Im Moment wirkt das unwahrscheinlich, aber das Schöne am Geld ist, dass man es beiseite legen, auf ein Konto einzahlen kann. Wieder tut mein Finger weh, er schmerzt unter dem Gips. Er hat sich lange still verhalten, aber plötzlich beginnt der Bruch, mit diesem besonderen Punkt in meinem Hinterkopf zu kommunizieren; ich gehe davon aus, dass es einfach bedeutet, dass der Bruch jetzt heilt, das hat ja vielleicht wehgetan, in der Nacht in Berlin damit den Fingerfick zu veranstalten! Und jetzt, wo ich schon an Sex gedacht habe, und wo ich doch mit einem dicken Gipsdildo an der Stelle herumlaufe, an der sonst mein Ringfinger sitzt ... nein. Das muss reichen. Die Vorstellung, so, wie die Lage nun gerade ist, im Büro käuflichen Sex zu haben, wirkt nicht verlockend, auch, wenn ich oft und gern in diese Richtung phantasiert habe, vor allem in der Zeit, als im Büro noch normal gearbeitet wurde, in all den Jahren, als wir unter demselben Dach saßen und zusammenarbeiteten. Jetzt habe ich endlich die Möglichkeit, aber jetzt habe ich keinen Nerv, so ist das ja häufig. Außerdem ist es schon fast halb zwölf, und wenn mir das Ganze überhaupt irgendeine Freude machen sollte, dann müsste es lautlos vor sich gehen, während ich mit meiner Frau telefoniere. Ein ruhiger Fick von hinten am Schreibtisch, während Renate und ich die Lage in Málaga erörtern. Das könnte lustig sein, vor allem, da ich ganz sicher weiß, dass Harald sie gern angrabscht, wenn die beiden zusammen sind und sie mich anruft oder umgekehrt, aber das hilft nichts, ich habe keine Zeit, und außerdem will ich jetzt allein sein. Auf halbem Weg zur Reeperbahn mache ich deshalb kehrt und gehe zurück (nicht, dass ich vorhatte, zum Mösenkauf dorthin zu gehen), laufe zurück ins Büro, es wäre verlockend, weiterzugehen, denn jetzt wirken wieder die Endorphine, aber es ist auch nicht so schlecht, die Tür zuzuschließen und sich alle Kleider vom Leib zu reißen, zum Duschen reicht die Zeit jetzt nicht, ich will wie abgemacht um Punkt zwölf anrufen, Verantwortung zeigen, das habe ich ja wirklich schon länger nicht mehr getan.

Sie geht nicht ans Telefon. Na gut. Sie hat sicher gute Gründe.

Einer der besten Gründe, die ich mir denken kann, ist, dass sie mit Harald zusammen ist und dass irgendein wachhabender Arzt sich über das Krankenbett beugt, in dem Bernhard im Koma liegt. Und was, wenn er niemals wieder aufwacht, wenn er Jahr für Jahr so liegen bleibt, angeschlossen an Beutel mit künstlicher Ernährung und was weiß ich nicht noch alles?

Diese Vorstellung ist befreiend.

Ganz einfach befreiend.

Dann wird es leicht sein, zu antworten, wenn irgendwer mich fragt, was mein Sohn denn so macht.

Dieser Gedanke kommt mir absolut überwältigend vor. Genauso will ich die Wirklichkeit haben, und außerdem habe ich meinen Teil der Verabredung eingehalten. Ich habe um Punkt Mitternacht angerufen, wie Renate und ich das abgemacht hatten, wenn sie das nicht glaubt, kann sie einfach die eingelaufenen Anrufe überprüfen, und deshalb schalte ich jetzt mein Telefon ohne auch nur einen Funken von schlechtem Gewissen aus.

Am nächsten Tag bin ich nicht ganz so oben auf, nicht mehr so sicher, dass ich mich richtig verhalten habe. Ich wache mit einem Bohren im Zwerchfell auf, und das nicht, weil ich hungrig wäre, nein, dieses Bohren hat etwas mit Kontrollverlust zu tun, ich hätte das Telefon nicht ausstellen, nicht die Verbindung unterbrechen dürfen, ich hätte ihr zumindest eine SMS schicken müssen, aber jetzt ist es dazu zu spät. Ja, ich stehe vom Sofa auf, auf dem ich in Unterhose geschlafen habe, und weiß, dass es jetzt zu spät ist. Jetzt habe ich eine Grenze überschritten. Sie kann viel hinnehmen, sie nimmt fast alles hin, aber das hier wird sie sich verdammt noch mal nicht gefallen lassen, sie steht da unten in Málaga an diesem Krankenbett, in dem unser bewusstloser Sohn liegt, und ich rufe nicht an, genauer gesagt, ich gebe mich nach einem einzigen Versuch geschlagen ...

Das kann ich ihr nicht erklären. Ich kann es niemandem erklären.

Nicht einmal mir selbst.

Ich laufe im Zimmer hin und her und lote dieses Gefühl von verlorener Kontrolle aus, und ich weiß, dass der Schaden mit jeder Sekunde, die vergeht, mit jedem Schritt, den ich mache, größer wird, nicht wieder gutzumachen. Wenn ich sofort anrufe und sage, dass ich versackt bin, dass ich mich quer durch die Wand gesoffen habe, dann vielleicht ... Aber natürlich wird sie mir das nicht glauben, nach all diesen Jahren weiß sie, dass ich nicht so trinke, sie weiß, dass ich ein Mann bin, der sich voll unter Kontrolle hat, vor allem, wenn es Probleme gibt; dann zeige ich oft meine wahre Stärke, die Stärke, die mich nach oben gebracht hat. Aber dann fällt mir ein, dass ich mich in dieser speziellen

Angelegenheit von Anfang an schwach und ratlos gezeigt habe, da war dieser Unfug mit Hannover, die Tatsache, dass ich alles Klaus Klaasen überlassen habe, dass ich nicht einmal nach Málaga mitkommen wollte, sondern Harald an meiner Stelle fahren musste, und allmählich dämmert es mir – dass ich schon vor Tagen die Kontrolle verloren habe, möglicherweise schon, als ich mir bei Wormland Hawaiihemden gekauft habe, während ich Klaus eingeredet habe, ich müsse losstürzen, weil Renate mit dem Auto verunglückt sei. Herrgott! Seither haben sie doch miteinander geredet!

Das Tageslicht ist unangenehm. Noch scheint die Sonne nicht durch die großen Fenster, es ist erst kurz nach sieben, die Kräne auf dem anderen Elbufer funkeln und leuchten, aber bald, in einer Stunde oder anderthalb ... Und schon jetzt ist das Tageslicht widerlich und unangenehm, ich laufe hin und her und winde mich und denke daran, wie anders doch alles in der Nacht war, wie logisch es mir vorkam, einfach unter allem den Schlussstrich zu ziehen und mich mit dem Stand der Dinge abzufinden, Bernhard als Gemüse, fertig die Kiste. Dass ich angerufen, Renate aber nicht erreicht habe. Ich habe meinen Teil der Abmachung eingehalten. Dann ruf doch an, denke ich, ruf sofort an, dann rettest du die Reste einer Art Glaubwürdigkeit, um nicht zu sagen Würde, ruf an und sag irgendwas, sie wird dir nicht glauben, aber alles ist besser als Schweigen. Sag einfach, dass du betrunken warst. Dass du in eine Schlägerei geraten bist. Dass du niedergeschlagen wurdest. Ausgeraubt.

Ich bleibe stehen. Du kannst dich doch selbst schlagen! Du kannst mit dem Kopf gegen die Wand rennen, damit sie mit eigenen Augen sieht, dass etwas passiert ist, dann kannst du das Ganze bei der Polizei anzeigen. Auf dem Heimweg durch den Innocentia Park, und es war kurz nach zwölf. Alles ging ganz schnell. Hinter mir Schritte auf dem Kiesweg, ich fahre herum und schon knallt's. Ich hatte über tausend Euro in großen Scheinen bei mir, jetzt sind sie weg.

Ja, das kann ich sagen.

Aber nie, nie im Leben kann ich mit dem Kopf gegen die Wand rennen, denn dann bin ich verrückt, das liegt doch auf der Hand.

Ich gehe eine Stunde. Nach und nach beruhige ich mich. Es muss eine Lösung geben, eine vernünftige Lösung, aus jeder Lage gibt es immer irgendeinen Ausweg, das weiß ich aus Erfahrung, ich habe lange Erfahrung damit, mich aus verfahrenen Situationen zu befreien. Damit beschäftige ich mich doch mehr oder weniger seit drei Jahrzehnten, immer ist es dann am schlimmsten, wenn man gerade aufgewacht ist, aber es wird besser, wenn das Gehirn klarer sieht. Jetzt gehe ich duschen, und die Vorstellung, mit dem Kopf gegen die Wand zu rennen, kommt mir bizarr und lächerlich vor, als ich da unter dem kalten Wasser stehe.

Ich kann sagen, dass ich keine Verbindung bekommen habe.

Um zwölf Uhr war alles in Ordnung, aber da hat sie sich ja nicht gemeldet.

Jetzt will ich nach Hause. Aber ich will nicht mit Bernt Pech reden. Ich ziehe mich an und fahre mit dem Fahrstuhl in den Keller, wo der Wagen steht. Dort herrscht jetzt hektische Aktivität, für mich gibt es nur ab und zu ein Nicken und ein »guten Morgen«, aber sie kennen mich, wissen zumindest, wer ich bin, haben die Zeitungen gelesen und lassen mich in Ruhe. Ich genieße in diesem Haus großen Respekt, niemand würde auf die Idee kommen, mich mit plumpen Beileidsbekundungen zu belästigen. Sie wissen, was ich hier durchmache, der Sohn liegt aufgrund spanischen Verkehrsrowdytums im Koma, lasst den armen Mader in Ruhe!

Ich fahre durch die Stadt und habe fast den Fernsehturm erreicht, als mir aufgeht, dass etwas anders ist als sonst. Die Luft, die durch das offene Seitenfenster hereinkommt, ist jetzt segensreich kühl, ja, endlich, hier haben wir den Wetterumschwung, jetzt kommt der Herbst. Das ist doch immerhin ein Trost, denke ich. In dieser Lage. Jetzt werde ich wenigstens ab und zu einen klaren Gedanken fassen können, das letzte Mal ist wirklich eine Weile her, die Erkenntnis trifft mich ganz plötzlich.

Ich werde Málaga anrufen, sowie ich zu Hause bin, werde Málaga vom Festanschluss aus anrufen, das Mobiltelefon liegt im Bürosafe, dort wird es eine ganze Weile liegen dürfen, falls ich es überhaupt jemals wieder hervornehme. Es ist schon seltsam, denke ich dann. Dass es nicht eine Art Gegenbewegung gegen diese mobile Hysterie gibt, dagegen, dass man immer und überall erreichbar zu sein hat, sogar die Anthroposophen scheinen sich an diesem krankhaften Spiel zu beteiligen – ich habe mehrere in meinem Bekanntenkreis, und in deren Taschen piept es jetzt so oft wie bei allen anderen. Ich versuche, mir Rudolf Steiner mit Mobiltelefon vorzustellen, aber das gelingt mir nicht.

Als ich den Ring um den Innocentia Park erreiche, geht mir auf, dass auch hier etwas anders ist als sonst. Das ist kein Wunder, denn schließlich sitze ich im Auto, sitze hinter einem Lenkrad. Ich habe hier sicher tausend Runden zu Fuß gedreht, seit ich zuletzt mit dem Auto hier langgefahren bin, es ist einfach ein etwas anderer Zugangswinkel als sonst, ich sehe durch die Windschutzscheibe die hohen Bäume.

Herr Haß wienert wie üblich seine Windschutzscheibe, aber als ich mich halbwegs aus dem Fenster lehne, während ich darauf warte, dass das Garagentor auf die Fernsteuerung reagiert, ist von ihm kein Mucks zu hören, und von mir auch nicht, das geht mir jetzt auf.

»Naaaa?«

Nein. Heute nicht.

Etwas stimmt nicht mit seinem Blick. Er richtet ihn eilig auf Schwamm und Fenster, nachdem er mir zuerst in die Augen geschaut hat, kann das Verlegenheit sein? Ja, vermutlich, sicher hat er wie alle anderen Zeitung gelesen, und jetzt weiß er nicht so recht, wie er sich verhalten soll. Er ist hier geboren und aufgewachsen, ich bin ein Zugezogener, ein Emporkömmling, das ist der Kern unseres blödsinnigen täglichen Grußes. Wir mögen einander nicht, damit können wir sehr gut leben, wir spielen ein Spiel, aber das geht jetzt nicht mehr. Bernhard kann jeden Moment den Geist aufgeben, und direkt unhöflich ist Haß nun ja doch nicht.

Er kehrt mir den Rücken zu und ich gleite in die Garage.

Und dann bleibe ich eine Weile im Auto sitzen und betrachte die Regale mit Werkzeug und Gartengeräten. In einer Ecke, bei der Treppe, die in das Erdgeschoss hochführt, steht der Rasenmäher, von dem ich in einem Anfall von Zynismus Klaus Klaasen erzählt habe, dass ich ihn vielleicht meinem Sohn vererben werde, den wird er übernehmen dürfen, wenn er sich ein wenig zusammenreißt. Ein idiotischer Spruch, er ist nicht einmal witzig, sondern nur blöd, eine Art Überbleibsel von dem Ton, den ich gern angeschlagen hatte, als ich noch ganz oben war. Leeres Gefasel.

Ich sehe Herrn Haß im Rückspiegel. Er steht in der Öffnung der Garagentür. Ein scharfes Profil vor blauem Himmel und grünen Bäumen. Ich will aussteigen, ich denke, jetzt sollte ich aus dem Auto aussteigen und ihm entgegengehen, denn wer bin ich, mich zu weigern, eine ausgestreckte Hand anzunehmen und ihn sagen zu hören: »Wie traurig, das über Ihren Sohn lesen zu müssen!« Wenn er jetzt gerade diesen Satz übt, dann mögen Gott und der Teufel wissen, dass ihm das nicht leicht fällt.

Er sagt: »Haben Sie vielleicht einen kleinen Ausflug gemacht, Herr Mader?«

Er kommt über die schräge Betonzufahrt. Bleibt in der Mitte stehen. Sein Blick ist überall, nur nicht dort, wo er sein sollte. Er sieht mich nicht an.

Ich steige aus dem Auto und schließe hinter mir die Tür. Bleibe mit den Schlüsseln in der Hand stehen, will etwas sagen, weiß aber nicht, was. Einen kleinen Ausflug gemacht? Was soll das denn? Ich will sagen, dass ich aus dem Büro komme, aber dann reiße ich mich zusammen, ich will das durchaus nicht sagen, ich will überhaupt nichts sagen. Oder höchstens, dass er zurücktreten soll, denn ich möchte das Tor schließen.

»Mir geht das auch so«, sagt er. »Ich setze mich manchmal ins Auto und fahre die ganze Nacht umher. Wenn ich nervös bin. Wenn mir etwas zu schaffen macht.«

»Ja«, sage ich. »Sie haben wohl die Zeitung gelesen.«

Ich ahne sein Nicken eher, als dass ich es sehe. »Ja. Es ist entsetzlich. Grauenhaft. Manchmal findet man einfach keine Worte.«

Er bückt sich und hebt etwas Weißes auf, einen Lappen oder ein Stück Putzwolle. Mustert es. Legt es weg. Wirft es nicht hin, sondern bückt sich und legt es genau an die Stelle, wo er es eben gefunden hat. »Wir müssen das Beste hoffen.«

Dann geht er hinaus ins Sonnenlicht.

Ich schließe mit der Fernbedienung das Garagentor, und im selben Moment schaltet sich das Deckenlicht ein, ein blauweißer Blitz. Ja, denke ich, hoffen wir das Beste, denn das tue ich ja gerade, ich habe die innige Hoffnung, dass alles sich zum Besten wendet, dass mein Sohn wieder zum Leben erwacht, vielleicht sogar zu einem neuen Leben, dass ihm das, was hier geschehen ist, eine Lehre war, so etwas kommt doch vor. Ehe ich die Garage verlasse, gehe ich hinüber und lese den Lappen auf, ich habe keine Ahnung, woher er kommt, ich kann Unordnung nicht leiden. Es ist ein Putzlappen meiner Frau, und zwar ein zerfetztes Exemplar einer meiner alten Unterhosen aus der Zeit, als ich noch sommers wie winters reine Wolle getragen habe. Er riecht ein wenig nach Putzmittel, und sofort sehe ich den großen Kupferbehälter neben dem Kamin vor mir, den putzt sie hier unten funkelnd sauber, den und alle Messingteile, die wir haben. Auf dem Arbeitstisch steht einer der großen Aschenbecher, sie hat auf halbem Weg Schluss gemacht, das gelbe Metall ist stellenweise noch von einem grauen Belag überzogen.

Ich gehe hinauf in die Wohnung, zuerst in die Bibliothek, dann weiter in den ersten Stock, werfe den alten Lappen in den Kamin, dann gehe ich ins Badezimmer und wasche mir die Hände. Lange.

Jetzt muss ich anrufen. Ja, Herrgott, jetzt muss ich endlich diesen Anruf hinter mich bringen, damit sie weiß, dass mit mir alles in Ordnung ist, dass ich nicht durchgedreht bin. Ich muss ihr die kleine Notlüge mit der schlechten Verbindung servieren, es spielt keine Rolle, ob sie mir glaubt oder nicht, das Einzige, was eine Rolle spielt, ist, dass ich anrufe, dass ich mich zu erkennen gebe.

Ich rufe an. Öffne die Balkontür, stehe auf der Schwelle und schaue hinaus auf den Innocentia Park, in dem im Moment keine große Aktivität herrscht, nur einer der älteren Polizisten geht Streife. Er unterhält sich mit zwei jüngeren Typen, und ich weiß diese Remineszenz an die alten Zeiten sehr wohl zu schätzen, dass es noch Polizisten gibt, die sich die Zeit für ein Schwätzchen mit den Bewohnern der Gegend nehmen, ich bin sicher, dass das vorbeugende Wirkung hat, was jugendlichen Irrsinn angeht, und mehr kann ich nicht darüber denken, denn jetzt ist meine Frau dran, sie ist außer Atem. Ich will meinen Spruch mit der schlechten Verbindung aufsagen, aber sie ist schneller als ich, es tut ihr so Leid, so war das nicht gemeint, ich darf nicht böse sein, es ist wirklich unverzeihlich, aber sie hat es einfach nicht über sich gebracht. Hat es nicht über sich gebracht, zum Telefon zu greifen, als ich angerufen habe, denn was sie und Harald sehen mussten, war kein schöner Anblick, und auch Harald darf ich keine Vorwürfe machen, denn sie hat ihm verboten, mich anzurufen, und als sie dann endlich gegen ein Uhr zur Vernunft kam, kam sie nicht durch, weder auf dem Festanschluss noch per Mobiltelefon.

»Nein«, sage ich. »Ich konnte – wie gesagt – gestern Abend die Telefone nicht eingeschaltet lassen, und dann hab ich ein paar Glas getrunken und bin im Sessel eingeschlafen.«

Also sprechen wir lieber über Bernhard.

Es steht schlimm um Bernhard.

Es wäre fast besser, wenn ihm das erspart geblieben wäre.

Das Küchenfenster steht auf Kipp, so steht es jetzt seit drei Wochen, und durch die Wohnung fegt ein kühler Wind, ein Luftzug aus dem Hintergarten weht durch die Zimmer, durch die Balkontür, die Blätter der Topfblumen zittern. Ja. Die Hitzewelle ist vorbei, so etwas spürt man, jede einzelne Nervenzelle im Körper kann diese Signale deuten. Dieser frische Luftzug hat etwas Unwiderrufliches, jetzt ist für dieses Mal die Hölle zu Ende, jetzt kommt der gesegnete Herbst und danach der ebenso gesegnete Winter mit Frost, Regen und Schnee, ich werde mir ein Paar solide Bergstiefel zulegen, ich werde gehen und gehen und jede Sekunde dieser oft so unterschätzten Monate genießen, die als die »dunkle Zeit« bezeichnet werden. Ich stelle das Telefon wieder hin und ziehe den Stecker heraus, und als ich mich aufrichte, verspüre ich eine leichte Übelkeit. Das ist vielleicht kein Wunder, wenn ich bedenke, was meine Frau mir eben schonend, aber ehrlich, über den Stand der Dinge in Málaga erzählt hat. Er sieht richtig schlecht aus, vor allem der Kopf, das Gesicht ... Aber dann geht mir die Schande in voller Tragweite auf, denn stehe ich nicht hier und habe einen Bärenhunger, ist mir nicht deshalb schlecht? Doch. Ich muss etwas essen. Ich schalte den Fernseher ein und gehe hinaus in die Küche, mache Toast und koche zwei Eier, schalte die Kaffeemaschine ein, und die ganze Zeit trinke ich literweise die kühle Luft, Woche für Woche habe ich von kaltem Mineralwasser gelebt, jetzt ist es Luft, kühle, kühle Luft!

Ich bin aufgewühlt. Ein wenig euphorisch. Renates Mitteilungen über Bernhard lassen mir keine Ruhe. Ich bin doch nicht so schlecht, bin kein Unmensch – mein Sohn und ich haben uns eben nicht gut verstanden, und mein Gedanke von vorhin, dass ihm das Geschehene vielleicht eine Lehre war, falls wider alle Vermutung die Sache »gut geht«, kehrt sich jetzt gegen mich, ich habe hier wohl auch etwas zu lernen. Ich esse ein weich gekochtes Ei, dann noch eins, trinke den heißen Kaffee, und dann treten mir Tränen in die Augen, weil mir einfällt, wie ich einmal ausgerastet bin und das getan habe, was man nie, nie einem Kind antun darf, aber er weinte seit vier Tagen rund um die Uhr und ich verlor die Kontrolle. Nur ein einziges Mal, aber natürlich einmal zu oft. Ist es möglich, ein Kind in – sagen wir – fünf Minuten zu Schanden zu schlagen? Wie lange sind fünf Minuten im Kopf eines drei Jahre alten Kindes?

»... im Innocentia Park. Es gibt noch keine ...«

Ich erinnere mich an eine Episode. Es war auf der Autobahn zwischen Kassel und Köln, ich war allein im Wagen an einem späten Nachmittag im Oktober, es wurde schon dunkel. Ein Stück vor mir entdecke ich ein Auto, das mir auf der falschen Fahrspur entgegenkommt, alles ist schon für die perfekte Frontalkollision bereit, und ich denke: Jetzt sterbe ich, ich fahre 140 Stundenkilometer. Aber dann passiert etwas mit der Zeit. Ich habe das Gefühl, in Zeitlupe zu fahren. Mein Gedanke, dass das das Ende meines Lebens ist, erstarrt, ich habe keine Zeit um nachzudenken, Lösungen zu suchen, aber trotzdem ist jede einzelne Bewegung mit Lenkrad und Pedalen richtig, ich habe das Gefühl, mich in einem Vakuum zu befinden, in dem ein anderes Ich die Leitung übernimmt. Und während ich mein Auto zur Seite reiße, dicht an die Leitplanke, sehe ich, wie der andere näher kommt, es muss eine Frage von Sekunden gewesen sein, aber sie kommen mir vor wie eine Ewigkeit; das Gesicht hinter der Windschutzscheibe des Geisterfahrers, der sich aus der Dämmerung löst und der in weniger als einem Meter Entfernung an mir vorüberjagt, und jetzt denke ich wieder an Sekunden, die in bestimmten Situationen aufhören, Sekunden zu sein, und daran, was fünf Minuten bedeuten können, wenn ein Vater die Beherrschung verliert.

Ich gehe ins Wohnzimmer und sehe auf dem Bildschirm für einen Moment den Spielplatz im Innocentia Park, dann taucht wieder das Gesicht der Sprecherin auf. Ich überprüfe den Sender. Es ist die ARD. Sie werden in den Hauptnachrichten ja wohl kaum eine Reportage über die kranken Kastanienbäume bringen, außerdem ist das ein Hamburger Phänomen, nichts, das sich auf die Bäume im Innocentia Park beschränkt. Und während sie nun über Deutschlands Wirtschaftskrise reden, trete ich auf den Balkon, an das Balkongeländer, und jetzt sehe ich, dass der Eingang zum Park mit den rot weißen Plastikbändern der Polizei abgesperrt ist – dort stehen zwei Fotografen mit schwerem Geschütz und reden mit einem Polizisten, der keine normale Uniform trägt, sondern die volle Feldmontur. Ich weiß nicht, warum, es ist ein purer Reflex, aber vielleicht will ich einfach nicht ausgestellt sein, ich weiche zurück, aber da sieht der Polizist mich, er hebt den Kopf, und in diesem Moment fahren die beiden Fotografen herum und geben Feuer.

Was habe ich noch zu Renate gesagt, als sie wissen wollte, ob das Haus belagert wird?

Dass es nicht so schlimm sei.

Jetzt weiß ich nicht, was ich glauben soll.

Ich gehe ins Haus und setze mich in den unbequemen Sessel, schaue auf die Uhr, in zehn Minuten beginnen auf HH1 die Lokalnachrichten.

»Sie haben doch wohl die Zeitung gelesen?«

Es ist nicht einmal eine Stunde her, dass ich meinen Nachbarn Haß gefragt habe, ob er Zeitung gelesen hat, und er sagt, es sei entsetzlich, also hat er die Zeitung gelesen, vielleicht sogar mehrere Zeitungen, aber jetzt geht mir auf, dass ich das ja nicht getan habe. Ich bin noch nicht einmal auf den Gedanken gekommen, ich habe anderes zu tun, außerdem habe ich mich im tiefsten Herzen vor den Schlagzeilen über den mit Kokain zugedröhnten Millionenerben gefürchtet, vor den Spekulationen. Ich habe mich beschützt, ohne mir dessen bewusst zu sein – es ist überhaupt bemerkenswert, wie das Unterbewusstsein mich im Moment beutelt. Ich erhebe mich und gehe die Treppe zur Diele hinunter, um Post und Zeitung zu holen, das Hamburger Abendblatt liegt auf dem Läufer. Hinter mir höre ich die Erkennungsmelodie der Lokalnachrichten, ich zögere einen Moment, aber dann gehe ich nach oben und schlage die Zeitung auf.

Max P. (3) ist verschwunden. Am helllichten Vormittag verschwunden. Im Innocentia Park.

Ich gehe auf die Gästetoilette und erbreche mich. Ziehe ab, merke dann aber, dass es auch in der anderen Richtung losgeht, ich bleibe sitzen, habe die Hose auf den Knien hängen und starre das mir bekannte Gesicht an, das einen großen Teil der ersten Seite einnimmt. Die abstehenden Ohren. Die blauen Augen. Es ist ein gutes Foto.

Der Unfall meines Sohnes wird oben rechts in einem Kasten erwähnt, mit einem Verweis auf Seite vierzehn.

Der Unfall meines Sohnes ist bisher keine Sensation.

Die Sensation ist Max P. Der drei Jahre alte Junge scheint sich mitten am sonnenhellen Vormittag im Innocentia Park in Luft aufgelöst zu haben, es ist unbegreiflich, niemand versteht irgendetwas, die Mutter, Astrid P., ist auf Seite vier abgebildet. Sie schlägt die Hände vors Gesicht und steht weinend neben der Wippe, sie war für einen Moment eingenickt, und als sie die Augen aufschlug, war der Kleine verschwunden. Das war gestern gegen elf.

Die Türklingel geht. Und als stünde sie in direkter Verbindung zu meinem eigenen Gedärm, fließt es wieder aus mir heraus, ich kann nur sitzen bleiben, es ist nur Wasser, ich bin jetzt einfach nicht zu Hause, ich sitze hier fest. Aber es ist eben so, dass ich mich ja gerade noch auf meinem Balkon gezeigt habe, ich wurde sogar von zwei Pressefotografen abgelichtet, und das, während sie sich mit einem Polizisten unterhielten, der dafür sorgt, dass niemand den Park betritt, ehe alles durchsucht und ehe jede Spur gesichert worden ist.

Wieder klingelt es, aber das hilft nichts, ich bin nicht zu Hause.

Ich lese den Artikel gründlich.

Um kurz vor elf Uhr morgens verließ Astrid P. ihre Wohnung im Hochhaus und ging mit dem Jungen in der Karre die wenigen Meter zum Innocentia Park, das macht sie fast jeden Tag. Um diese Zeit ist im Park nicht viel los, sie und Max sind allein auf dem Spielplatz. Sie setzt sich auf eine Bank, Max breitet sich im Sandkasten aus, sie hört Musik, sie hat sich vor kurzem erst einen Walkman angeschafft, aber trotz der Musik schläft sie ein, denn der Junge hat nachts so viel geweint, sie ist erschöpft. Als sie wenige Minuten später aufwacht, ist Max verschwunden. Sie ruft, sie sucht, ein Jogger und eine Hundebesitzerin helfen ihr, aber der Park ist nicht groß, und Max ist nicht da. Kann er nach Hause gegangen sein? Nein. Er ist nirgendwo zu sehen. Sie rufen die Polizei an, die innerhalb kürzester Zeit im Innocentia Park eintrifft.

Bald darauf wird allen Einheiten mitgeteilt, dass ein Kind verschwunden ist.

Ich schaue auf die Uhr. Es ist genau einen Tag her.

Ach, Herrgott, wie oft habe ich diese Bilder im Fernsehen gesehen, dieses Schreckensszenario, Polizei in Grün, Männer und Frauen, die mit Stöcken in den Händen das Gelände nach dem verschwundenen Kind durchsuchen, dem kleinen Jungen oder dem kleinen Mädchen, die doch nur, einfach nur beim Fußballtraining, in der Schule, im Chor oder aber – die schlimmste Vorstellung – am Zigarettenautomaten (Verona? Hol für Mama doch eben mal ein Päckchen Marlboro, Mama ist so müde) waren, aber niemals zurückkamen. Es nimmt nie ein Ende. Erst, wenn das Kind zu Tode gequält aufgefunden wird, begraben in einer Kiesgrube oder in einem See versenkt, und dann fängt alles wieder von vorne an, ein neues Kind wird vermisst gemeldet, neue Polizeieinheiten werden zur Verfügung gestellt, die ewigen Interviews mit Nachbarn und Passanten, Schulkameraden, Mutter, Vater, Stiefvater, Lehrerin; die grenzenlose Verzweiflung, die Ohnmacht angesichts dieser Wirklichkeit, darüber, dass das *hier bei uns* passieren konnte. Jetzt sehe ich es wieder, und diesmal ist es wirklich hier bei uns passiert, nicht in erster Linie in der Millionenstadt Hamburg, sondern in meinem eigenen Stadtteil, in Hoheluft. Ich sehe, wie die Polizei den Innocentia Park durchsucht, es ist eine Aufnahme von gestern, junge Männer und junge Frauen, die mit heiligem Ernst etwas tun, von dem sie im tiefsten Herzen wissen, dass es Zeitverschwendung ist. Sie durchsuchen einen Park, der bereits von der jungen Mutter und wohlmeinenden Menschen durchsucht worden ist, und wenn etwas zu hundert Prozent feststeht, dann, dass das Kind nicht hier ist. Aber so sind nun einmal die Vorschriften, und natürlich suchen sie nicht nur das Kind, sondern auch Spuren, Hinweise.

Und wieder geht die Türklingel.

Ich gehe hinaus auf den Balkon. Unten steht eine junge Frau in Zivil, aber ich weiß es ja schon, ehe sie es sagt: Sie kommt von der Polizei, und auf der anderen Seite der Hecke ist Herr Haß ins Gespräch mit zwei ihrer Kollegen vertieft, sie tragen Uniform.

»Kommen Sie herauf!«

Ich laufe zurück in die Wohnung und drücke auf den Türöffner, den grünen Knopf in der Diele, und dann stehe ich oben an der Treppe und sehe sie kommen. Sie ist so jung, was ist sie jung, denke ich, und ich weiß, dass es nur daran liegt, dass ich das selbst eben nicht mehr bin.

Sie hat graue Augen. Sie sieht mich aus ihren grauen Augen an, ihre Haare sind glatt und schwarz, sie trägt T-Shirt und Jeans.

Sie heißt Hanka Ritzmann, sagt sie und hält mir zugleich ihren Dienstausweis hin; es ist genau wie im Fernsehen. Ich nehme ihre Hand, als sie sie mir reicht, und ich stelle mich vor, obwohl das natürlich überflüssig ist, ich stehe in meinem eigenen Haus und nenne ihr meinen Namen.

»Zuerst möchte ich gern sagen, wie schrecklich ich es finde, Sie gerade jetzt stören zu müssen«, sagt sie. »Ich habe ja Zeitung gelesen. Ich hoffe, Sie verstehen, dass es reine Routine ist.«

»Natürlich«, sage ich. »Kommen Sie herein. Möchten Sie einen Kaffee?«

»Nein, machen Sie sich keine Mühe …«

»Das ist doch keine Mühe! Kommen Sie herein. Ich wollte mir ja selber gerade eine Tasse machen. Haben Sie eben schon einmal geklingelt?«

Wir gehen in die Küche.

»Nein, das war ein Kollege.«

»Es tut mir Leid«, sage ich und winke ihr, sich zu setzen. »Da war ich gerade unter der Dusche.«

Sie nickt. »Sie wissen, was gestern Vormittag im Innocentia Park passiert ist?«

»Ja. Das ist schrecklich!«

»Ja«, sagt sie. »Es ist schlimm, wenn so etwas passiert.«

»Es passiert doch dauernd«, sage ich. »Ich saß gerade vor dem Fernseher, als Sie geklingelt haben. Ich dachte ... es war so unwirklich! In vieler Hinsicht ist der Innocentia Park mein Garten. Ich bin fast jeden Tag dort.«

Das notiert sie sich.

Verdammt.

»Was jetzt passiert«, sagt sie und legt ihren Block hin, »ist, dass wir beide uns ein wenig unterhalten. Hier ist nicht die Rede von einer offiziellen Vernehmung, das kommt später. Ist das klar?«

»Ja«, sage ich.

Die Kaffeemaschine grummelt.

Mein Magen auch.

»Und während wir uns unterhalten, werden zwei meiner Kollegen sich im Haus umsehen.« Sie öffnet eine Aktentasche, die mir bisher noch nicht aufgefallen ist, ein schlankes Teil aus schwarzem Leder.

Ich mache eine abweisende Handbewegung. »Keine Sorge. Ich bin vollständig überzeugt davon, dass Sie die vorgeschriebenen Papiere haben. Soll ich ...«

»Es wäre schön, wenn Sie die Garagentür öffnen könnten, dann fangen sie dort unten an. Es ist hier keine Rede von einer offiziellen Hausdurchsuchung ...«

Nein, natürlich nicht. Sie wollen sich nur davon überzeugen, dass der Knabe nicht gefesselt und geknebelt im Keller unter dem Bett liegt.

Sie zieht ein Telefon aus der Aktentasche. »Jetzt wird Herr Mader die Garagentür öffnen.«

Das tue ich dann also. Ich gehe in die Diele und öffne von dort aus die Garagentür.

»Sie wissen also nicht, was passiert sein kann?«, fragt sie.

Ich messe Kaffee ab, ich habe vergessen, Kaffee in den Filter zu geben, das tue ich jetzt, und schon tropft kochendes Wasser auf das Papier. Meine Hand zittert, ich kehre ihr den Rücken zu.

»Nein.«

Als ich mich umdrehe, sehe ich, dass sie zwei große Schwarzweißfotos neben ihr Telefon auf den Tisch gelegt hat. Die Fotos zeigen Astrid P. und Max.

»Kennen Sie Astrid Pihl?«

Ich gebe vor, mich in den Anblick des Bildes zu vertiefen. »Nein«, sage ich. »Aber ich habe sie gesehen. Ich habe sie einige Male gesehen.«

»Im Innocentia Park?«

»Ja. Im Innocentia Park.«

»Sonst noch irgendwo?«

»Vielleicht«, sage ich. »Schwer zu sagen. Aber ich bin ganz sicher, dass ich sie im Innocentia Park gesehen habe.«

»Dann haben Sie sie vielleicht gestern gesehen? Denn da waren Sie dort, nicht wahr? Gestern Vormittag, im Innocentia Park.«

»Nein. Das heißt, ja, da war ich. Aber ich habe sie nicht gesehen. Sie kann natürlich im Park gewesen sein, aber auf dem Spielplatz war sie einwandfrei nicht. Das kann ich Ihnen ganz sicher sagen, denn zu diesem Zeitpunkt war dort kein Mensch. Ich habe in der Zeitung gelesen, dass sie gegen elf von zu Hause weggegangen ist ...«

»Wir wollen uns jetzt nicht damit aufhalten, was in der Zeitung steht«, sagt sie. »Können Sie so ungefähr sagen, wann Sie dort waren?«

»Ja«, sage ich. »Das muss irgendwann vor zehn gewesen sein.«

Sie notiert.

»Nehmen Sie Milch?«, frage ich, es kommt mir total sinnlos vor, gerade jetzt eine solche Frage zu stellen, aber trotzdem frage ich, ob sie Milch in den Kaffee nimmt, das platzt mir einfach so heraus, fast hätte ich gefragt, ob sie nicht auch ein Stückchen Kuchen möchte, ein Stück Apfelkuchen zum Kaffee, ich kann sogar ganz schnell ein paar Heißwecken kaufen gehen, wenn ihr das lieber wäre.

Nein. Sie trinkt schwarz.

Bald danach sitzen wir einander gegenüber am Küchentisch, und sie sagt: »Wie gesagt, es tut mir Leid, Sie gerade jetzt stören zu müssen. Aber ich bitte Sie, mir von gestern zu erzählen. Vom Aufstehen bis zum Schlafengehen. Und bitte so detailliert wie möglich.«

Ich erwache unter einem Busch auf dem Ohlsdorfer Friedhof, denke ich. Und dabei hat mir halb Hamburg gehört. Und so ungefähr als Erstes sehe ich eine junge Frau, die eine Hecke schneidet, und zwei Schnecken, die aus zwei Granitaugen Schleim weinen.

Ich sage: »Dann muss ich fast mit dem Vorabend beginnen. Ich bekam gegen Mitternacht einen Anruf aus Málaga. Zu diesem Zeitpunkt herrschte dort das vollständige Chaos, und zuerst hieß es, Bernhard sei tot. Wie Sie sicher verstehen, habe ich in der Nacht nicht viel geschlafen.«

Sie nickt. Ich registriere, dass sie die nahe liegende Frage nicht stellt. Wie ein solches Missverständnis möglich gewesen sein kann. Stattdessen fragt sie mich, wer zugegen war, als dieser Anruf kam. Und wer angerufen hat.

»Ich war allein«, sage ich. »Meine Frau war auf einem Premierenfest und hat bei gemeinsamen Freunden übernachtet. Angerufen hat Elisabeth. Die Verlobte meines Sohnes. Ich ... ich wollte Renate in dieser Nacht nicht damit belasten. Ich wollte warten, bis ich mir einen Überblick über die Situation verschafft hätte. Im Nachhinein war das wohl ein weiser Entschluss, da unser Sohn in Wirklichkeit ja noch am Leben war.«

Ich erkläre ihr die Umstände, die zu diesem Missverständnis geführt haben.

Sie schüttelt den Kopf. »Das ist ja ganz entsetzlich.«

»Ich bin wohl gegen Morgen irgendwann eingeschlafen. Ich wachte gegen acht im Sessel vor dem Fernseher auf. Habe dann geduscht. An Essen mochte ich gar nicht denken. Irgendwann zwischen halb zehn und zehn bin ich dann losgegangen. Aufgrund von Rückenproblemen gehe ich seit einigen Monaten sehr viel. Ich gehe jeden Tag zwei oder drei Stunden. Und dann drehe ich einige Runden durch den Innocentia Park, ehe ich ins Büro gehe.«

»Sie sind wie üblich ins Büro gegangen?«

»Nein. Natürlich nicht. Ich bin ins Büro gegangen, weil ich mich dort besser abschirmen konnte. Ich habe einen bekannten Namen.« Nicke zur Balkontür hinüber. »Eben haben die Pressefotografen sofort losgefeuert, als ich einfach nur kurz hinausgeschaut habe.«

»Ich verstehe. Sie haben also irgendwann zwischen halb zehn und zehn das Haus verlassen. Können Sie nicht vielleicht ein wenig präziser sein? Wissen Sie, wie lange Sie sich im Park aufgehalten haben?«

»Das kann ich sogar ganz genau sagen«, antworte ich. »Das waren zwanzig Minuten. Ich habe vier Runden auf dem Gehweg im Park gedreht, und für eine solche Runde brauche ich fünf Minuten. Ungefähr auf halbem Weg ins Büro habe ich auf die Uhr geschaut, da war es Viertel nach zehn. Ich brauche ungefähr eine Viertelstunde bis dort, also muss ich den Park noch vor zehn Uhr verlassen haben. Es ist möglich, dass ich schon vor halb zehn von zu Hause weggegangen bin, aber das kann ich nicht beschwören.«

»Na gut. Darüber werden wir später noch reden. Geben wir uns erst einmal damit zufrieden, dass Sie zwischen, sagen wir, kurz vor halb bis ungefähr zehn vor im Park waren. So über den Daumen gepeilt.«

»Ja«, sage ich. »Das ist richtig.«

Aber ist es das? Ist es richtig? Ich weiß es nicht mehr. Das Einzige, was ich mit hundertprozentiger Sicherheit weiß, dass ich Astrid P. und den Jungen gestern nicht im Innocentia Park gesehen habe. Und das ist wichtig. Nur das ist wichtig.

Ich höre Schritte auf der Treppe. Stimmen, die miteinander reden. Und plötzlich komme ich mir vor wie ein Fremder im eigenen Haus. Irgendwie fehl am Platze. Ich gehe davon aus, dass das ganz normal ist. Die Privatsphäre wird verletzt, auch wenn es in einer absolut guten Absicht und aus zwingender Notwendigkeit heraus geschieht. Sie wollen den Jungen finden. Sie müssen den Jungen finden. Sie werden jedes einzelne Haus hier in der Gegend vom Dachboden bis zum Keller durchsuchen.

Es sind zwei junge Männer. In Zivil. Ich hatte mehr oder weniger damit gerechnet, dass es sich um die beiden Uniformierten handeln würde, die ich im Gespräch mit Herrn Haß gesehen habe, aber es sind zwei junge Männer in Zivil. Sie sind gekleidet wie Hanka Ritzmann, in T-Shirt und Jeans, sie stellen sich vor, ich habe ihre Namen sofort vergessen. Sie wollen sich nur kurz umsehen, sagen sie, sie sagen es auf eine Weise, die mir sofort klarmacht, dass sie zurückkommen und sich auf eine ganz andere und viel aufdringlichere Weise umsehen werden als beim ersten Mal, aber jetzt sind sie also hier, um sich ein wenig umzusehen, jetzt suchen sie den Jungen, sie erkundigen sich nach dem Zugang zum Dachboden. Ich erkläre ihnen die Schrullen der Bodenluke, ich will mit ihnen nach oben gehen, sie sagen, dass sie das auch so schaffen, aber ehe sie sich den Dachboden ansehen, öffnen sie die Schranktüren, Jesus Christus, sie öffnen Kühlschrank und Tiefkühltruhe, ehe sie sich Schlafzimmer und Wohnzimmer vornehmen.

»Es tut mir Leid!«, sagt Hanka Ritzmann, »es ist nie gut, unterbrochen zu werden, das schadet der Konzentration. Wir wenden uns also wieder dem gestrigen Tag zu. Es ist gegen halb zehn und Sie verlassen das Haus. Ist das korrekt?«

»Ja«, lüge ich. Ich bringe es einfach nicht über mich zu sagen, dass ich auf dem Friedhof übernachtet habe, das hat doch nichts mit dieser Angelegenheit zu tun. »Ich gehe über die Straße und in den Park. Dann gehe ich zum Südeingang weiter und biege dann nach links ab, vorbei an Pissoir und Spielplatz. Ich drehe vier Runden, ja, eigentlich viereinhalb, da ich den Park durch den Südeingang verlasse, das tue ich immer …«

»Schön. Und was sehen Sie? Wer hält sich zu diesem Zeitpunkt im Park auf?«

Ich schließe die Augen. Konzentriere mich. Ich gebe mir wirklich alle Mühe, mich einen Tag zurückzuversetzen.

»Ich weiß, dass es schwer ist«, sagt sie. »Es ist schon unter normalen Umständen schwer, und gestern waren Sie mit Ihren Gedanken natürlich ganz woanders. Aber ich bitte Sie trotzdem, es zu versuchen.«

»Oben bei der großen Eiche steht eine Joggerin«, sage ich. »Da bin ich mir ganz sicher. Als ich die erste Runde drehe, macht eine Joggerin oben bei der großen Eiche auf dem Hang Lockerungsübungen. Gleich da, ehe man den Spielplatz erreicht. Es ist eine junge Frau, vielleicht Anfang zwanzig. Sie trägt einen hellblauen Trainingsanzug mit weißen oder gelben Streifen an Beinen und Armen. Sie hat dunkle Haare. Sie trägt einen Pferdeschwanz. Als ich das nächste Mal an der Eiche vorbeikomme, ist sie nicht mehr da, aber ich sehe sie wieder, als ich den Park verlasse, da läuft sie auf dem äußeren Weg an mir vorbei.«

Ich öffne die Augen. »Und dann ist da noch jemand mit einem Hund, ich glaube, ein Mann, ich bin aber nicht ganz sicher. Irgendwann taucht er auf, ganz hinten am anderen Ende des Parks, er hat einen großen schwarzen Hund bei sich, es könnte ein Schäferhund sein oder vielleicht auch ein Labrador.«

»Kleidung?«

»Nein. Tut mir Leid. Ich habe Angst, Sie auf eine falsche Fährte zu locken, wenn ich das versuche. Dunkel. Er ist dunkel gekleidet. Oder sie. Es könnte ja auch eine Frau sein. Es sind noch andere Personen im Park, aber die sind zu weit weg. Es sind zwei oder drei andere im Park, aber die sind für mich jetzt nur Schatten.«

»Na gut.« Sie notiert. »Und dann gehen Sie also ins Büro, und unterwegs sehen Sie, dass es Viertel nach zehn ist. Wissen Sie noch ungefähr, wo Sie sich zu diesem Zeitpunkt befanden?«

»Ja«, sage ich. »Da habe ich gerade den Fernsehturm erreicht. Aber da fällt mir etwas ein. Es gibt noch eine Person, die sich immer zu diesem Zeitpunkt im Innocentia Park aufhält, wenn ich meine Runden drehe.«

Jetzt blickt sie mich interessiert an, fragend, fast ein wenig eifrig, und dann passiert etwas Seltsames, denn die ganze Zeit belastet mich schon eine vollkommen unbegründete Nervosität, und jetzt verfliegt sie, weicht einer warmen Sicherheit, jetzt sind sie und ich es, Hanka Ritzmann und ich, die gemeinsam versuchen, sich ein Bild von der Situation im Innocentia Park zu machen, in der Zeit, kurz ehe das Entsetzliche geschieht.

»Uncan«, sage ich.

»Uncan?«

»Das ist nur ein Name, den meine Frau und ich uns für ihn ausgedacht haben«, sage ich. »Ich weiß nicht, wie er wirklich heißt.« Und ich füge hinzu: »Genauso wenig, wie wir auf diesen Namen gekommen sind. Er ist ein verrückter Penner, er haust seit Jahren hier in der Gegend.«

Ich beschreibe ihn. Es ist leicht, Uncan zu beschreiben.

Aber als ich das getan habe, kippt mein mentaler Zustand abermals in einen anderen und unerwarteten um. Jetzt schäme ich mich geradezu, denn hier beschreibe ich diesen ganz und gar harmlosen Menschen doch wirklich als möglichen Täter!

Ich höre, wie die Treppe zum Dachboden heruntergeklappt wird.

»Sie sagten, dass er sich ›immer‹ zu diesem Zeitpunkt im Innocentia Park aufhält. Gesehen haben Sie ihn gestern nicht?«

»Ich habe ihn am Vorabend gesehen. Es war spät. Dunkel. Ich kann mich an die genaue Uhrzeit nicht erinnern, aber die lässt sich feststellen. Ich habe mit meiner Frau gesprochen, während ich dort war.«

»Sie waren am späten Abend, ehe es geschehen ist, im Innocentia Park?«

»Ja«, sage ich, und nun ist die Unruhe wieder da, denn wenn sie das so sagt, dann wirkt es ... irgendwie suspekt. So, als hätte ich mich in stockfinsterer Nacht im Park herumgedrückt, und dann wäre es passiert.

»Das ist nichts Besonderes«, sage ich rasch. »Ich bin praktisch jeden Tag im Innocentia Park unterwegs. Zu jeder Tageszeit. Wenn ich glaube, dass Uncan gestern Morgen im Park gewesen sein kann, dann deshalb, weil er am Vorabend an mir vorbeigegangen ist. Er schlug den Weg zum alten Pissoir ein, und ich gehe davon aus, dass er dort oben übernachten wollte. Da steht eine Bank.«

Sie nickt. »Ich verstehe. Glauben Sie, dass ihn noch andere gesehen haben? Haben Sie außer ihm noch andere beobachtet?«

»Auf dem Gehweg ist mir sonst niemand begegnet«, sage ich. »Aber mitten auf dem Rasen saßen einige Jugendliche. Ich habe sie nicht gesehen, aber gehört. Und gerochen.«

Jetzt lächelt sie. »Sie haben sie gerochen?«

»Ja«, sage ich. »Die haben offenbar gewaltige Joints geraucht.«

»Ach so. Aber wenden wir uns wieder gestern zu. Sie waren auf dem Weg ins Büro.«

»Ich fürchte, auf dem Weg ins Büro ist nichts passiert, was Licht auf die Vorkommnisse im Innocentia Park werfen könnte«, sage ich.

»Was ich wissen will, ist, ob Ihnen unterwegs jemand begegnet ist. Haben Sie irgendwen angerufen oder sind Sie selber angerufen worden?«

»Nein«, sage ich. »Ich habe mit niemandem geredet. Ich glaube sogar, dass ich mein Mobiltelefon ausgeschaltet hatte.«

»Warum das?«

»Weil ich nicht gestört werden wollte«, sage ich und höre, dass meine Stimme reichlich schroff klingt.

»Nein, natürlich nicht«, sagt sie. »Tut mir Leid. Aber im Büro hat Sie natürlich jemand gesehen?«

»Ja, Bernt Pech, der in der Rezeption sitzt. Sonst niemand.«

Jetzt schaut sie mich verständnislos an.

Ich erkläre ihr, dass ich gerade dabei bin, meine Firma abzuwickeln. Dass ich den ganzen Kram verkaufe. Dass ich allen Mitarbeitern gekündigt habe. Das scheint sie nicht klüger zu machen, egal, wie ausgiebig ich mich auch über das Thema verbreite, und es kann auch nichts mit dem Fall zu tun haben, deshalb verstumme ich. Ganz plötzlich. Ein wenig zu plötzlich vielleicht, denn jetzt will sie erst recht mehr darüber wissen. Wie es möglich ist, dass ein Mann in meinem Alter und meiner Stellung plötzlich beschließt, seine Firma aufzugeben? Aber da weigere ich mich, das geht weder die Polizei noch irgendjemanden sonst etwas an. Wenn ich überhaupt einem Menschen eine Erklärung schuldig bin, dann meiner Frau, aber nur ihr.

»Wir machen weiter«, sagt sie, und allmählich wird ihr Ton kühler. »Was haben Sie im Laufe des Tages im Büro unternommen?«

Ich sage wahrheitsgemäß, dass ich meinen Freund und ehemaligen Mitarbeiter Klaus Klaasen angerufen habe, dass ich ihn bat, sich für mich um alles zu kümmern, weil ich einfach wie gelähmt war, nach allem, was ich zu diesem Zeitpunkt wusste – dass mein einziger Sohn, Bernhard, tot war.

»Später habe ich natürlich meine Frau angerufen«, füge ich hinzu.

Sie nickt. »Eines verstehe ich nicht richtig«, sagt sie zögernd. »Ja, ich kann natürlich nachvollziehen, dass Sie in dieser Lage keine Lust hatten, mit der Presse zu sprechen. Aber ... gegen Mitternacht erfahren Sie, dass Ihr Sohn tot ist ... und fast zwölf Stunden später wissen Sie noch immer nicht, dass das eine Fehlmeldung war? Die Betreffende ...« Sie blättert in ihren Notizen.

»Elisabeth«, sage ich. »Die Verlobte meines Sohnes. Doch, sie hatte inzwischen versucht, mich zu erreichen, aber ich hatte die ganze Zeit mein Mobiltelefon ausgeschaltet.«

»Ich verstehe.«

Das tut sie nicht, verdammt noch mal! Heutzutage gibt es doch keinen Menschen unter neunzig, der versteht, wie jemand mit einem ausgeschalteten Telefon in der Tasche durch die Gegend laufen kann.

»Und wann gingen Sie nach Hause?«

»Das weiß ich nicht mehr. Aber meine Frau wird Ihnen das wohl sagen können. Irgendwann am Nachmittag nahm ich ein Taxi. Und dann habe ich sie und einen gemeinsamen Freund zum Flughafen gefahren. Sie sind gegen halb sieben nach Málaga geflogen, über Amsterdam.«

»Ja, darüber müssen wir auch noch reden«, sagt sie.

Jetzt habe ich die ganze Sache langsam schrecklich satt. »Ich weiß ja, dass es ein wenig seltsam aussieht, dass ich mich nicht selbst ins Flugzeug gesetzt habe«, sage ich. »Aber ich kann mich hier im Moment einfach nicht losmachen. Außerdem ist die Situation stabil. Es gibt nichts, was ich tun könnte.«

»Das geht mich nichts an«, sagt sie, und da hat sie natürlich Recht. Ich finde überhaupt, dass dieses Gespräch so nach und nach eine seltsame Richtung einschlägt. Zugleich aber wäre es ganz und gar falsch, zu fragen, ob ich meinen Anwalt anrufen soll. Andererseits: Noch vor wenigen Monaten hätte ich mir das nicht gefallen lassen. Von so einem jungen Ding! Herrgott!

»Wir müssen ein wenig über Ihr Auto sprechen«, sagt sie.

»Ich benutze es so gut wie nie«, höre ich mich sagen.

»Nein. Eben. Diesen Eindruck hatte ich auch. Sie laufen ins Büro.«

»In der Regel ja. Ich gehe überhaupt jeden Tag mehrere Stunden.«

Das hat sie bereits notiert, aber jetzt notiert sie es ein weiteres Mal. »Aber gestern haben Sie den Wagen benutzt, weil Sie …«

»Weil ich meine Frau und Harald Bremer zum Flughafen gefahren habe. Ja, das stimmt.«

»Und das Gepäck?«

»Das Gepäck?«

»Das Gepäck Ihrer Frau und das von Herrn Bremer? Wo lag das?«

»Im Kofferraum …« Aber jetzt geht es mir auf. »Nein, wissen Sie! Es gibt ja wohl eine Grenze.«

»Nein«, sagt sie. »Die gibt es eben nicht. Also frage ich Sie noch einmal: Haben Sie den Kofferraum benutzt, als Sie zum Flughafen gefahren sind? Und wenn ja, wer hat die Koffer hineingelegt?«

»Das war ich. Ich habe zwei Koffer in den Kofferraum gelegt. Den meiner Frau, hier unten in der Garage. Und Haralds, als wir ihn in der Langen Reihe abgeholt haben. Aber ich warne Sie, daraus voreilige Schlüsse zu ziehen, schließlich standen wir alle drei nebeneinander, als wir die Koffer im Parkhaus ausgeladen haben.«

»Herr Mader«, sagt sie. »Jetzt übertreiben Sie.«

Ja. Ich übertreibe. Denn das Normale, das absolut Wahrscheinliche ist, dass der Junge, Max, mit einem Auto aus der Gegend weggebracht worden ist. Entweder sofort, oder nachdem er zuerst versteckt worden ist, tot oder lebend, in einem nahe gelegenen Haus, zum Beispiel in einem Keller oder einer Garage.

»Tut mir Leid«, sage ich. »Bitte, verzeihen Sie.«

Ich denke: Genau dieselben Fragen werden jetzt wirklich jedem einzelnen Menschen in den Villen um den Innocentia Park und den umliegenden Straßen gestellt. Es ist außerdem kaum anzunehmen, dass ich der Einzige bin, dem die Galle überläuft, denn hier wohnen Leute, die an keinen anderen Umgang mit der Polizei gewohnt sind als ein freundliches Gespräch auf der Straße oder dem Isemarkt.

»Ich bin aus der Fassung geraten. Als mir aufging, was Sie gedacht haben.«

Das bringt mir keine Pluspunkte, sie macht weiter, als sei nichts gewesen.

»Sind Sie vom Flughafen direkt nach Hause gefahren?«

»Ja«, sage ich. Ich meine – allein hier im Haus oder allein im Büro, was spielt das für eine Rolle? Wenn ich ihr die Wahrheit sage, nämlich, dass ich ins Büro gefahren bin und dort übernachtet habe, dann verwirre ich sie nur, dann führe ich sie auf eine falsche Fährte. »Ich bin nach Hause gefahren und habe den restlichen Abend hier verbracht.«

Sie sieht mir ins Gesicht. »Und da sind Sie sich ganz sicher? Haben Sie im Laufe des Abends mit irgendwem gesprochen?«

»Ja«, sage ich. »Da bin ich mir ganz sicher. Ich hatte nur zu meiner Frau Kontakt. Wir haben natürlich telefoniert.«

»Es kam niemand zu Besuch?«

»Nein.«

»Und der Wagen? Der steht unten im Keller? Oder auf der Straße?«

»Im Keller.«

»Haben Sie ihn benutzt, nachdem Sie gestern Abend nach

Hause gekommen sind?« Automatisch will ich mit »nein« antworten, aber dann fällt mir Herr Haß ein. »Ich bin heute früh kurz weggefahren.«

»Mmh. Wohin sind Sie gefahren?«

»Einfach so durch die Gegend. Ich weiß es nicht mehr genau.«

»Soll ich das aufschreiben? Dass Sie nicht mehr wissen, wo Sie gewesen sind? Oder soll ich schreiben, dass Sie ein wenig überlegen müssen.«

»Ich bin nach Blankenese gefahren«, sage ich. »An der Elbe entlang. Jetzt weiß ich das wieder.«

»Schön. Haben Sie unterwegs irgendwo angehalten? Mit jemandem geredet?«

»Nein.«

Ihre beiden Kollegen verschwinden ohne ein Abschiedswort unten auf der Treppe.

Hanka Ritzmann klappt ihren Block zusammen und steckt ihn zusammen mit ihrem Filzstift in die Aktentasche. »Dann werde ich Sie nicht länger aufhalten, Herr Mader. Wie gesagt, es tut mir Leid, dass ich Sie in dieser schwierigen Lage belästigen musste.«

»Mein Sohn ist ein erwachsener Mann«, sage ich. »Trotz allem. Und hier geht es um ein Kind.«

Sie erhebt sich. »Ja, so ist es. Was geschehen ist, ist das Allerschlimmste. Sie werden von uns hören.«

Sie streckt die Hand aus.

»Noch eins«, sage ich und ergreife ihre Hand. »Was ist, wenn ich Hals über Kopf losfahren müsste ... falls ...«

Sie lässt meine Hand los und öffnet ihre Aktentasche wieder. »Sie können natürlich reisen, wann Sie wollen und wohin Sie wollen.« Sie reicht mir ihre Karte. »Aber ich wäre dankbar, wenn Sie mir vorher Bescheid sagen könnten.«

Ich begleite sie nach unten. Schließe die Tür hinter ihr.

Auf dem Weg nach oben denke ich an meine zerrissene Unterhose.

Die im Kamin liegt.

Ich dusche, und dabei fällt mir ein, dass ich vor weniger als einer halben Stunde behauptet habe, ich hätte unter der Dusche gestanden, als Hanka Ritzmanns Kollege mit mir sprechen wollte, während ich doch in Wirklichkeit auf dem Klo saß, und dass seither die beiden Polizisten im Badezimmer waren und sicher bemerkt haben, dass alles staubtrocken ist, Duschkabine und Handtücher; wenn sie in einem solchen Fall etwas genau durchsuchen, dann das Badezimmer. Na gut. Dann muss ich bei der nächsten Wegkreuzung eben die Wahrheit sagen, dass ich, ein erwachsener Mann, es einfach peinlich fand, zugeben zu müssen, dass ich mit Durchfall auf dem Klo saß, dass ich körperlich verhindert war, die Haustür zu öffnen, eine kleine blöde Lüge, aber es floss einfach so aus mir heraus ... In jeder Ermittlung wimmelt es von kleinen Unregelmäßigkeiten, in denen nach der ersten Runde Ordnung geschaffen werden muss, das weiß ich vom vielen Fernsehen, die Leute putzen ein wenig an der Wirklichkeit herum, das entspringt einfach nur dem Wunsch, die Privatsphäre zu wahren, ob ich auf dem Klo saß oder unter der Dusche stand, hat trotz allem wenig bis nichts mit der traurigen Tatsache zu tun, dass ein Kind verschwunden ist.

Ich ziehe wieder einen Anzug an. Eine frisch gereinigte dunkle Hose und ein hellblaues Hemd. Im Hinblick darauf, was geschehen ist, und nicht zuletzt aufgrund der Möglichkeit, dass die Polizei noch einmal zurückkehren kann, scheint mir das passender zu sein. Ich möchte im Moment nur ungern in kurzer Hose und Hawaiihemd gesichtet werden. Danach gehe ich ins Wohnzimmer und schalte den Festanschluss ein. Ich gehe auf den Balkon, stehe mit dem Telefon in der Hand da und sehe, dass die Polizei die Sperrbänder jetzt entfernt hat, und dass Herr Haß seine Windschutzscheibe wienert, dieser Denunziant. Ich setze mich und rufe Renate an. Sie meldet sich sofort, es gibt nichts Neues, aus Málaga nichts Neues, Bernhard liegt im Koma, die Situation ist stabil, sie, Renate und Harald, haben einen etwas außerhalb der Stadt gelegenen Bungalow gemietet, sie werden sich heute Abend mit Elisabeth treffen, in einem Restaurant unten am Hafen mit Elisabeth und einem Vertreter des Konsulats essen, ich sage ja und ach. Kein Wort von mir darüber, dass ein Kind verschwunden ist, und natürlich auch nichts darüber, dass ich in diesem Zusammenhang von der Polizei vernommen worden bin, alles zu seiner Zeit, es ist jetzt wirklich nicht der passende Moment, um sie noch mehr zu ängstigen. Ich verspreche, später anzurufen, und lege auf. Als ich das Telefon zurückstelle, muss ich an die zerrissene Unterhose denken, den Putzlappen, sie liegt so im Kamin, wie ich sie hingeworfen habe – ob sie sie fotografiert haben?

Ich muss einfach gehen. Das ist fast wie eine Art Entzugserscheinung, denn an diesem Tag bin ich noch nicht gegangen, ich habe nur gesessen, im Auto und hier, jetzt will ich mir die Füße vertreten, eine Stunde lang oder vielleicht auch zwei.

Herr Haß wienert seine Windschutzscheibe. Ich höre das Schmatzen seines Schwammes hinter mir, als ich die Tür abschließe. Ich gehe an ihm vorbei, als sei er Luft, er sagt irgendetwas, vermutlich »*Naaa*«, aber ich habe ihn abgeschaltet, es bleibt bei der Vermutung, ich überquere die Straße und gehe in den Innocentia Park. Na gut. Ein eben erst freigegebener Tatort. Ich gehe unter den kranken Kastanien weiter, und auf der anderen Seite der Rasenfläche, oben auf der Anhöhe, kann ich kleine Gruppen von Menschen sehen, jungen und alten. Sie stehen in kleinen Gruppen da und reden miteinander, natürlich müssen Schock, Wut, vielleicht auch Trauer bearbeitet werden – wie der Zeitgeist es verlangt. Auf dem Weg den Hang hoch steigere ich mein Tempo, lege einen Schritt zu, wie man sagt, mir ist noch gar nicht aufgefallen, dass die Esoterikerin ihre Position unter der hohen Eiche bezogen hat, aber jetzt laufe ich in hohem Tempo an ihr vorbei; sie senkt den Kopf und lässt die Arme nach unten hängen, ihre Haare reichen bis zum Boden. Ich stelle mir vor, dass sie versucht, sich hellseherische Bilder davon abzuringen, wo Max sich befindet, oder dass sie vielleicht schon Kontakt zur Allnatur aufgenommen hat, zu Mutter Erde, oder mit den positiven Schwingungen dieser jungen Seele, die luziferische Mächte entführt, aus dem Licht herausgerissen haben. Hinten bei Sandkasten und Karussell stehen viele Menschen, viel mehr, als mir bisher klar war. Ich schalte auf normales Gehtempo um, um nicht als Ignorant zu gelten, als einer, der nicht weiß, was passiert ist, jetzt *spaziere* ich, ich gehe ruhig zwischen den Menschengruppen weiter. Ich bleibe zwischen meinen erregten Nachbarn stehen, die ich zwar nicht kenne und mit denen ich mich nicht einmal grüße, aber deren Gesichter mir im und um den Innocentia Park herum fast täglich begegnen. Ich stehe da wie einer von ihnen und sehe, dass der Sandkasten gefüllt ist mit Kerzen und Kinderzeichnungen, mit unbeholfen auf Papier und Pappe gekritzelten Mitteilungen. Das ist rührend. Ich gehe weiter mit einem Kloß im Hals, ich will mein Tempo schon wieder steigern, aber dann bemerke ich einen weißen Zettel, der an einer der großen Buchen befestigt ist – so macht man das hier im Park, man klebt Zettel an und meldet Armbanduhren, Sonnenbrillen, Katzen und Hunde als vermisst, aber als ich dann nahe genug gekommen bin, sehe ich, dass der Pfarrer der St.-Elisabeth-Kirche in der Oberstraße um einundzwanzig Uhr zur Andacht für den kleinen Max P. einlädt.

St. Elisabeth, denke ich, und dann denke ich an die Verlobte meines Sohnes, die bald mit Renate und Harald in einem Restaurant in Málaga essen wird, ich kann mich nicht einmal an ihren Nachnamen erinnern, bisher habe ich sie mehr oder weniger bewusst zu der Bande von billigen Flittchen gezählt, mit der Bernhard sich umgibt. Wir werden ja sehen, jetzt, wo er sich aller Wahrscheinlichkeit nach zu einem geldlosen Stück Gemüse entwickeln wird, jetzt werden wir ja sehen, wie es sich mit der Liebe verhält, und als ich nach der ersten Runde den Ausgang erreiche, schere ich aus und gehe weiter über den äußeren Weg, Runden von sieben Minuten, insgesamt zehn.

Dann gehe ich nach Hause und dusche.

Wann war ich zuletzt in einer Kirche? Das weiß ich nicht mehr. Und es ist keine normale Messe. Keine Orgel. Keine Predigt. Nur der Geistliche, der dort vorn am Altar steht und ein Gebet spricht, es ist ein schlichtes und direktes Gebet, der Priester betet für Max P. Nicht für sein Leben, so direkt ist er nun doch nicht. Ganz vorn in der Kirche kann ich Astrids gebeugten Nacken erkennen, sie ist von Freunden umgeben, sie haben die Arme um sie gelegt, und der Geistliche malt nicht das Schreckensszenario aus, die Tatsache, dass vielleicht in diesem Moment irgendwer den Kleinen zu Tode quält. Er betet darum, dass alles ein gutes Ende nimmt, dass die Gerechtigkeit den Sieg davonträgt und Max unversehrt zurückkehren wird. Aber ich denke: Er muss mehr wissen als wir. Er muss wissen, dass es hier nicht um eine Entführung innerhalb der Familie geht, diese Möglichkeit hat die Polizei schon ausgeschlossen, sonst würden wir alle nicht hier sitzen. Hier geht es nicht um einen Junkie aus Frankfurt, der sich plötzlich in den Kopf gesetzt hat, dass eigentlich er das Sorgerecht haben müsste. Dass er seinen Jungen so selten sieht. Hier geht es um *Den Unbekannten*. Um *Das Unbekannte*. Das in den Alltag einbricht und ihn verändert.

Ich denke: Er betet darum, dass die Gerechtigkeit den Sieg davonträgt? Es ist nicht zu glauben, aber genau das tut er: Er betet zu Gott, dass die Gerechtigkeit siegen möge, und das in einer Welt, in der das Wort »Gerechtigkeit« nur als eine Art Trugbild in den Köpfen der Menschen existiert. *Gerechtigkeit!* Wenn er wenigstens darum betete, dass das Gute über das Böse triumphiert, das wäre schon vermessen genug, aber doch ein wenig angebrachter, sage ich mir, aber dann sehe ich dem Geistlichen, seiner ganzen Erscheinung an, dass das Geschehene ihn aus der Fassung gebracht hat. Er ist nicht gerade ans Improvisieren gewöhnt, er ist ebenso hilflos und unglücklich wie wir anderen, und das macht ihn sympathisch, jedenfalls in meinen Augen. Gott beschütze mich, ja, uns alle vor einer glatten Zunge in dieser Sinnlosigkeit! Und wieder höre ich die Stimme meines geistesschwachen Vetters wie einen Seufzer aus der Vergangenheit, Ubbos tiefe Angst, wenn er ab und zu etwas sagt, nachdem für die Nacht das Licht gelöscht worden ist, wenn wir in der Dunkelheit liegen und auf den Schlaf warten: »Was, wenn Gott böse ist?«

Der Geistliche setzt sich, er setzt sich neben Astrid P., ihm wird Platz gemacht, und dann senken wir alle die Köpfe, es ist die Zeit für ein stilles Gebet, und kein Gebet ist so still wie meins, es hat ganz einfach keine Worte, kein einziges Wort, nur geschlossene Augen, Dunkelheit. Und als ich die Augen öffne, nach einer Zeit, die mir aus irgendeinem Grund als passend erscheint, als ich sie öffne und den Kopf hebe, sehe ich einen der Polizisten in Zivil, die ich heute Morgen zu Besuch hatte, ganz still hinten bei der Tür stehen. Auch er ist gezeichnet vom Ernst des Augenblicks, da steht er ganz gerade und lässt die Arme nach unten hängen.

Ich folge dem Beispiel der anderen. Gehe nach vorn und zünde eine Kerze an. Schiebe einen Zehner in den Spalt und zünde zwei Kerzen an, eine für Bernhard und eine für Max, eine für jeden der beiden Jungen, und es ist so schön anzusehen, die flackernden Flammen in der halbdunklen Kirche.

So nah war ich ihr noch nie. Nie. Nicht einmal an dem Abend in der Kellerkneipe (jetzt scheint mir das eine Ewigkeit her zu sein, wie in einem anderen Leben). Für einen kurzen Augenblick ist sie so nahe, dass ich ihre Haare berühren könnte, wenn ich die Hand ausstrecke, aber das tue ich nicht, sondern trete stattdessen einen Schritt zur Seite, lasse sie vorbei. Die anderen gehen mit ihr hinaus.

Ich gehe. Mache die große Schleife um die Außenalster, etwas über eine Stunde, die ganze Zeit den Blick auf die ölige Wasseroberfläche gerichtet. Ich glaube, ich denke sehr wenig, gehe einfach weiter und mustere den Abend, der sich im Wasser spiegelt, kein Mond, keine Sterne, Dunkelheit gegen Dunkelheit, aber ab und zu glitzert ein Wellenkamm, den der Wind zum Ufer führt.

Als ich nach Hause komme, sitzt Leon von Bon auf der Treppe und raucht eine Zigarette. Seine roten Haare glühen im Schein der Lampe, die zwei große Nachtschwärmer umschwirren. Leon von Bon sitzt auf der Treppe und raucht eine Zigarette. Er hat den Rücken gegen den Türrahmen gelehnt und ein Bein über das andere geschlagen. Er scheint sich so ausgesprochen wohl zu fühlen. Als könnte er auch die ganze Nacht hier sitzen bleiben. Auf der Straße steht das Haß'sche Auto und staubt ein, und ich denke, ab und zu muss wohl auch er aufs Klo, wie alle anderen. Oder einen Happen essen.

»Ich muss mit Ihnen reden!«, sagt Leon von Bon und steht auf.

Wischt sich Staub von der Hose, schnippt die Zigarette auf die Straße.

»Tut mir Leid«, sage ich. »Ich war in der Kirche, und dann habe ich vergessen, mein Telefon wieder einzuschalten. Haben Sie schon gegessen?«

»Nein«, sagt er. »Aber wo Sie das jetzt erwähnen ...«

Ich selbst bin wie ausgehungert, seit dem Frühstück habe ich ganz einfach das Essen vergessen, jetzt muss ich essen, aber Tatsache ist, dass ich ihn aus unbestimmten Gründen nicht im Haus haben will. Es ärgert mich wirklich nicht wenig, dass er einfach hier bei mir aufgetaucht ist, ob mein Telefon nun ausgeschaltet war oder nicht. Das ist doch unprofessionell und außerdem gegen jegliche Abmachung. Ich hatte unser Treffen ja nicht ohne Grund nach Berlin verlegt, aber das alles sage ich natürlich nicht, ich begnüge mich mit der Frage, ob ein Steak okay sei, das ist es, und wir gehen am Kanal entlang zum Block House, dort wird in hohem Tempo serviert, das kommt mir gerade jetzt wichtig vor. Dass das hier kein gemütliches Plauderstündchen zwischen Leon von Bon und mir werden darf, keine drei Gänge mit Kerzen und gutem Wein. Ich gehe schnell. Nicht schnell und wütend, aber schnell und ziemlich irritiert, ich habe keinen Nerv, mich zu verstellen.

Er erkundigt sich nach Bernhard.

Ich sage, es sehe besser aus, als die Zeitungen andeuten.

Ganz ruhig!, denke ich. Nicht jetzt aufs Glatteis!

Werde langsamer, damit er mich einholen kann. »Tut mir Leid. Aber diese Sache ist für mich seit fast zwei Tagen wie ein Albtraum. Ich habe fast nicht geschlafen. Nicht gegessen. Bin einfach nur gegangen.«

»Ich verstehe«, sagt er. »Und ich hätte mich hier nicht aufgedrängt, wenn es nicht wichtig wäre. Ich weiß nur zu gut, wie ungelegen ich komme.«

Und dann geht es mir auf. Plötzlich. Dass er etwas weiß. Dass er in der einen Woche, in der ich ihn für das Beobachten von Astrid P. bezahlt habe, etwas oder jemanden beobachtet hat, den oder das er bisher nicht richtig ernst genommen hat. Irgendetwas ganz am Rande, das erst einen Sinn gewonnen hat, nachdem dieses Entsetzliche passiert ist, nachdem er von dem Verschwinden in den Zeitungen gelesen, nachdem er die Nachrichtensendungen im Fernsehen gesehen hat, die Bilder des Jungen, des leeren Sandkastens. Ja. Ich glaube, Leon von Bon weiß irgendetwas. Als wir durch die Glastüren des Block House gehen, schiebe ich die Hand in meine Hemdentasche, und richtig! Da liegt die Visitenkarte von Hanka Ritzmann, der Kriminalkommissarin. Zu meinem Erstaunen stelle ich fest, dass nicht nur eine Festnummer – die im Büro – angegeben ist, sondern auch eine Handynummer, sicher ein Dienstapparat, aber trotzdem. Es ist eine Nummer, unter der Hanka Ritzmann aller Wahrscheinlichkeit nach um diese Tageszeit zu erreichen ist, und diese Möglichkeit beruhigt mich.

Das Restaurant ist fast voll, das ist es immer, aber wir können uns an einen Zweiertisch in der Nichtraucherecke links von der Tür quetschen. Wir bekommen die Speisekarte, es ist ein schlichtes Teil aus laminiertem Karton, hier gibt es fast nur Steaks und Salat, sie haben die besten Steaks und den besten Salat in der Gegend. Wir bestellen Filetsteak und Ofenkartoffeln, und von Bon bittet um American, ich um Italian Dressing zum Salat. Keiner von uns kann jetzt Wein hinunterbringen, wir bestellen zwei Mineralwasser.

Und jetzt, als diese Belanglosigkeit, dieses Alltägliche erledigt ist, bildet sich zwischen uns eine Art Vakuum. Etwas stimmt hier nicht. Mit mir, mit der ganzen Situation. Mich überkommt Rastlosigkeit, Unruhe, und so ein Zustand ist mir doch fremd. Obwohl, fremd ... hat mir das nicht in den letzten Tagen, ja, vielleicht sogar in den letzten Wochen angeheftet? Ich muss an das Gespräch mit meinem Friseur denken – dessen Namen ich praktischerweise vergessen habe –, an die unerwartete Wendung, die dieses Gespräch genommen hat, das eine Wort gab das andere, und am Ende habe ich wirklich jede Menge Unsinn geredet, den ich gar nicht so meinte, ich habe tatsächlich genau das Gegenteil von dem behauptet, was ich über Arthur Fenkels Werke denke, ich habe ihn nicht nur verteidigt, ich habe ihn erhöht, mit den Besten verglichen. Und jetzt, vor nur wenigen Stunden: Saß ich nicht da wie ein Bube im Büro der Oberlehrerin, als Hanka Ritzmann mich zur Rede gestellt hat? Normalerweise hätte ich sofort zwei Anwälte informiert, sowie ich sie ins Haus gelassen hätte, und sei es nur, um sie in ihre Schranken zu weisen, um ihr gebührenden Respekt abzuverlangen, ich meine, sie war schließlich zu Hause bei Thomas Mader, dem Immobilienmagnaten. Mir fällt auf, dass Leon von Bon mich mit einem seltsamen verstohlenen Blick mustert, als das Wasser gebracht wird, es dauert nur eine Sekunde, aber ich habe es gesehen. Die Kellnerin gießt Wasser in die Gläser, und sowie sie sich entfernt hat, übernehme ich wieder die Kontrolle, werde zu dem, der ich normalerweise bin – Alter, Position und Konto sind schließlich auf meiner Seite –, und ich frage: »Na? Was kann ich für Sie tun, Herr von Bon?«

»Es geht um diese Sache mit Astrid P. und dem Kleinen«, sagt er.

Ich mache es wie in alten Tagen. Lege die rechte Hand auf seinen linken Arm, meine braun gebrannte Sommerhand auf seinen weißen Hemdsärmel, diesen Trick habe ich meinen jüngeren Kollegen gegenüber, Klaus Klaasen zum Beispiel, oft benutzt. (Hören Sie mal: Sie gehen sofort nach Hause und ziehen Hemd und Krawatte an. Okay?) Jetzt sage ich: »Wissen Sie, das habe ich mir schon vor einer ganzen Weile überlegt.«

Er nickt. »Das habe ich mir gedacht.«

Ich ziehe meine Hand zurück. Man darf das nicht zu lange machen. Dann verfliegt die Magie.

»Das war mir natürlich schon klar, als Sie bei mir auf der Treppe saßen«, sage ich. »Ich war absolut davon überzeugt, dass Sie nicht aus Berlin gekommen sind, um über diese elende Lage zu sprechen, in die mein Sohn da geraten ist.«

Ist er erleichtert? Ja. Er räuspert sich. »Ich gehe davon aus, dass Sie alles wissen ... ja, das, was in den Zeitungen und im Fernsehen gesagt worden ist.«

»Nicht nur das«, sage ich. »Ich hatte heute ein langes Gespräch mit der Polizei.«

Und dann begreife ich. Ich begreife, ehe er es sagt, und mein Herz steigert sich in meiner Brust in ein unangenehmes Tempo, während zugleich in meinem Mund die Speicheldrüsen überlaufen. Ja, ich begreife, was jetzt kommen wird, und mehr noch und viel schlimmer ist die Gewissheit, dass ich das hier sofort begriffen hätte, wenn ich nicht diese Verwandlung durchgemacht hätte, ein Neuer geworden wäre, ein anderer als der, der ich früher war.

»Dann hoffe ich, dass Sie verstehen, dass auch ich das vielleicht machen muss«, sagt er.

Ich lasse mich mit gekreuzten Armen zurücksinken.

Sage nichts.

»Wenn das Schlimmste passiert ist«, jetzt flüstert er fast, »wenn sich nicht alles als irgendein Missverständnis erweist.«

»Genau«, sage ich. »Aber dass der Junge verschwunden ist, ist auf jeden Fall kein Missverständnis. Er ist verschwunden. Ein

Fremder hat ihn mitgenommen. Er wird in ganz Deutschland gesucht. Mit Bild und Namen. Aber es kann natürlich eine Menge Missverständnisse geben, wenn Sie es für angebracht halten sollten, Ihre Schweigepflicht zu brechen. Dann liefern Sie den Ermittlern eine Spur, die ins Nichts führt.«

»Nein«, sagt er. »Ich gebe den Ermittlern eine Spur, die direkt zu Ihnen führt.«

»Aber lieber Leon von Bon«, sage ich. »Was glauben Sie denn, worüber ich den ganzen Tag mit der Polizei gesprochen habe?«

»Umso besser«, sagt er. »Dann brauche ich meine Schweigepflicht nicht zu brechen.«

»Ich habe der Polizei meine Gründe erklärt«, sage ich jetzt. »Sie habe ich bisher aus der Sache herausgelassen. Ich habe keinen Grund gesehen, der Polizei zu erzählen, dass ich einen Privatdetektiv angeheuert habe, um mir Informationen zu besorgen, die ich mir sehr gut auch selbst hätte beschaffen können.«

»Sie haben also nicht gesagt, dass ich in Ihrem Auftrag Astrid P. und den Jungen beschattet habe?«

»Natürlich nicht«, sage ich. »Es geht hier ja nicht um Erpressung oder irgendeine Art von Drohungen. Es ist ganz harmlos.«

Er hebt die Hand. »Das müssen Sie mit der Polizei klären.«

»Aber gern«, sage ich. »Ganz, wie Sie wünschen.«

Der Salat wird gebracht. Er ist knackig und frisch.

»Da haben Sie mir wirklich eine Last von der Seele genommen«, sagt er. »Aber ich hoffe, Sie verstehen, dass ich mich trotzdem an die Polizei wenden muss. Dieser Auftrag ist doch in meinen Akten verzeichnet.«

Ist es möglich, dass die Salatblätter in meinem Mund aufquellen? Dass sie auf meiner Zunge Wurzel schlagen? Ich will etwas sagen, ich weiß nicht, was, aber die Worte verschwinden im Grünen.

Bei Leon von Bon verhält es sich ganz anders. Er ist jetzt viel besserer Laune, jetzt, wo ich über eine Strategie gestolpert bin, die zu entwickeln ich gar keine Zeit hatte.

»Es muss heraus«, sagt er. »In so einem Fall drehen die jeden

Stein um. Schließlich habe ich eine Woche lang an ihr geklebt.«

Und ich höre ja, was er eigentlich sagt. Er sagt: Wenn Sie es gewesen sein sollten, Herr Mader, wenn Sie sich mit dem Knaben verlustiert haben sollten, um ihn dann in den Straßengraben zu werfen, dann werde ich als Mitschuldiger eingesackt, denn ich habe Ihnen alles geliefert, ihre Gewohnheiten, wohin sie geht und wann sie dahin geht.

Er wird noch heute Abend auspacken. Ich höre das seiner Stimme an. Wenn er wartet, bis sie die Leiche finden, dann kann es schon zu spät sein. Und er wird nicht nur von dem Auftrag erzählen, den ich ihm in aller Vertraulichkeit übertragen habe, sondern auch von diesem Essen, dieser Begegnung, bei der ich versucht habe, ihm sein Vorhaben, zur Polizei zu gehen, wieder auszureden.

Es ist eine unmögliche Situation. Und sie ist nicht wenig töricht, wie mir aufgeht. Jetzt habe ich mich wirklich in die Nesseln gesetzt. Leon von Bon redet die ganze Zeit, aber ich höre nicht zu, ich bin in Gedanken vertieft, sehe nur blutiges Fleisch, wann immer er den Mund aufmacht, er hat schlechte Manieren, denke ich. Aber vor allem denke ich an mich selbst. Daran, dass ich Hanka Ritzmann bei der Vernehmung fast nur Lügen aufgetischt habe. Erstens habe ich gelogen, zwei Nächte zu Hause im Bett verbracht zu haben, während ich diese beiden Nächte, die Nacht vor und die Nacht nach der Entführung, doch auf dem Ohlsdorfer Friedhof (unter einem Busch) und im Büro (auf einem Sofa) gelegen habe. Ich habe gelogen, was das Auto angeht, und das wird zweifellos ans Licht kommen, wenn sie sich die Videoaufnahmen aus der Tiefgarage ansehen. Ich war außerdem gar nicht in Blankenese, das wird als sinnlose Behauptung dastehen, vor allem in Anbetracht der Tatsache, dass ich zuerst behauptet habe, mich nicht erinnern zu können, wo ich war, wohin ich gefahren bin. Solche Dinge tischt *Der Schuldige* auf. Dann ist da dieser Blödsinn mit Hannover, hier kann ich mich weder an den Anfang noch an das Ende erinnern, nur daran, dass Hannover mit Bernt Pech, Klaus Klaasen, Harald und meiner

Frau zu tun hat, und dass zumindest die beiden Letztgenannten bereits wissen, dass ich nicht in Hannover war. Alle Anrufe, die ich am Tag des Verschwindens mit meiner Frau geführt haben will, sind Erfindung; das lässt sich leicht überprüfen. Es lässt sich überhaupt leicht feststellen, dass ich in letzter Zeit kaum jemals erreichbar war, weder mobil noch per Festanschluss, und das ist heutzutage an sich bereits verdächtig; es kann mehrere hundert Zeugen für diesen Sachverhalt geben – und etliche davon betrachten es als ihre Lebensaufgabe, in den Zeitungen Dreck über mich zu schreiben. Wie das alles einem intelligenten Gehirn wie dem von Hanka Ritzmann erscheinen muss, lässt sich ja nicht so entsetzlich schwer ausmalen, wo sie doch schon über die Tatsache gestolpert ist und darüber nachgedacht hat, dass ich, ein Mann im besten Alter, ein Erfolgstyp, einfach so seine ganze Arbeit hinschmeißt und den ganzen Scheiß verkauft. Solche Dinge lassen sich im Grunde nur durch ein plötzliches geistiges Erwachen erklären, oder durch die ebenso plötzliche Entdeckung einer tennisballgroßen Krebsgeschwulst, aber selbst solche Gründe können auf eine unterbezahlte Ermittlerin irrational wirken. Aber das Schlimmste ist natürlich die Sache mit dem Geld. Die grünen Umschläge mit den Geldscheinen, die mich unmittelbar mit Astrid P. und dem Jungen in Verbindung bringen, und Herrgott und Amen, denn die nächste Sendung, tausend Euro in großen Scheinen, wird schon morgen früh in ihrem Briefkasten landen. Übersät mit meinen verschwitzten Fingerabdrücken. Diese fixe Idee, das Leben eines anderen Menschen über die Armutsgrenze zu erheben, diese Frau in die Anständigkeit zu retten, habe ich Hanka Ritzmann gegenüber mit keinem Wort erwähnt, im Gegenteil, ich habe das alles bewusst verschwiegen – und das, obwohl ich eben erst Leon von Bon erzählt habe, dass ich natürlich meine Pläne in Bezug auf Astrid P. Hanka Ritzmann gegenüber auf den Tisch gelegt habe. Und Hanka Ritzmann ist logischerweise die Person, zu der von Bon durchgestellt werden wird, egal, welche der hundert Nummern der Hamburger Polizei er auch wählen wird. Die Buchstabenkombination Thomas Mader und Astrid Pihl wird ihn innerhalb weniger Minuten an Hanka Ritzmanns wohlgeformtes Ohr führen. Sie wird hören: Im Auftrag von Thomas Mader habe ich Astrid P.'s Bewegungen und Unternehmungen beobachtet und ihm einen Bericht über ihre allgemeine Lebenssituation geliefert.

Welch eine große Freiheit! Draußen regnet es jetzt, ein Wasserfall vom Himmel, er trommelt auf Blätter und Bäume am Kanal, rschschsch ... Alles ist so schön. Die tiefe Dunkelheit des Spätsommers, dieser gewaltige Überfluss an reifen Gewächsen, Samenkapseln, Hülsen und Früchten, und der würzige Duft überall, hinten bei den Bänken ist das Gras gemäht, die Luft säuerlich. Vor weniger als einer Stunde war ich hier zusammen mit Leon von Bon unterwegs, aber ich muss ein anderer gewesen sein, ein Kind, denn ich habe doch wirklich geglaubt, er verfüge über Wissen, das mich aus dieser Situation retten könnte! Doch. Eine kindische Hoffnung, dass er im Laufe seiner Woche als Schatten Zusammenhänge gesehen, geahnt haben könnte, die Licht auf dieses Entsetzliche werfen würden, auf die grauenhafte Tatsache, dass mit List ein Kind geraubt worden ist. Einen anderen Schatten. Oder einen möglichen Abgrund in Astrid P. selbst. Hier gehe ich zusammen mit Leon von Bon und glaube, dass er gute Karten in der Hand hält, und noch habe ich mir mein eigenes Netzwerk aus Lügen und Halbwahrheiten nicht vor Augen gehalten, ich begreife einfach nicht, dass der selbstverständliche Verdächtige im Fall – bisher – Thomas Mader heißt. Dass ich mich schon längst als möglichen Täter hervorgetan habe. Ich begreife nicht, dass er mir einen Spiegel vorhält, dass er mir den Schatten zeigt, den er tatsächlich beobachtet hat, und dann bricht natürlich die Welt zusammen, in mir geht alles in Stücke, als ich den Unwahrheiten der letzten Tage ins Gesicht sehe.

Aber gerade in der Tatsache, dass alles Vertraute zu Grunde geht, ruht auch eine große und unerwartete Freiheit. Im einen Moment frage ich mich, ob die Übelkeit, die mir hier zu schaffen macht, wirklich verlangt, dass ich auf die Toilette im Keller gehe und Filetsteak und Salat erbreche, und kaum habe ich diesen Gedanken gedacht, so wird ein neuer geboren. Der mich dazu bringt, Hanka Ritzmanns Visitenkarte aus der Hemdentasche zu ziehen und sie Leon von Bon zu reichen, ehe ich das Block House verlasse, ohne auch nur einen Cent bezahlt zu haben.

Ich gehe am Kanal entlang und bin ganz und gar ohne Schuld. Ich denke an die langen Gänge, die jetzt auf mich warten, die Verhörzimmer, das Hallen der Schritte und das Klirren der Schlüsselbunde, daran, in die Hand genommen zu werden, aus allem herausgehoben, des letzten Restes von Verantwortung beraubt zu werden, mich einfach hinzugeben und die Wahrheit in kleinen Portionen auszuteilen, es zu lassen, Bernhard und Renate einfach zu vergessen, Klaus Klaasen und Bernt Pech zu vergessen, in einem leeren Raum zu liegen und die Decke anzustarren, während die Puzzleteile langsam zusammengefügt werden, Stück für Stück, bis ein Bild meiner selbst, vielleicht das erste vollständige Bild von Thomas Mader, vorliegt. Bis zu dem Tag, an dem ich entlassen werde, geläutert, rein, und deshalb gehe ich in den Innocentia Park, um mich auf diese letzte Phase meines Lebens vorzubereiten, und diesmal werde ich eine Runde nach der anderen drehen, bis irgendjemand »Halt!« ruft.